向 往

从农村走出来的张全收

王磊 著

新 华 出 版 社

图书在版编目（CIP）数据

向往：从农村走出来的张全收 / 王磊著.
－－ 北京：新华出版社, 2020.4
ISBN 978-7-5166-5079-0

Ⅰ.①向⋯　Ⅱ.①王⋯　Ⅲ.①纪实文学－中国－当代
Ⅳ.①I25

中国版本图书馆CIP数据核字（2020）第038895号

向往：从农村走出来的张全收

作　　者：王　磊

责任编辑：田丽丽　　　　　　　　封面设计：周　悟

出版发行：新华出版社
地　　址：北京石景山区京原路8号　邮　　编：100040
网　　址：http://www.xinhuanet.com/publish
经　　销：新华书店、新华出版社天猫旗舰店、京东旗舰店及各大网店
购书热线：010－63077122　　　中国新闻书店购书热线：010－63072012

照　　排：六合方圆
印　　刷：北京市文林印务有限公司

成品尺寸：148mm×210mm　1/32
印　　张：13　　　　　　　　　字　　数：270千字
版　　次：2020年4月第一版　　　印　　次：2020年4月第一次印刷

书　　号：ISBN 978-7-5166-5079-0
定　　价：49.80元

版权专有，侵权必究。如有质量问题，请与出版社联系调换：010-63077124

序

一位资深作家说："凡人比英雄更能代表社会的总量。"

《向往：从农村走出来的张全收》说的就是凡人的故事，平凡而伟大的人的故事。

本书以"农民工司令"张全收一路打拼为主线，以拐子杨村经过改革开放大潮的洗礼的变化为缩影，反映了中国农村、农民的原生态境遇，描绘随着时代前进的步伐，亿万农民工从"粒粒皆辛苦"到"打工能吃苦"的不凡经历和跌宕起伏的动人故事。它阐明了"成功，往往需要几代人的付出"这个朴素的道理。

改革开放大大激发了亿万农民的劳动生产积极性，为了经济社会快速发展，推动城镇化进程，他们又背井离乡进城盖大楼，从事服务行业，为促进小康社会建设出大力、流大汗而忘我工作。

农民，这个占社会绝大多数的群体贡献很大，而所求甚少。无非是安居乐业，能听句暖心窝的话，与人平视，不受歧视而已。具体说就是看病少花钱、孩子能上学等基本保障。

相比之下，农民工得到了什么呢？如书中所指出的，曾经因为无力或缓交学费把孩子拒之幼儿园、学校之外，用简陋的闷罐车拉着务工大军疲于奔命，尤其可恶的是一些人把他们的血汗钱席卷而走，逃之夭夭。

　　作者以热情、鲜明、实在的笔触，刻画、树立了以张全收、乔松等人为代表的农民工形象。他们的血脉中流淌着前辈勤奋、坦诚、知足和善良的基因，他们对人宽厚，对己严苛，宁愿自己和家人吃苦受累，却怀着一颗滚烫的心，扶危济困、雪中送炭。这是一种自觉的担当和关爱。当有人走投无路时，遇见他们，就像遇到了生命中的"救星"，让原来失望的人生走向充满希望之路。这种善良和担当是能够传递的——德立而百善从。

　　读了这本书，我们将会重新认识亿万农民工，重新认识农民工这个庞大的群体。

　　作者紧扣时代脉搏，致力于挖掘农民、农民工的生命力以及他们血脉中静水流深的东西，通过热诚、质朴的笔墨反映了他们的工作、生活、婚姻家庭和喜怒哀乐，颂扬了他们的优良品德和来之不易的业绩。

　　愿作者坚持厚积薄发、勤奋耕耘，深信会有更加丰富多彩、引人入胜的新作问世。欲穷千里目，更上一层楼。

　　我们期待着。

许向东

2019 年 12 月于中国人民大学静园

写在前面的话

二十年磨一剑。

为什么要这么说？

先讲一个故事。

我 8 岁的时候，家庭变故。我在武汉上小学，窘迫到中午午餐费都没有了。我当时想：如果能把过去 2 年浪费掉的零花钱存起来，我现在可能会好过一些。

30 年人生经历告诉我：没有如果，只有今后要怎么做。

在过去 20 年写作生涯中，我积累了大量素材。所以，与其说《向往：从农村走出来的张全收》是写作生涯 20 年的集中爆发，不如说它是由过去 20 年的点点滴滴构成的。

很幸运，面临近 20 万的文字，我可以说："我不必说，'如果过去我写了就好了'，而是说'我没有虚度年华，放纵青春，我把自己想写的东西写出来，我也得到了我精神世界里想要得到的东西——是一部记录时代、体现思想的作品'。"

张全收说："我从农村走出来，没有关系、没有背景，一步一步走到今天，完全是辛苦打拼出来的。"

已故作家二月河生前评价张全收："你这个人不好写，必须是了解你的人才能写出来。"

很多人认为，以张全收为代表的农民工，在中国历史上可谓"前不见古人，后不见来者"。他们是中国由农耕文明过渡到工业文明时的特殊群体。30 年、50 年之前，他们没有大规模地存在；再过 30 年、50 年，他们也可能随着特定时代的消失而消逝。诚然，他们有的老去了，有的进城了，农民工的数量越来越少了。

他们是特定历史阶段的特殊人物。

本书用朴实的语言，勾勒了农民工们艰苦创业、回馈社会的过程。写人、写事，力求真实、有益。

很多人还认为，农民工一代中出现巨大差异的原因，可以用一位农民工的话解释："贫穷的人和平庸的人，什么苦都能吃，就是不能吃学习的苦；富贵的人和优秀的人，什么苦都不能吃，就是能吃学习的苦。"这里说的学习，不全是书本知识，更多的是社会这所大学的学问。

很多人相信：农民工一代们勤劳、仗义、出门靠朋友，他们可以失败，但从不放弃。

然而，本书也对农民工一代们提出三个略带尖锐的问题。

一、为什么对外人态度毕恭毕敬，对家人过于严厉？过于暴躁？

二、为何不热衷建立现代企业制度？

三、如何看待风评？

我们有理由相信：农民工二代们自尊、创新、追求新事物，他们敢于创新，不怕失败。

农民工一代改变中国，本书让中国了解农民工一代。

本书以全国人大代表、"农民工司令"张全收的真实经历改编。

特别致谢郑州金水路 109 号 316 工作室！

2019 年 10 月 8 日

目 录
CONTENTS

引 子

　　这是 2018 年的 10 月 1 日。整个中国都沉浸在为祖国母亲庆生的喜庆氛围之中。我专程坐飞机从中国中部飞到深圳——只为见一个人，一位经历了改革开放 40 年历程，迄今为止我见到过的最有代表性、最具特点的农民工。

　　那天深圳的天气凉爽、天空蔚蓝。我早晨 7 点 30 分抵达深圳市龙岗区平湖镇。六七栋三四层楼高的别墅，被一人高的深灰色石头砌的墙围着。大门是中式的，上面还有官帽样式的屋檐。上书四个大字："天地人和。"

　　我心里暗暗想："这应该就是张全收的家了。"

　　久闻张全收的家位于深圳的一座山上，别具一格。实地一观，传言不虚。从卫星地图看，别墅、亭台清晰可辨，还有蓝色长条形的游泳池。

　　时间尚早，我们便在别墅群里走了一圈。别墅群依山而建，从外部看，参差错落，还有一定坡度；走进别墅群，却发现别有洞天，院落竟然十分平坦。管家说，这是因为别墅群地面下面，还有建筑的缘故。从 2005 年至今，张全收家族花费了 13 年打造这个令人惊叹的"新家园"。仿佛一位农民，锲而不舍地捯饬庄稼地，待到田野上长出了金灿灿的果实，欣喜地供远道而来的客人观赏、赞叹。

六七栋三四层的建筑竖立在别墅群核心区域，就像广场上竖立的一座座纪念碑那样显眼。建筑周围，环绕着龙眼树、竹子和20多米高的棕榈树。进门右手角落里的桂花树一人多高，往上分了五个杈，每个分杈都枝干瘦小但绿叶繁茂，就像院子主人的命运一样，坎坷多艰，同时又充满希望。院子里假山、水系错落有致，肥腻的锦鲤在水中张圆了嘴巴等待主人投食。

别墅群西北方向是一个长长的石头栏杆。凭栏远眺，深圳市平湖镇景色尽收眼底。

别墅的东北角，是一个缓缓上升的坡道。坡道有两米宽，砖石铺就，青苔漫漶。坡道两侧种植瘦高的黄金柳。打开坡道尽头的铁闸门，就来到后山——仿佛巨大的私家花园一般。后山景色秀美，还有一个香火颇旺的关帝庙。

大约十多分钟后，我们从后门折回。透过高大的树木掩映，我隐约看到一个熟悉的身影站在石栏前，拿着手机冲着山下的景色拍照。我缓步走过两人多高的龙眼树，穿过曲径通幽的竹林，迎着他走过去。他身材魁梧，上半身穿着一件白色的T恤，脚底穿着黑色休闲布鞋，猛一看和菜市场常见的菜贩并无二样。但是仔细一看却大不相同：眼睛不大但有神，眉毛像两条绷直的黑色桑蚕，尾部往下微微耷拉。他的脸上，颧骨上的厚肉紧紧地夹着鼻子。似乎刚吃过蜂蜜一般，他淡淡一笑的表情中，略微透着甜味。

他笑着握住我的手，问的第一句话是："这个院子咋样？"

恍惚间，我仿佛看到一个站在秋天自家庄稼地的农夫，骄傲地问过往的路人："我这地里收成咋样？"

而张全收的祖上，确实是地地道道的农民。

第一章　世代农家，贫寒却不坠青云之志

"无限朱门生饿殍，几多白屋出公卿"。

张全收家族的故事，要从他的老祖爷爷说起。

张全收的老祖爷爷（书面语叫"天祖"），家是河南省上蔡县东岸乡的。老祖爷爷的姥姥家，在上蔡县朱里镇拐子杨村。

上蔡有文字记载的历史始于西周初年，距今约3000年。人类始祖伏羲氏因蓍草生于蔡地而画卦于蔡河之滨，遂名其地为蔡。秦于此置上蔡县。民国初，属汝阳道。新中国成立后，属信阳专区，1965年改属驻马店专区。

李斯（前284年—前208年），字通古，就是河南上蔡人，官至秦朝丞相。鲁迅曾称赞李斯："秦之文章，李斯一人而已。"至今，在上蔡第一中学教学楼前有"李斯井"碑。

上蔡县古迹名胜遍布，位于古城西城墙之上的蔡侯玩河楼，楼台之上建有玉皇庙，神殿及拜殿台，是历代文人雅士聚会之地，留下诸多脍炙人口的诗篇。蔡河之滨的白龟庙，蓍草葱郁，白龟浮游。八大古景更是名不虚传：即"芦岗拥翠""云护蓍台""蔡河沉月""鸿隙现莲""斯井鸡鸣""景贤书声""洪河夜雨""白

云深处"。其中，"斯井鸡鸣"就和李斯有关。

李斯早年为郡小吏，师从荀子学习帝王之术，在秦灭六国事业中发挥重大作用。秦统一天下后，联合王绾、冯劫议定尊秦王政为皇帝，并制定礼仪制度，拜为丞相。他建议拆除郡县城墙，销毁民间的兵器；反对分封制度，坚持郡县制；主张焚烧民间收藏的《诗》《书》等诸子学说，禁止私学，以加强思想统治。参与制定法律，统一车轨、文字、度量衡制度。李斯的政治主张的实施，对中国和世界产生了深远的影响，奠定了中国两千多年封建专制的基本格局。秦始皇死后，勾结内官赵高伪造遗诏，迫令公子扶苏自杀，拥立胡亥为二世皇帝，后为赵高所忌。秦二世二年（前208年），父子腰斩于咸阳，夷灭三族。斯井，即为李斯故宅花园水井。传说李斯死后，井上夜半常有鸡鸣，其声凄厉，好像是向人们诉说李斯之冤。一说李斯生于酉年、酉月、酉时，死后，又化作雄鸡，引颈哀鸣！后人追念李斯，遂将水井保护传世。

拐子杨村，位于河南省周口、漯河、驻马店三市交界处，在上蔡县城的东北方向，距上蔡县城22公里，距朱里镇4公里。之所以叫拐子杨，就是一个七拐八拐不好找的地方，也是一个交通不便、信息闭塞、贫穷落后的地方。

过去，在拐子杨村，老年人因为没有钱，得了病就是一个字"熬"，有的甚至到死也没去过医院；许多孩子因为交不起学费而辍学；"有男不进寡汉村、有女不嫁拐子杨"。这就是拐子杨村当时的真实写照。后来，许多父母外出务工，有的为了省下往返的车费，几年都不回家过年；每年春节过后，父母外出打工出发时，孩子在后边追着跑着，那种撕心裂肺、生死离别的场景，很多年后回想，依旧让张全收心里酸痛。

拐子杨村所在的朱里镇离东岸乡有 12 公里。这在张全收老祖爷爷的年代，是一个不短的距离。后来，张全收老祖爷爷到姥姥家落户，就定居拐子杨村。全村，只有他家一户姓张。

西方《圣经》里的"马太效应"，在东方中部的偏远村落里同样发挥作用。马太效应（Matthew Effect）是指强者愈强、弱者愈弱的现象，广泛应用于社会心理学、教育、金融以及科学领域。马太效应，是社会学和经济学家们常用的术语，反映的社会现象是两极分化，富的更富，穷的更穷。出自圣经《新约·马太福音》一则寓言："凡有的，还要加倍给他叫他多余；没有的，连他所有的也要夺过来。"在河南农村，大姓往往占据优势。大姓人多势众，选干部、分田地，大姓往往说了算。在村里，小姓往往不占有优势。长此以往，大姓强者恒强，小姓弱者恒弱。

从张全收老祖爷爷的那一辈，到张全收爷爷的爷爷（张全收高祖），到他太爷爷（张全收曾祖），已经是三代单传。张全收太爷爷生了两个儿子，一个姑娘。张全收爷爷（张全收祖父）排老大。张全收爷爷下面又有三个姑娘，一个儿子。张全收大姑妈叫张桂仙，二姑妈叫张桂范，三姑妈叫张桂娥。张全收的父亲最小，叫张国喜，是 1944 年生人。

张全收的爷爷去世之前，他的大姑妈、二姑妈已经出嫁，三姑妈、父亲还小。张全收的奶奶独自带着两个孩子，艰难度日。

即便是过去很多年，张全收已经带领家族来到改革开放最成功的城市之一——深圳，并且在事业上取得巨大的成功，提起奶奶，张全收依旧有着无限追思，眼中闪烁着泪花。

张全收的奶奶，辛苦操劳着一家。虽然生活贫苦，但通过不断努力，还在村上当过会计。张全收的父亲有四个孩子。张全收是老大，下面有两个妹妹，一个弟弟。大妹妹叫张翠霞，1969 年生；张来收是二弟，1974 年生；三妹妹叫张月霞，1981 年生。

1966 年 8 月，随着拐子杨村一户姓张的孩子啼哭，张全收来到这个世界上。当时，村里的大姓——包括杨姓、吴姓等无论如何也没有料到，这个来自小姓的瘦弱男孩，会改变这个村很多人，甚至中国千千万万个村落中无数人的命运。

刚出生不久，张全收就得了脑膜炎。

"孩子咋会得上这种病？"张全收奶奶一遍又一遍问医生。

被问得实在不耐烦了，医生反问她："孩子打过疫苗吗？"

张全收奶奶摇摇头。

"常规免疫接种可以防止感染流感嗜血杆菌。"医生说。

看张全收奶奶还是一脸茫然。他解释道："孩子得的是细菌性脑膜炎，可由细菌或病毒感染所致。病毒性脑膜炎的症状非常轻微，然而细菌性脑膜炎的症状就可能会危及生命。5 岁以下的孩子最容易得这种病。通俗地说，就是你家孩子抵抗力差，感染了脑膜炎。"

"那什么时候能好？"奶奶问。

"你应该问：能不能治好？"医生说。

张全收被安排住院了。医院病房不大，一个房间有仨小孩，全部是脑膜炎。

幼小的张全收刚开始特别爱睡觉。有时候还会在半夜大喊大叫。奶奶被吓得魂不附体，怎么也安抚不住。在病房里，有的小孩比较严重，出现特殊的皮疹，呈粉红或紫红色，扁平状，护士用手指头摁压，皮疹也不褪色。

让张全收奶奶感到事态紧急的是，同一病房里另外两个先送来的孩子情况很不好，最后医院也不治疗了。奶奶不分白天黑夜守在张全收身边，她最害怕的事情，莫过于一眨眼的工夫，孩子没了。奶奶甚至虔诚地向各路神仙祈祷，宁愿自己受苦，也要让自己的孙子好起来。

资料显示：20 世纪 60 年代初期，氯霉素（加磺胺嘧啶）将流感嗜血杆菌性脑膜炎的病死率进一步降至 5%—10%，使用抗血清治疗从此成为了历史。但磺胺对肺炎球菌性脑膜炎的疗效较差，病死率波动于 45%—95% 之间。

换言之，脑膜炎，是那个时代孩子的杀手之一。对脑膜炎的恐惧，像被通红烙铁烫过后留下的伤疤一样，根植于那个年代人们的心中。

幸运的是，奶奶的祈祷如愿了。我们故事的主人公，张全收的脑膜炎治好了。不幸的是，同病房的另外两个孩子，则变傻了。

逝者如斯夫，不舍昼夜。十年的光阴一闪而过。

十年后一个夏天的早上，张全收一家的命运，改变了。

那是 1976 年，张全收 10 岁。

那是一个豫南夏天的早上，菜地里油麦菜绿油油的大叶子上，爬满青虫和露珠。

"来，快看我昨晚抓的爬叉，变知了了没？"张全收 7 岁的大妹妹张翠霞喊哥哥围观。

所谓爬叉，是蝉面临蜕变的幼虫（又称为若虫），又名蝉猴，黄褐色或淡红色，善攀爬。蝉的幼虫由土中出来爬到树上蜕变为蝉，其过程如猴上树，故得蝉猴之名。蝉分布地区较广，每个地方名字不同，河南很多地方叫爬叉（爬蝉），有的地方叫姐溜龟、爬叉猴、知了龟、知了猴、爬蚱、喋拉猴。

那时候，捉爬叉是夏季农村小朋友的一项重要娱乐活动，和现在城市里小孩约着打篮球的隆重程度差不多，谁捉的爬叉多，实打实会高兴一整天。

张全收和小伙伴们经常下午去抓爬叉。因为下午傍晚时分是爬叉出土的时候。如果是雨后，就更好了。土地湿润，天气炎热，正是爬叉们出没的高峰期。在农村的泥土地上，尤其是老榆树下面，会看到地上有很多小洞洞。倘若是洞洞如同手指头那么粗，那就糟糕了，意味着爬叉已经出洞了。假如是发现绿豆大小的洞，小孩儿们会迫不及待用小指头往里抠，把小洞挑开，里面是大洞，再往下伸，就能感到有几个小钩子在抓你的手指头。顺势把手指头往上一提，一个两节拇指大的爬叉就被拉出了洞穴。有的爬叉很勤奋，洞穴挖得深，手指头伸不到底部。这难不住农村的小伙伴们，用水淹、用树枝挑，甚至拿起小铲子掘地三尺，把爬叉的洞铲平，这都是小孩儿们心照不宣的绝技。

晚上去抓爬叉，就更有意思了。拿着手电筒，在漆黑的农村夜空中照出一道道清晰微弱的光，直接在附近的树上找爬叉。有经验的孩子还会随身带着长竹竿，爬得高的爬叉，可以用长竹竿把它打下来。

张全收"哎"了一声，抱起了 2 岁的张来收，来到院子里猪圈旁。

张翠霞的脸晒得黑黑的，手上还有不少泥土，眼睛明亮而澄澈。她跪在地上，眼睛直直盯着一个磕了好大一个豁口的搪瓷碗。

"快点掀开碗啊！"张全收有点不耐烦。

"不敢，"张翠霞小声说，"怕知了飞了。"

张全收把弟弟往地上一放，用瘦长的右手快速掀开搪瓷碗。一个小孩儿食指长的知了，像新娘子被掀开盖头一样，呈现在众人面前。

知了褪下的皮就在旁边，皮的背上有一个长长的口子——像被人用柳叶刀轻轻切了一下。知了一动不动。张全收用手使劲一戳，知了猛然张开双翼，轻轻舒展，又慢慢合上——双翼透明得像湖面上的薄冰。知了接连晃动了几下身子，突然又展开双翼，像巨大的马蜂一般，"腾"地一声飞走了。

妹妹张翠霞哇的一声就哭了。"赔我知了！"妹妹不断哭号，弟弟张来收也跟着哭，这下院子可热闹了。

张全收脸上红一阵、白一阵。他往屋子里瞄了一眼——还好，奶奶没有出来。奶奶平素亲近张全收，但是也很严厉。他可不想受到奶奶的责备。

过了好大一会儿，他才把弟弟妹妹哄住。

不过，张全收的耳畔，又传来哭泣的声音。他快步跑到堂屋门口，哭声越发清晰。他发誓，从来没听过这么凄惨的哭声。

这哭声太过于悲伤，以至于张全收还没有弄明白什么事情，眼睛就微微红了。

堂屋门"吱"地一声被推开了，只见自己的奶奶匍匐在地上，号啕大哭。

张全收的脑子一下子短路了，一片空白。

"怎么了？"回过神来的张全收问奶奶。

"你舅爷去世了。"张全收的奶奶眼睛红肿，泪不断流下来。

这时，张全收的父亲母亲带着弟弟妹妹们进来了。他父亲一听到这个消息就瘫软下来了。

那一刻，是张全收童年记忆中最悲惨的时刻之一：舅爷去世了，全家人抱着痛哭。

一家人哭了好大一会儿，眼看着太阳爬到树梢上了，才渐渐停了下来。

"今后没有人给咱撑腰了。"张全收妈妈不住掉着眼泪："这么好的一个人，才49岁。"

第二天张全收父亲就去了新乡，参与料理舅爷的后事。

这几天，让张全收印象深刻的是，奶奶时不时就会哭泣，或捶胸痛哭，或掩面而泣。那一段时间，张奶奶流了她大半生的泪水。

过了大概三五天吧。张全收放学后背着很脏的小布袋进了院子。院子不大，由小土院墙围着，几只鸡在院子里乱跑，还有羊在咩咩乱叫。张全收的妈妈和奶奶一个在烧锅，一个在做饭。

这是豫南农村传统的锅台。锅台有三四十公分高，用砖搭了框架，然后用掺着麦秸秆的黏稠泥浆抹上去定型。从上面看，有两个大洞，一个烟囱，每个大洞都可以放一口锅，烟囱自然是用来排烟的，有一米多高，用砖垒着。从正面看，这个锅台分两层。上层是送燃料的，把麦秸秆、玉米秆点燃，从上层的口里放进去，然后不断续柴。下层存放不充分燃烧后的肥料（农村人叫"锅灰"）。因为烧锅在做饭的过程中至关重要，所以当时农村做饭时往往需要两个人：一个人烧锅，一个人做饭。

张全收瞄了一眼锅台：前面的大锅里是萝卜茶，后面大锅里是蒸红薯。等到日渐西山之时，一家人便围着锅台，喝着萝卜茶，吃着蒸红薯。

门口的狗汪汪叫了两声。远远便听到父亲轻骂道："畜生！"那狗便哼唧哼唧地跑到狗窝里去了，趴着不动。

张全收母亲连忙迎上去："国喜，你回来了。"

张全收父亲脸色蜡黄，嘴唇干得发白，嘴皮卷了起来。他拿起一碗萝卜茶，咕咚咕咚一饮而尽。

"葬礼很隆重！"张全收父亲对着他的母亲说，"全收的舅爷个子长得高，就像领导人一样，躺在水晶棺里。有很多人吊唁。"

奶奶伸长了脖子听着，盯着父亲的眼睛不放。

正说着，张全收的父亲起身拿起一块红薯扔到狗窝里。这只狗是纯种大狼狗，有半米多高，全身发黄，尾巴像冰激凌一样向上翻卷。见到红薯，狗猛然蹿起，兴奋地咬住主人的赏赐。狗仿佛是感觉自己重新受宠了一般，殷勤地跑到张全收父亲面前。张全收父亲用手抚摸着这只狗毛茸茸的脑袋，然后拍了拍它的背。狗瘦，轻轻一拍，手掌能感觉到凸起的、带着关节的脊梁骨。这次，狗知趣多了，摇摇尾巴回到狗窝继续趴着，远远望着张全收父亲，像是等待主人继续发号指令。

张全收父亲叹了口气，继续说下去。

"我给全收舅爷家的人都说了。这些年多亏他舅爷接济我们，我们的日子才不会那么艰难。"张全收父亲低声说："我听了这样一个说法，全收的舅爷本来是高血压，都治好了。后来在医院打了一针，打毁了，人就过世了。"

奶奶叹了口气，又摇了摇头，不发一言。

很多年后，张全收才听父亲提起："当年，你舅爷是我们家亲戚中唯一一个有本事的人。当时家里穷，每天吃的是红薯干、玉米面馍。你舅爷当过法院院长，时常救济我们。他过年过节都来家。方圆多少里的乡亲们知道了，至少也不会小瞧我们家，更不会欺负我们家。"

张全收的舅爷去世后，霉运接踵而至。

还是1976年，张全收舅爷去世没多久。村里后街有人办丧事，叫张全收奶奶去帮忙。唢呐、锣鼓响起来的时候，那家猪圈里的猪受了惊吓，飞奔冲出猪圈，撞到了墙边的奶奶。奶奶猝不及防，胯被狠狠撞了一下，感觉像是被一堵墙拍了一下。

"坏事儿啦。"张全收奶奶喊道，"我的胯断了！"

张全收父母非常着急。他们找遍了附近的大夫，贴膏药、抹药酒……很多方子都试了，不起效果。自此，张全收73岁的奶奶拄着凳子，走过了接下来生命里的11年。

奶奶很自责，对张全收的父母说："我要是不参加那白事儿就好了。这下，家里又多了一个不中用的人。全收还小，你说他今后该怎么办呢？"

奶奶一生病，张全收家里更贫困了。

家里接连养猪、养鸡。但猪和鸡都生了病。张全收奶奶常唠叨："背靠大树好乘凉。在农村，一个家族有个背靠，就有支撑，有支柱。失去这个背靠，霉运就一个接一个。"

家庭条件变差，给幼小的张全收带来的，不只是物质上的贫瘠。

1977年，12岁的张全收上了小学5年级。那年，他被留级了。

拐子杨村小学的下课铃响了。老师们也都走了。

"全收，站住别走。"同学白国强站在教室门口，脸上半是戏谑，半是严肃的表情。

12岁的张全收时常营养不良，身体略显瘦弱。他心里一惊，拔腿就跑。

白国强个子不高，但是胳膊却粗壮有力，一把抓住他。

"你说你长大后一定会有出息，你凭啥？"白国强问他。

"就是会有。"张全收梗着脖子说。

"你瞎说！"白国强不依不饶："快说，你是骗人的。"

张全收咬着牙齿，就不改口。

白国强二话不说，摁住张全收就噼里啪啦一顿胖揍。

张全收哭着跑回家。回家的路，变得漫长而心酸。

有的村民问："全收，咋了，谁欺负你了？"

有的村民说："这孩子净不学好。天天跟别人打架。"

……

一路上，村里人投来的异样眼光，像麦芒一样，刺得少年张全收背上又痒又烫。

一推门，院子里，奶奶正坐在小板凳上烙单馍。看到孙子哭着回来，奶奶心里明白了大半。她故意不问，等张全收自己说。

"白国强打我了。"张全收带着哭腔说。他张望了一下，爸妈不在家。

"走，上他家寻（土话，就是找的意思）他去。"

张全收的奶奶拎着书包，带着他直奔白家。

奶奶走在前头，张全收跟在后头。奶奶瘦，个子不高，还小脚。张全收心里犯嘀咕："这能行吗？万一人家再打我一顿咋办？早知道让爸妈一起来了。"

村南头，是十里八乡有名的果园。白国强，就在果园里住。白家也是土坯房，房子附近尽是梨树、苹果树、李子树、柿子树，有两三亩。

奶奶站院子里，面无惧色，大声喊："你家孩子也不管管！尽欺负我们家孩子。"

白国强憋到屋子里不敢出来。白国强奶奶、母亲出来了。

白国强奶奶面露歉意，说："我们会好好说他，以后不再打了。"

奶奶不依不饶，又说了他们几句，余怒未消。

白家两位大人站在自家院子里，悻悻的赔着笑脸。

说了一会儿，张奶奶带着孙子回家。回来的路上，还是奶奶走在前面。

张全收从后面望着奶奶，觉得奶奶的形象是那么的高大。

"小儿子大孙子，老奶奶的命根子。"作为大孙子，张全收对奶奶感情很深。2018年，在深圳，张全收回忆起奶奶，感觉过去几十年的事情历历在目："奶奶做农活、干家务，在家里当家。妈妈不认字、不当家。我小时候哭了一天，带到医院看，原来是手指头窝到衣服里了。后来，奶奶再不让妈妈给我穿衣服。冬天，我就抱着奶奶的脚给她暖脚，也不嫌弃她脚臭。还有一件事儿，我是不吃葱的。妈妈做了一锅饭，放了葱。奶奶因为这个事情，还专门吵了母亲一顿。"

蒿草之下，或有兰香。奶奶，是张全收小时候的精神寄托，也是他面对不公时的守护人。在幼小的张全收看来，奶奶是正义、慈祥、勤劳的化身。可以说，奶奶对他一生的性格塑造起到了至关重要的作用。而这种坚定不移、刚强果断、百折不挠的性格，又决定了张全收面临命运的残酷考验时，做出每一个看似漫不经心实则是深思熟虑的选择。

第二章　放弃学业，首次打工差点丧命

因寒冷而打战的人，最能体会到阳光的温暖。经历了人生烦恼的人，最懂得平凡生活的可贵。

1981 年，张全收 16 岁，身高 1 米 77，体重 100 斤，身体很弱。他像豫南平原上瘦高的玉米秆，风一吹就会弯腰。

他在河南驻马店朱里镇贾村上了半年初中。因为走读的关系，天一亮，他就要起床去上学。中午、晚上也得回来。单趟路程大约 1 公里多。

38 年后，上学对于拐子杨村的村民来说依旧不是一件容易的事情。村里有了小学，但是更多的村民想让孩子在镇上、在县城，甚至在驻马店市里读书。学生走读的奔波劳苦，依旧存在。区别在于，因为扩招，上大学容易了。相似之处在于，贫家子弟想上一流的大学，因为受教育水平、经济条件等客观因素限制，依旧不易。所幸，国家已经重视"寒门难出贵子"的现象，出台多种举措助力寒门学子。

时间再次拉回 38 年前。

"我不上了。"少年张全收跑到父亲面前，怯怯地说。

张全收说话的语气，就像找父亲要一毛钱买个零食那样不自信。他的父亲意味深长地看了儿子一眼，轻轻地叹了口气。作为父亲，他比张全收更明白这对孩子意味着什么。但是，张全收的父亲并没有意识到，这个事情的真正意义，以及很多年以后对孩子的深远影响。

毕竟，从他们老张家来到拐子杨村开始，就没有出过一个大学生。他的父亲自然不会抱有这个不切实际的期望——认为自己孩子会是这一局面的改观者，或者传统的打破者，抑或是家族新的历史创造者。来到一个陌生的大多是杨姓的村落，老张家花了好几辈子才慢慢适应。张全收父亲不想去做出改变，更别提勇敢冒险。

"你不上学，你干啥？"父亲像是在问张全收，又像是在自言自语，"你不上学，就要打牛腿。"

在农村，打牛腿意味着赶牲口，就是种地的意思。

"我想办法干事儿。"他看着父亲说。

当时，辍学在河南农村是个较为普遍的现象。实际上，张全收弟弟小学三年级就辍学了。对于辍学务工或务农这件事情，在农村人看来，就像庄稼长草了，就要锄草那样自然。多年后，再提及这个事情，张全收家族也未表示出哪怕一丝后悔的念头。

张全收舅舅家（在上蔡县朱里镇柏庄村），有一个表亲（当地人叫"老表"），比他大两岁。

"义马有个砖窑厂，工头是咱亲戚。愿意干活不？"这个老表找到张全收。

"那能挣多少？"张全收问。

"多劳多得吧。"老表自己也不清楚。

对于当时的张全收而言，出门务工的机会并不多，他也没有其他的、看似更好的选择。简单商量后，就和村里另外3个小伙子——杨春盈、杨小华、吴新村一起出发了。加上张全收舅舅村的十几个工人，一共20多个人一起结伴出发务工。

这是张全收第一次打工，也是杨小华第一次出远门。杨小华个子不高，比张全收还小一岁，脸寡瘦。刚出门的杨小华对什么都感觉很稀奇。

那天是正月十六，天寒地冻。

张全收一行穿着破得露出棉花的棉袄棉裤，坐汽车，跑到驻马店西平县火车站。

"全收，咋买票？"同伴问他。

"你问我？我问谁？"没坐过火车的张全收也不知所措。

"那直接买到渑池县吧。"同伴去买票了。过了好大一会儿才回来。

去义马，为啥要买到渑池呢？这里面有一段故事。

义马，河南三门峡市下辖县级市，总面积112平方公里，总人口17.09万，是河南面积最小、人口最少的县市。义马一带历史上是一片不毛之地，直到1963年才设立义马市，后被反复撤销、合并。1981年义马从渑池县独立，成为县级义马市。打开渑池县地图你会发现，义马被渑池三面包围，而渑池县城与义马城区也不过两公里，步行就可以到达。

因为这层关系，加之当时信息闭塞，很多人分不清义马和渑池。所以，明明去渑池，被说成了去义马。直到买车票，才确定了这一信息。

火车票当时是一块多钱。一行人兴高采烈背着被子、扛着大包，浩浩荡荡地上了绿皮火车。

上午坐上火车，下午车到郑州。人呼啦呼啦往下走。

"咋回事儿？到渑池了？"张全收焦急地问。

"下车，签字。"旁边有旅客匆匆说了一句。

下了车，张全收他们才闹明白，原来从河南驻马店市西平县到河南三门峡市渑池县需要先走京广线到郑州，然后下来签字，再从郑州坐火车走陇海线，才能到渑池。

他们背着大包小包在火车站排了很久的队，晚上9点多，终于签完字。再等到车来，已经是半夜了。

刚坐车上，杨春盈扯着嗓子喊："全收，全收，不好啦，有人丢啦。"

张全收急得一脑门子汗。"谁丢了？"

"杨小华。"

这几个人又急又气。张全收舅舅村的十几个同伴说："你们去找吧，我们先走了。"

"咋办？全收。"杨春盈问张全收。

"那得找啊。"张全收脚一跺，"下车。"

但是吴新村没有动静。杨春盈说："我在火车站里头等你们。"

张全收一急："你们不去，我去！"

张全收背着大大的被子，从火车上跳下来。郑州火车站站里、广场上全是人，就像农村赶集一样。张全收背着厚重的被子，在火车站转了三圈，才在广场上看到杨小华。

"杨小华！"张全收冲他大喊，"你在干吗？怎么不上车？"

"我在找你们啊。"杨小华也背着大包，愣愣地说。

"人家都跟着大部队，你咋跟不上呢？"张全收埋怨了一句，拉着他往车站里头跑。

"我没出过门，看啥都稀奇。我吃着烤红薯，看着周围风景，不知道咋就迷路了。"杨小华说。

吴新村已经和工友们坐火车去渑池。杨春盈在车站等张全收。杨小华还没有签字，张全收他们又去补签字。结果，很晚才坐上车。第二天早上 7 点，终于到了渑池县。

渑池县在历史上有名的事件，就是秦赵会盟了。

据《史记·廉颇蔺相如列传》记载，秦昭襄王时（前 282—前 280 年），秦国三次发兵攻赵，赵国失利而不屈服。公元前 279 年，秦昭襄王派人告诉赵惠文王，为使两国和好，双方可在渑池会盟。秦王与赵王会饮时，胁迫赵王鼓瑟，并令史官记入秦史。这时，蔺相如正气凛然地强请秦王击缶，亦令赵国史官记入赵史。秦国官员不服，胁令赵国割 15 城给秦王祝寿，蔺相如也迫请秦国割都城咸阳给赵王祝寿。如此针锋相对，舌枪唇剑，直到宴会终了，秦王也未能捞到丝毫便宜，只得与赵王言归于好。

为表示偃旗息鼓，停止战争，双方士兵捧土埋藏兵器以示友好，遂成会盟高台。

"王风不作游说兴，苏张之辈纷纵横。区区会盟非一所，独有此台能著名。"明代陈琏的《渑池会盟台》一诗，写的就是与此有关的故事。

古秦赵会盟台位于今渑池县城西约 1 公里，渑水和羊河之间。1941 年，曾在卫立煌、章士钊等人的赞助下予以重修。1986 年，渑池县大规模重修会盟台，使其显得空前壮观。台高 14 米，台顶呈八角形，中央建亭子，双层八角尖顶仿古式，上覆金色琉璃瓦，高 8 米。亭中竖四方形巨碑，上刻《重修古秦赵会盟台碑记》及著名书法家舒同、楚图南等人的题词。

张全收一行一下火车，只见大雪一片，天地间白茫茫的。他们自然没有唐代大诗人白居易"绿蚁新醅酒，红泥小火炉。晚来天欲雪，能饮一杯无"的闲情雅致，只想尽快赶路。

渑池县是丘陵地带，路滑难走。张全收一行 3 人一天一夜没吃饭，身心俱疲。前路漫漫，他们又把写有砖窑厂地址的字条弄丢了，也不知道砖窑厂具体在哪儿。

这就像希腊神话中的一个场景：一位英雄要回乡了，但是海风却拼命阻止他回乡。他以为是命运对他不公，实则是命运之神眷顾他，担心他回乡后看到家乡的景象，酿生一场惨剧。神话中，英雄最后排除万难回乡了。现实中，张全收拼命用记忆，拼起了通往砖窑厂心酸之路的地址。

他并不知道，那是一份辛苦但却无果的工作。

"在渑池县仰韶乡西沟马岭村，我记得地址在这里。"张全收拼了命回忆。他说："我们要先找仰韶乡，再找西沟马岭村。"

地上，积雪齐脚脖子深；头顶，雪簌簌而下。3 人背着被子，在雪地里跑了 20 里地，才跑到仰韶乡。

"西沟马岭村在哪儿？"张全收拦住一个路人问路。

"就在渑池县边上。"

仨人一屁股坐在地上。因为张全收的想当然，他们白跑了几十里雪路。出门在外，作难在所难免，他们也不抱怨。简单休息后，他们又往回走，跑到渑池县边上的西沟马岭村。

直到晚上，他们才到砖窑厂。

此刻，映入张全收眼帘的是一个破窑，有三四米高。这个砖窑厂，有几十门窑洞。他看到有几十个人呆立着，一问，都是刚来的。

提起砖窑，现代人大多并无好感。实际上，近代文人也是如此。老舍在《骆驼祥子》中这样写道："整个的老城像烧透的砖窑，使人喘不出气。"

砖窑也称土窑。顾名思义，即将土坯烧制成砖瓦的窑。砖窑由多个烧砖的窑洞和一个巨大出烟烟囱组成。窑洞温度相当高，大约上千度，在实际烧结过程中砖窑的温度在600—900摄氏度。烧窑的主要位置为窑洞的上方，土砖在窑洞内放置。烧窑的材料基本是煤。整个巨大烧窑工程用两个烧窑师傅，实行白天和晚上两班制度。

张全收干的活儿，并不是烧砖最辛苦最累的"打坯子"。即便如此，砖窑厂最清闲的工作，还是压得这个16岁少年无法承受。

砖窑厂的工头，是张全收的堂舅，叫杨树林。

"全收，你来清理砖坯。"他喊道。

"我干不动，我才十几岁。没力气。"张全收答。

"那你垒窑门吧。"杨树林说。

所谓垒窑门，就是砖坯进到土窑里去后，把窑门封住。就这样，张全收干了个把月封窑门的活儿。平常，张全收他们还得清理砖窑里面的煤灰。每天就像兔子扒窝，进土窑、出土窑，搞得一身灰。

工友中有个人与大家都不一样，他叫乔松，老家是信阳新县的，长着钢刀一样的眼睛，打扮得很有派头。他30岁，干活最卖力。看着张全收干不动活儿，乔松总会帮他。一来二去，他们就熟识起来。

乔松的父亲给他写三封家书，催他回去结婚，他都无动于衷。

"我娘得了重病。我得干活儿让娘治病。我若回家了，是结婚了，但是在家务农，娘的病咋办？"乔松说。

实际上，张全收明白，乔松已经看上一个姑娘——离工地不远义马（义马和渑池很近，上文已经交代）一个小厂老板的千金，并且经常去跟人家约会。

工友们很羡慕乔松，有一次缠着让乔松讲讲亲女人是什么感觉。

乔松喝了口水，煞有介事地讲了起来：

"开始不要乱伸舌头，正常闭上双唇，亲女人的双唇，记住要有亲的动作，表现出来好像嘴唇在进攻的感觉。要正好亲得和女人的双唇吻合，接触3—5秒钟。然后，很满足很浪漫很温柔地松开一小段距离。这时候，女人会很惊讶，趁她刚才一直闭着的双眼刚要睁开，立即再次堵上。"乔松讲得绘声绘色，工友们听得一脸认真，仿佛自己就是乔松本人。乔松说："你可以用一只手托住女人的下巴，无比珍视地凝视她15秒，然后闭上眼睛把嘴唇压下去，女人这时心中应该想：哇，就好像电影一样，他好浪漫哦。此时双方都很迫切了，然后就可以舌头缠在一起了。"

乔松讲完了。大家还没听够。乔松答应有空再讲，大家才散开。

谁也不曾想到，这个在工地里跟他们一起搬砖的工友，竟然后来成了"金凤凰"。

乔松的故事，暂且不表。

一个当地的老妈妈，叫裴鲜草。她就在砖窑厂附近居住。闲来无事，天天去砖窑厂附近遛弯儿。

"孩儿，你吃饱吃不饱？"她问张全收。

良言一句三冬暖。何况是对第一次出远门在砖窑厂打工的16岁少年！

张全收当时感觉她就像自己亲妈妈，心理上多少有个依靠。实际上，他恨不得认她做干妈。"能吃饱。"他答。

"累不累？"

"累。"

一来二去，老妈妈就和张全收熟悉起来。

一天，她找到张全收。"我家柜子要油漆，你来帮帮忙吧？"

"好啊。我以前学过油漆工，还跟着师傅干过活儿。"张全收欣然答应。

张全收从砖窑厂一下班，就去老妈妈家帮忙。实际上，裴老妈妈家就是几个小物件需要油漆。不出几天，张全收就全干好了。老妈妈很高兴。

砖窑厂的工作，就像一块灼热的巨石，沉重压向这个少年。

张全收的身体渐渐扛不住，得了类风湿性关节炎。脖子像落枕一样，整天歪着。工友送了一个外号，"歪脖"。

有一天，张全收实在顶不住了，发了高烧。

"我不想吃饭，想吃面条。"张全收有气无力地对窑厂管事儿的人说。

"你想吃啥就吃啥吗？给你搞特殊吗？"张全收远房姥爷是管事儿人之一，他恶狠狠地对张全收说。

张全收原本以为自己已经病了，况且对方还是远房亲戚，这个小小的要求，他一定会答应。没想到，工地上的亲戚对自己的态度还不如好心的陌生人。他心凉了，愤怒了，多日来的积怨一刻间突然爆发。他拿起碗，重重摔到地上。

所有人都惊呆了。最后，张全收远房姥爷还是为他做了这碗面条。

吃完面条，张全收就瘫倒在床上了。

"白天辛苦、出汗，晚上就睡在稻草上。天冷，人容易受凉、得病。"杨树林说，无奈地摇摇头。

张全收还有一个老表（此处指祖辈的"姑舅姊妹兄弟"/ 舅姑兄弟姊妹，孙辈们都称呼他们为"老表"。多见于我国北方地区）叫杨小园，用架子车拉着他去渑池县医院看病。

去医院有三公里土路，坑坑洼洼，颠得张全收屁股疼。

最终，医生开了西药、中药。中药需要煎熬。

医生特意嘱咐："这孩子太小，不适合干砖窑厂。再干下去，命都要没了。"

可是，在张全收看来，他并无选择。"不干砖窑厂，干啥呢？

钱还没有挣到，总不能回老家吧？”他心想。

无奈，他从医院刚出来，就像得了"斯德哥尔摩综合征"一样，又进了砖窑厂——让自己柔弱的身体继续饱受砖窑厂辛苦工作的摧残。

"砖窑厂有熬药的砂锅吗？"张全收问。

"没有。"厂里人说。

正当无路可走时，有人提醒他，问问老妈妈。

他去敲门。老妈妈一口答应下来，帮他熬了四五天药。

张全收的膝盖很痛。老妈妈有一个极好的偏方，先在锅里倒进去两袋子醋，用火加热，醋烧开后，把切成片的二两牛夕倒进去，把麸子也倒进去搅拌，再把切成细长薄片的大葱倒进锅搅拌。当醋和麸子融合了，变成类似一坨面的形状时，就从锅里盛出来，装进布袋里面。把布袋放在膝盖上，效果很好。

很多年后，一位中医说，老妈妈的方法很科学。牛夕，也称牛膝，别名是怀牛膝、牛髁膝、山苋菜、对节草、红牛膝、杜牛膝、土牛膝等。它的功能主治是：补肝肾，强筋骨，逐瘀通经，引血下行。用于腰膝酸痛、筋骨无力等。而麸子加热，可以让牛夕的药效更持久深入膝盖。

那时候，张全收心里暖洋洋的。心想，老妈妈对自己有救命之恩。今后若成大事，一定要报恩。

大概在砖窑厂干了两个月。一天晚上，大雨滂沱。整个砖窑厂就像一个个巨大的土灰色盾牌，经历着无数强劲箭簇的猛烈射击。睡梦中，张全收感觉有人拍着自己的背。

"快快快，快跑。"

张全收一激灵，立即坐了起来。

抬眼一看，砖窑厂乱了套。人们都在捆被子。外面，砖厂灯光一片明亮，烧砖的鼓风机还在呼呼响。

"出了什么事情？"张全收问。

"窑厂欠送煤的钱，人家是当地人，已经把路断了，明天要来找事情。消息传过来了，谁不走，明天送煤的把人扣下来。"工友说。

"那我去给老妈妈打个招呼。"

"不行。"工友说，"你不能去。她是当地人，万一送煤的知道后，会把你扣到这里。"

大家疯了似的往外跑。张全收没来得及穿鞋，砖窑厂路面上，铺着煤渣、小石子，扎得张全收脚底板钻心疼。可是，形势危急，他也顾不上这么多了。

张全收的腿有毛病，走不快，工友们就架着他跑。正跑着，背上的棉被掉地上了，全是水，张全收赶紧掂起来，水哗啦哗啦往下流，顾不上挤干净棉被里的水，咬着牙继续往前跑。

跑到县城，已经是夜里12点多了。张全收见到一个解放车，两个挂斗，车斗搭了绿篷布。人们呼啦呼啦爬上去。绿篷布直接蒙到人们头上。大雨顺着绿篷布往两边流，绿篷布里面闷得出不来气。张全收想吐，又吐不出来，难受了一路。

终于回到老家。临下车，张全收他们一人领了25元"遣散费"。

那天，拐子杨村的村民见到这样一个场景：一个黑瘦的大高个少年由3个人架着，一瘸一拐从乡道上进了村。少年背着被子，被子又脏又破，还湿漉漉的。即便如此狼狈，张全收见到村民还是满面笑容地打招呼，仿佛一身的狼狈和他无关。仿佛，他会换一种方式重新归来。很多年后，他确实做到了。

第三章　情深不寿，厂长千金泪别忙碌爱人

　　张全收暂且不表。单说乔松。1982 年，他如愿和追求很久的舒湘结婚。舒湘是三门峡义马一个小厂老板的独生女，一位标致的古典美人。正所谓"淡眉如秋水，玉肌伴轻风"。舒湘从小体弱，家教甚是严格。初次见她时，乔松只感觉貌美不可方物。

　　他们结婚时，小厂已经濒临破产。

　　舒湘的父亲已经绝望，对乔松说："我把我付出了半生心血的工厂和女儿，都托付给你了。"

　　乔松郑重答应下来。

　　第二天，债主们照例登门催债。舒湘父亲办公室的门虚掩着。一推门，大家震惊地看到，舒湘的父亲，一个人前无尽风光的厂长，自缢在办公室里。他的办公桌上有一张白纸，上面一个字也没有。

　　所有的重压都集中到乔松身上。大家用怀疑的眼光看着这个陌生人。

　　乔松给大家说了两句话："第一，厂长已经以命偿债，大

家都不要再逼债了。第二，所有债务重新登记，愿意信任我的，给我时间，我保证如数还债。"

大家面面相觑。但是大多数人都和乔松签订了时间宽松的还债协议。

自此，乔松更加勤奋地跑业务，想要力挽狂澜。

1982 年 11 月，三门峡义马。

面朝直棂的窗户，乔松和唐金互签了合同。唐金走过来，把签好的合同递给乔松。

"方案做得很棒，银行已经决定给这个方案提供资金上的保障了。"来自银行的唐金说，语调柔和，"我个人有一个小问题要问一下。"

乔松不作声，微笑地望着他。

"乔厂长，"他说，"听说你经常要加班到很晚。并且，这个方案是你最近亲自去了一趟南方花费了两个星期才调查出来，是吗？"

说实话，乔松很介意别人问他这种很私人的问题，但是，今天生意做成功了，心情很不错。再说，唐金和他的私交也不差，他就没有拒绝回答。

"是啊，"乔松说，身子微往后仰，"公司刚起步时就是这样，得拼命地上进，为此，也不得不牺牲一下个人的休息时间。"

"说实话，我刚开始也是这样，"唐金说，"早出晚归，可是，最后，我老婆受不了了。她倒没跟我离婚，她做得更绝，她直接在外面找了一个。"

乔松不得不佩服唐金的坦然。可乔松倒不必有这样的顾虑，他相信舒湘。

"她不同，她每天晚上总要开着灯等我回来，不管有多晚。"

唐金苦笑，不搭话。最后，唐金执意送乔松到楼下，这位银行经理站在城堡似的银行大厦前就像一个贵族。可乔松知道，他今晚还是得回那个空荡荡的家。他曾经亲口跟乔松说过，在黑暗降临的晚上，一个人孤独地待在空荡的屋子里，那种感觉，是难以忍受的。

乔松穿过医院长长的走廊，怀抱一束鲜花，轻轻地推开病房的门。白色的床单上躺着一个女人，她生得很美，小巧的身材，白皙的皮肤，是个可爱的女郎。

她躺在那里，长长的睫毛耷拉下来，就像鸟儿的翅膀遮盖住了眼睛。乔松缓缓地走到她的身边，在床头旁的一张椅子上坐下。尽管乔松很小心，可椅子与地板摩擦的声音仍是把她弄醒了。

她扭过头，睁开了眼睛，脸上含着笑望着乔松。

"亲爱的，"她的嗓音依旧是又甜又亮，"你什么时候到的？"

"刚到，"乔松感到抱歉地说，"本来说好一直陪着你的，可是——"

她细腻光滑的手指贴在了乔松的嘴上，她甚至顾不上评价他手中的鲜花，"快伏在我肚子上，"她急切地说，"你的儿子迫不及待地想要见你呢。"

"真的吗？"乔松随手把鲜花放到桌子上，伏在了她的肚子上。他感受到了里面的动静，很轻微，好像是那个小家伙在不安地蹬着小腿儿。

"睡吧，小家伙，不要让你的妈妈难受了。"乔松模仿着舒湘的语气说道。

她笑了，仍然是那种"咯咯"的爽朗的笑。她仅笑了一会儿，就停下来，望着乔松。

"生意忙完了吗？"她问，一双不安的大眼睛望着他。

乔松一下子就明白了她的语意。"一切都稳妥了，"他终于可以看着她的眼睛毫不避闪地说，"我会在医院一直陪着你。"

她这次是发自内心地笑了，只不过更加含蓄，在结婚时他见到她这么浅浅地笑过。她抱住了他。

"亲爱的，"她说，声音听起来有些颤抖，"我有些怕，我要你一直陪着我。"

她往常从未说过这样的话，从未。她从不强制地要求乔松去做什么。不管有多么舍不得，她总会在乔松面前表现得很坚强，好让乔松安心地出差，离开。

这次，出现了例外，乔松立马就感到了事情的不同寻常。

乔松抚摸着她柔顺的头发，把其中一根最长的头发在他右手食指上打了一个结。那是他们之间一种独特的仪式。那表示，不管他走得多远，他都不会离开她。事实是，他们做到了。他们组建了自己的家庭，用自己喜欢的方式生活在了一起，并且爱着彼此的全部。

在生意上，乔松从来不曾心软；可在她面前，乔松的心从来没有硬起来过。她那么可爱，替乔松着想，以至于他总是因为她支持他的事业而心存感激。

"还记得你追我的时候吗？"她微笑地看着乔松说。

他们把十指交叉在了一起，紧紧握着。她头发很长，即使如此，那根头发也没有断掉。

"那时的爱情很美好。"他动情地说，"我是个砖窑厂打工的穷小子，你是厂长的女儿，是所有男人仰慕的公主。天知道我们走到一起引起了多大的震动。你爱弹钢琴，我会努力工作，送你一架你最喜爱的纯白色钢琴。"

她用微笑的眼睛看着乔松，鼓励他继续说下去。

"我们走到一起的时候，你的朋友总要问我是不是你的叔叔啊。因为你确实太小巧，太可爱了。而我，总是显得太过成熟。"

舒湘笑了一下，嘴角翘起来，很开心地听他继续说下去。

"在我成为你男朋友之后，你还能源源不断地收到情书，这点着实让我惊讶。更重要的是，你总是那么坦然，你告诉我这一切，从不隐瞒，并且对我说，'在所有人中，你是我唯一爱的人'，当时我就决定，要给你一生的幸福。"

她的脸上带着微笑看着乔松，她的嘴角往下坠，长长的睫毛垂了下去，好像一不小心，就会遮住整个眼睛。

"你困了吗？"乔松问，"你要是困的话就睡——那样会对你的身体好。"

"我不睡——"她说，"我要继续听下去，我喜欢一直这样跟你在一块儿。"

乔松心里读过这一句话，突然感到有一双冰冷的手抓住了他的心。"自从结婚之后，我陪她的时间是越来越少了。因为忙于新开办的公司，因为想让岳父托付的公司渡过难关。"乔松心里想道，"她怀着小孩，独自待在家里的感觉是怎么样的呢？

她从来没有跟我讲过，以至于我一直以来忽视了这一点。"

"舒湘，"他对她说，"结了婚之后，你怪我吗？"

他可以看到她眼睛里的情绪有瞬间的变化，他能感受到她的呼吸不再均匀。突然，她趴到了他的身上，像一个受了委屈的孩子见到了家人一样。他感到自己的肩膀被她的泪水打湿了。

"你成了我的丈夫，"她说，"你有权利决定什么时候和我待在一起。可是，有时候，我总怕——"

舒湘松开手，仰起头望着乔松，那双眼睛就像被雕刻得圆润的水晶。她带着严肃的微笑望着他说，"我总是莫名其妙地担心，我怕你不再爱我。"

她的皮肤触到了他的皮肤，使他感到一阵触电似的麻木。

"我爱你，"乔松紧紧地搂住她，"你是一个傻瓜——要不然你怎么会那么去想？除了你我再也不能去爱别人了，因为我再也不能找到一个比你更爱我的人了。"

她静静地趴在乔松的肩膀上，她闭着眼睛微笑的样子看起来非常可爱，他确信她是睡了，因为他的肩膀感受不到她的一点动静。

乔松记住了自己的诺言，并未走远。他匆忙在医院附近的小饭店里吃了晚饭。当他走出饭店的时候，太阳已经被一栋高大的建筑遮住了一半，他看到了西边天空上露出了指甲红的颜色。

他急忙地赶往舒湘的病房，可是，里面的病床被移走了，病房显得和他的心一样空荡。

护士长走过来，通知乔松，舒湘已经被移到手术室了。

"手术室？"他的舌头像被冻在嘴巴里一样结结巴巴起来，"她……她怎么样？"

"你不用担心，"护士长安慰他说，只是声音仍是一贯的冰冷，"只需一个剖腹产手术把胎儿取出来就好。"

他匆匆跟着她走到长长的走廊的尽头，"必须做手术吗？"他冲迎面向他走来的主治医生问道。

"顺产的可能性不大——她太紧张了。并且，她的身体状况不佳——她有过重大疾病的病历吗？"

"没有。"乔松说。

"从现在的情况来看，剖腹产是唯一的解决办法。"医生递给他一张单子，"请你在这张纸上签一下自己的名字。"

"我要去见她！"他不顾护士长的阻拦向手术室里跑去。

"你不能随便进去，"医生抓住了他的肩膀，"这是规定！"

"她很紧张，"乔松冲他吼道，"只有我才能安慰她，使她平静下来，这一点，别的人无法做到！"

医生无奈地冲乔松摇了摇头。他把手松了开来。

乔松跑到她的病床前，努力使自己显得更加平静。

她看到他了，眼里闪烁着泪光。她的嘴唇被牙齿紧咬着，露出来的那一部分色泽深红，仿佛能挤出葡萄汁似的。

他抓住了她的手，他们的手指紧扣在一起。

"答应我，"她对乔松说，"一直陪着我。"他能感受到她的手在紧张得发抖。

他冲她用力地点点头，"我会一直陪着你，"他一字一顿地说，"以后的每一天。"

"再也不让我一个人度过黑夜了么，"她的声音听起来像是从牙齿尽头发出来的，"无论工作有多忙，还是其他的原因，都一直陪着我吗？"

一股愧疚之气，又酸又苦，从乔松的心头涌到了喉咙，穿过紧咬的牙齿从缝隙溢了出来。

"再也不会把你一个人丢在黑夜里了，"乔松大声地对她说道，"我发誓，我会陪着你度过每一个夜晚，就像今天一样，就从今天晚上开始！"

医生走进来了，乔松感到舒湘颤抖的手安静了下来，医生已经给她打过了麻药。他签完字的时候，医生正准备把他赶出去。

"我不害怕了，"舒湘的声音听起来软绵绵的，乔松看到她的额头上滴满了汗珠，"你要站在外面，陪着我，直到我出手术室，我要看到的第一个人就是你，你不要走——"

"我不走，"乔松对她说。一股愧疚的激流瞬间扩散到了他的全身。

医生再三催促他出去，并且保证母子平安。他站到走廊里，低着头，与舒湘温馨的记忆像潮水一样涌进了他的脑海。他记得：他拿着仅有的 20 元钱去岳父家里提亲的场景，还有简朴但却盛大的婚礼，还有张全收那些农民工兄弟们辛辛苦苦给他凑的份子钱……

"在所有人中，你是我唯一爱的人。"他想到这句话，眼睛变得模糊起来了。

"可我经常由于工作到很晚的原因把你一个人扔到漆黑的夜晚里。"当乔松想到这里时，他的身子不由自主地颤动了一下。

不知过了多久，在乔松的印象里，大约像过了七年那么久吧，医生从手术室里出来了，"是一个男孩，很健康。"他对乔松说道。

"舒湘呢？"乔松急切地问道。

"她状况很好，已经平静下来了，正躺在病床上休息呢。"随后出来的护士长说。

乔松这才舒了一口气，迈着轻捷的步子走到了舒湘的病床旁边。

她看起来很虚弱，脸色像床单一样白，她的眼睛勉强地睁开了一小缝，正在微笑着望着他。

"你很棒，"乔松俯到她的耳畔，温柔地对她说道，"是个男孩，很健康，跟我们预料的一样。"

他看到她的嘴唇颤动了一下，她的脸上带着笑，从她的口型看，她正在努力地试图重复着一句话，他仔细地辨认着，当他明白那句话的意思的时候，他感到一股电的激流击中了他的全身。

那句话是：我爱你。

当乔松看懂了舒湘费尽力气要表达出来的这句话的时候，他再也克制不住自己的感情，以至于泪簌簌地流了下来。

夜里 12 点钟过后，乔松从婴儿房里走出来，他要履行向舒湘的诺言："我会陪着你度过每一个夜晚，就像是今天一样，就从今天晚上开始！"突然，手机响了，是唐金的电话。凭直觉，这么晚，唐金一定是有什么重大的事和他沟通。可是，他却没有像往常一样去接那个电话。他决定，从明天起，公司的工作和休息时间要严格区分。

护士长走过来了，她表情严肃，这让乔松感到有一丝恐怖。

"她死了，"护士长冰冷地对他说，"死于心脏衰竭。"

他感到他的心被一双冰冷的大手抓住了。乔松的眼前变得漆黑一片，他感到医院的走廊在他的眼前旋转。他的腿软了下去，可他拼命地倚在冰冷的墙上不让自己瘫倒。

他说不出一个字了，舌头真的像被冻住了一样。连他的小拇指都不再听从他的意志去弯曲。

突然，他发疯般地跑了起来，他跳上停在医院门口的那辆破旧面包车，车子抖了一下就开动了，汽车在马路上疾驶。"我要去哪儿？"这个问题连乔松自己此刻都没有答案。可是车子却在他家的楼下停住了，就像他每次都这个时候回家时所做的那样。他一口气跑到七楼，心里像往常一样想着要赶快回到家里。他按响门铃，像平常一样等待舒湘会穿着他最熟悉的睡衣出现在他的面前。

没有人理会他，当门铃声像蜡烛一样熄灭的时候，世界上只有一片沉默。

借着微弱的楼梯间射过来的灯光，他的手哆哆嗦嗦地拿出了钥匙，生疏地打开了冰冷的铁门。他站到黑暗里去了，他第一次感受到客厅竟是如此之黑，他第一次真切地感受到偌大的客厅里只有他孤零零的一个人。

乔松闭上眼，那些他从未注意到的影像浮现了出来，它们像刀片一样划痛着他的心："不论我回家多晚，舒湘总要打开客厅的灯等待着我的回来。有一次，实在是太晚了，我看到舒湘竟然开着灯和衣蜷缩在沙发上睡着了。我心疼她，问她，你为什么不回去睡呢？她郑重其事地回答，开灯等待我回来，是她在夜晚对抗黑暗的唯一方式。"

现在，黑暗彻底地降临到了偌大空旷的客厅里，乔松流着泪，心里从没有像现在一样强烈地感受到：这个世界，原本是那么孤单。

第四章　替人出头，被一个大耳刮子扇倒地上

年轻时经历的苦难，是今生最大的财富。

长大之后，你会发现：有时候坚持和放弃，生与死，痛苦与快乐，只在于一念之间。那一念，不仅在于你是否足够坚强，更在于你的态度、你的坚持程度。

经历了漫长的时间考验，这个道理会像冰山一样冲破大海的桎梏，在沧海桑田的巨变中让人警醒——苦难的意义不仅在于能够直接带给你面对困难的勇气，经历苦难本身，就像打流感疫苗一样，让人在秋冬季节里体格更加健壮。

不管是刚经历人生重大打击的小老板乔松，还是经历了事业开局不顺的打工仔张全收，就像一个刚初生的倔强牛犊，面对社会这个复杂、艰险的荒蛮草原毫不畏惧。

张全收又出去爆爆米花、做油漆工，零零散散干点儿小工。

时间转眼到了1983年，虚岁18的张全收长成了一个大小伙儿，身高蹿到一米八，被人称为"大个儿"。

"别人出去打工都能行，为啥我不行？"那年夏天，张全收对着父母、奶奶撂下这句话，义无反顾直奔焦作市博爱县的

建筑工地。

博爱县位于太行山南麓，焦作市西北部，北与晋城市泽州县毗邻。夏朝隶属覃怀地，商代属畿内，周武王时属野王邑。1927 年从沁阳析出，取孙中山先生倡导的"自由、民主、平等、博爱"中之博爱，设置博爱县。

从手机导航地图上看，上蔡县拐子杨村和博爱县同属河南，但相距 321 公里。如果驾车，需要走京港澳高速、原焦高速，耗时 4 小时 48 分钟。你很难想象，35 年前，一个 18 岁的少年，是乘坐何种交通工具又是花费多久到达目的地的。总之，过程充满艰辛。但是，这或许就是热血青春的重要部分。

夏天，打起精神的张全收又出门了。这次，他去了焦作博爱县参与建设焦作市周口罐头厂博爱县分厂。拐子杨村的几个小伙子——吴小山、吴银山、吴保同、杨小华是他的同伴。此外，还有一个女民工叫吴桂花。

在张全收看来，工地里一片混乱。工地上挖了一个大坑，各种木板、沙子随处即是。到建筑工地不久，张全收就收到一份"礼物"。

傍晚，刚下过雨，工地上湿滑泥泞。他黑瘦，穿着软底黄胶鞋，见了人就咧着嘴笑着打招呼。

"小山，叫上银山、保同咱们出去转转。"张全收看到吴小山，远远喊道。

工地机器太吵，吴小山没听到。

张全收面露急色。匆匆往前迈步。"小——"张全收的"山"字还未出口，自己倒大声"哎呀"一下。

这下吴小山注意到了。

"全收，咋啦？"吴小山跑过来。

张全收感觉脚底像是被蚂蟥叮了一下。抬起脚，看到一个板子上的钉子扎进脚掌，鲜血顺着满是泥巴的鞋子往外渗。

"哥，你忍着点。"吴小山扶着张全收坐下，把他的脚放在自己膝盖上，用右手抓住张全收脚脖子，左手拿着板子，猛地往外一拔。

这一拔不当紧，血像小口的水龙头被拧开了一样往外流，整个黄胶鞋上全是殷红的血水。张全收咬着牙，干脆把鞋子脱了扔一边。再看看脚，已经不成样子——血和泥浆混合在一起，满脚都是，好像踏进了红色的水泥池子。

"哥，钉子锈了。你忍着点，还得把伤口的余毒挤出来。"吴小山说。

张全收只疼得两眼发黑，哪里还管得了这事儿。

"你弄吧，兄弟。"张全收咬着牙说。

吴小山用手用力一挤，暗红的血流了出来。弄了好大一会儿，吴小山才找到布条，把张全收的脚掌包起来。

这一扎，张全收两星期都没敢用脚掌走路。但是工地上的活儿还是要干的，张全收只能用脚跟顶着地面，把脚掌和地面的空隙留足。

脚被扎钉，在工地上是再常见不过的事情。建房子需要水泥，但是也需要木料。比如，打混凝土的柱子，在用钢筋扎好柱子的框架后，还需要用木板把框架四周围得严严实实，以便利倒混凝土。过了几天后，混凝土凝固，柱子成型，就需要把木板去掉。

20 世纪 80 年代的工地并无明确的安全操作手册，也没有对物料堆放的硬性要求。因此，这些带着钉子的木板就扔得随处可见。久而久之，这些钉子就像吸血的蚂蟥一样，扎进工人们的脚里。那种痛，直至骨髓。

建筑工地的工头是河南省获嘉县的，个不高，很瘦。他常把一句话挂在嘴边："你们干活要注意安全，注意安全！"

也许，这就代表了当年豫北建筑工地上安全意识和安全措施的普遍水平。

扎脚事件过去后，张全收在工地上走路更加小心，做人也更加低调、谨慎。可是，他却并不是一个会避事、躲事的人。

工地大门是开着的，附近居民常来工地耍。一天，一个白白胖胖的当地男青年跑到工地。

别看他斯斯文文、白白胖胖，但是他干的事儿可不光明正大。他不断拿起小石子，往工地年轻女工——吴桂花身上扔。

吴桂花瞪了他一眼，胖子居然变本加厉，一边笑，一边拿起更多的石子丢她。

扔一次、两次，可能是不小心。可是连续不断扔，让张全收心里有些窝火。

张全收看不下去了。

"咱几个人摁住他，揍一顿吧？"他对吴小山说。

吴小山没吭声。过了一会儿，才回答："人家是当地人，咱惹不起。"

"不行，不能眼看着他欺负咱的人。"张全收一时兴起，也不管升降机的按钮了。他走到那个胖小伙后面，两手张开，猛地抱住他，把他扑倒在沙子堆上。

胖小伙吃了亏，一声不吭，悻悻走了。

张全收心里别提有多高兴了。以为事情到此结束。

然而，平静的湖面上，难免有波浪翻滚。经历了短暂的宁静后，暴风雨还是来了。

半夜，钢珠"哗哗"落在宿舍板房，像下冰雹一样。工友们慌慌张张起来。工地上亮着灯，远处，几十个人凶神恶煞，拿着刀子乱比画。

一个工友年纪已经很大了，见了这阵势拔腿要跑。对方一个拿刀的人上去就是一刀，工友的鼻梁立即像八九月份的石榴一样裂开了口，血顺着伤口往外冒。

工友们都被镇住了，面面相觑，不敢作声。

"谁是大个子？站出来。"白天的胖子问。

没人吭声。他们拿着刀逼着农民工们。农民工住的地方很简陋。冷冷的月光下，大砍刀的刀面发出让人心寒的白光。

张全收连忙用被子蒙住头。这时候，他才明白奶奶常说的"力微休负重，言轻莫劝人"的意思。胖子眼尖，给身边的几个壮汉使了眼色。两三个壮汉冲到张全收床前，被子一掀，杀猪宰羊似的抓住张全收，把他拖到胖子面前。

胖子个子不高，比张全收低半头。张全收低着头不看他，胖子突然抡圆了胳膊，直接一个大耳刮子扇过来。

扑通一声，张全收倒在地上。

"打！"胖子就说了一个字。

民工板房狭小，七八个壮汉手脚并用，像打沙袋一样暴打张全收的身体。

平素关系要好的工友，看着张全收直摇头，但是没有一个人上前帮忙，也没有人制止。

打了大概十多分钟，这帮壮汉气也出了，人也累了。张全收在地上滚来滚去，非常狼狈，但是他紧咬牙关不求饶。

正当大家都以为这帮人要散场的时候，胖子突然说了一句："砍！"

有个壮汉拿着一把砍刀就冲上来。这个壮汉头发很短，紧贴头皮，脸蛋儿吃得圆滚滚的，身上刺着虎豹一类的文身，目光凶狠。他手里的砍刀一看就精心磨过，锃光瓦亮。工友们倒吸一口凉气。吴小山心里一惊："不好，遇到了不要命的主儿。"

可是眼看对方人多势众，工友们手无寸铁，拿什么跟对方拼？真拼起来，是对手吗？工友们心里一阵嘀咕。

身上有文身的壮汉冷笑一声，脸上露出野兽看到猎物的诡异笑容。只见他右手抬了起来，刀口正对着张全收的大腿。

"杀人啦！"板房外面传来尖叫声。

胖子连忙示意文身壮汉停下，几个壮汉出去了。不一会儿，他们回来了，像抓小鸡一样，手里拎着一个瘦弱的少年。

张全收定睛一看，这不是杨小华吗？心想："他怎么在外面？"

杨小华比张全收小一岁，虚岁也有 17 岁。但是个子并不十分高，有一米七多一点，虽然身体壮实，但跟几个壮汉一比，就像一只狒狒站在一群猩猩中。

"你是谁？"胖子冷声问。

杨小华张嘴就要喊，被胖子一把捂住嘴。

胖子低声说："你再喊，我就砍了你。"

杨小华点点头。

胖子把手松了，改口问："外头还有人没有？"

杨小华摇摇头。

胖子略显紧张的神情稍稍平复。

"我报了警，一会儿警察就来。"杨小华突然冒出一句。

现在，轮到胖子一帮人面面相觑了。有壮汉走到胖子面前，耳语一阵。从胖子的表情看，他现在已经把矛头从张全收转移到杨小华身上。

胖子盯着杨小华，一字一句地说："你敢唬我，我把你手指头剁了。"

杨小华脸上毫无表情，慢悠悠地说："你不信，就在这儿等着。"

胖子长出一口大气，使劲儿往杨小华脸上抡了一巴掌，杨小华的鼻血直接就蹿出来了。胖子愤愤道："兄弟们，撤！"

壮汉们鱼贯而出，留下一脸惊愕的工友们。

张全收从地上爬起来，拍了拍身上的土。大家都很惊讶："全收，你没事儿？"

张全收咧着嘴，露出标准式的微笑。"胖子打我的时候，我顺势一倒，打的那一下并不多重。还有，我躺地上，他们看我起不来，也不知道我是真的受了伤还是假的，下手并没有那么狠。"

众人唏嘘不已，赶紧找软纸团，给杨小华塞住鼻子。不一会儿，血就把软纸染红了。"大家收拾收拾，一会儿警察来了想想咋说。"吴小山说。

"警察不会来的。"杨小华说了一句。

"什么？"张全收睁大了眼睛，"你刚才是骗他们？"

杨小华点点头。

"兄弟，你胆子真大。"张全收说。

一个焦作本地的工友说："全收、小华，你们连夜走吧。这帮人不好惹。要是知道你们骗他们，恼羞成怒，说不定还会报复。"

张全收点点头，问杨小华："咱们连夜走吧？"

杨小华同意了。

他们连夜卷着铺盖匆匆赶到县城汽车站。车站的车都开走了。他们又在车站打地铺睡了一夜。第二天一早，坐第一班的大巴离开博爱县。

张全收手里有175元钱。到了拐子杨村口，临分别，他非要把钱塞给杨小华，可是杨小华死活不要。

"兄弟，你救了大哥一命。因为我，你又丢了工作。你家里还有老人，急等着你挣钱贴补家用呢。如果看到你两手空空，依你爹的暴脾气，一定会狠狠骂你。"张全收把钱塞到杨小华上衣口袋里。

杨小华嘴笨，把钱又掏出来，塞到张全收手里。

"咋了，兄弟。为啥不要？"张全收问杨小华。

"我给你说个事儿，你可别生气。"杨小华看着张全收，慢悠悠地说。

"你说。"

"昨天半夜我是出去撒尿了。看到一帮人拿着钢珠、砍刀到住的地方。我害怕，拔腿就跑。"杨小华说。

"这……"张全收刚想插话，杨小华就挥挥手打断他。

"哥，我看到胖子领头，知道他们是寻你的。"杨小华语气缓慢，"我跑了很远。但是越想越不对劲，浑身难受得很。我还不断想着一件事儿。最后，我改了主意，拼了命往工地跑。后来的事儿，你就知道了。"

"兄弟，遇到这事儿，不管你是跑也好，留也好，我肯定都不会怨你。"张全收顿了顿，"你说的事儿，是啥？"

杨小华腼腆地笑了笑，有些不好意思。他的脸很瘦，鼻子很挺，下巴厚实。他说："就是那天在郑州火车站我走丢了。同行这么多人，就你回来找我了。我想的，就是这事儿。说实话，从这件事儿开始，我就认你是俺哥了。我心想，要是我不回去，哥被砍了，我这辈子都不会原谅自己的。"

张全收鼻子一酸，眼里感觉一股温热的气流涌上来。但是他忍着没有把泪滴下来。过了一会儿，张全收笑道："那你一个人也打不过这么多人啊。你没想过，你回来也可能没啥用，还白搭上自己？"

杨小华一愣，随后憨笑道："呀，这个确实没想到。"

张全收也乐了，两个人相视一笑。

那天，这两个同村长大的少年，在秋天高高的蓝色天空下，拥抱在一起。他们笑着约定下次打工还在一起，然后分手，各回各家。

第五章　走街串巷，住两元一夜的干店怡然自乐

　　君子乐得其志，小人乐得其事。对于张全收而言，外出打工是一种理想，是一种主动性的意愿。他坚信：务工可以改变自己的生活和命运。

　　1984 年秋天，张全收又去了一家砖瓦厂务工。这次，他老老实实地干，两个月，挣了 120 元。

　　冬天将至，砖瓦厂的砖坯做不成了，张全收就准备回家。

　　他特意去了上蔡县城一趟。一下汽车，就直奔上蔡县最大的商贸城。

　　他在商贸城转了老半天。一个老板实在忍不住了，问他："小兄弟，你到底买啥？"

　　"三接头。"张全收回答得很利索。

　　啥是"三接头"？这是 20 世纪 80 年代成功人士的"标配"。在 20 世纪 80 年代，如果老百姓有一双"三接头"那么相当如今的人穿意大利名牌皮鞋一样荣耀。老辈儿人说，这种鞋用三截儿皮革缝制，故而得名"三接头"。

　　张全收挑了半天，拿起一双皮鞋。"这个鞋子多少钱？"

"25 元。"

"这么贵！"

"小兄弟，你是不是没穿过啊。这都算便宜的了。"老板奚落道。

张全收一咬牙："买。"

"三接头"皮鞋穿上了，张全收心里好不得意。快到车站的时候，他一激灵："糟了，把大事儿忘了。"

什么大事儿呢？还不是张全收朝思暮想的涤纶明兜中山服。他又急急忙忙跑回商贸城，掏了 50 多元买了心仪已久的涤纶明兜中山服。

所谓涤纶，是合成纤维中的一个重要品种，是我国聚酯纤维的商品名称。涤纶的优点是轻便与不变形，缺点是不吸汗且闷热。在当时，涤纶明兜中山服可是爆款，跟 30 年后穿古驰、阿玛尼差不多。

一进屋门，张全收就注意到父亲脸色阴沉。

"爹，我回来了。"张全收喊了一声。

"嗯。"张全收父亲很严肃。

张全收机灵，他跑到母亲屋。"咋了，娘？"

"唉——"张全收母亲叹了口气："还不是你相媒（土话，指找对象、结婚）的事儿。"

张全收脸奄拉下来了。

"妈，那个女孩儿我没相中。我自己肯定能找好的。"张全收说。

"你自己找？能行吗？你爸还不是担心你，去年才给你定

了一门亲事。这次好不容易回来了，快去人家家里走走亲戚、
串串门。"

张全收心里有千万个不愿意，但是只能点点头。那个女孩
儿名叫殷芸，是不远处村里的姑娘。

对于干农活，张全收一窍不通。他隐隐觉得自己不会一辈
子住在农村，更不会从事家族几代人都在干的农业生产。故而，
对于父母按照农村规矩定下的婚姻，张全收也是一万个不愿意。
这里面，又至少有两层意思。一者，他和她，是按照农村传统的"相
媒"（就是按照农村规矩，父母和媒人根据双方家庭条件等因素，
确定婚约）形式认识的，本身，他就对这种传统方式比较反感。
经常出门务工的他，钱没赚到，思想观念却已经改变——至少
在婚姻方面，他崇尚自由恋爱，双方要有共同语言。这也就是
俗称的"谈恋爱"。这种观念一旦改变，就像一个人过惯了城
市生活，再让他回到物质、精神相对贫瘠的农村一样，会难以
接受甚至会崩溃。二者，他见过殷芸，但是并不喜欢。

在家待着，就要按照父母之命早早结婚。他宁愿外出，远
离在上蔡县延续了两千多年的传统：婚姻大事，父母之命，媒
妁之言。

既然在家待着并不顺心，张全收很快又踏上了务工之路。

夏天的时候他就推着一把破单车，走村串户地卖冰棍。天
一转凉，冰棍卖不出去了。

这次，他选了一个农村热门行业：爆米花。这在当年，就
像开网吧一样火爆。

"国群，走，咱们去走街串巷吧。"天气入冬，张全收来

到好友杨国群家。杨国群干过爆米花，他还总结出在农村爆爆米花的黄金定律："在冬天和春天的时候爆爆米花，好卖；夏天不要干，因为最不好卖。"

工欲善其事，必先利其器。张全收深谙此道，他四处借钱，花了一百多元买了一套做爆米花的机器。他用人力架子车拉着机器，和杨国群一个村一个村地转。

架子车在农村具有悠久的历史。就像受宠爱的孩子有很多名字一样，深受农民喜爱的架子车，也有很多名字：在河南有地方称之为架车，南方人称之为板车。改革开放后，随着家庭联产承包责任制的实行，架子车在农村迅速普及。架子车大显神通的时候，即每年的水利冬修，成千上万农民在几十公里长的河堤上安营扎寨，一声号令，农民们纷纷拉着架子车，带着铁锹、镢头等工具，向工地进发……

架子车曾经是农村人必不可少的重要运输工具，在农村没有机动车的年代，全靠它来运输，种田用它往地里运肥，往家拉麦子、玉米、棉花等，建房子用它拉土、拉砖头。架子车和爆米花机器巧妙结合，就有了张全收他们干的走街串巷的生意。

张全收的架子车是用榆木做成，非常结实，两边装有两个比自行车稍粗一些的轮子。架子车前端，两根长而平直的车把是张全收放两只手的地方，类似于汽车的方向盘。架子车中间有一根结实的攀绳。拉车时，张全收站在车把中间，两手握住车把的合适部位，就像老司机会自觉把两手放在方向盘9点钟和3点钟方向一样自然。他会把肩上套上攀绳，弓腰屈腿向前拉动。遇到陡坡，张全收弓腰屈腿的幅度还要大一些——这就比较吃力了，就像排量为 1.4T 的迷你小车，拖着一个重 2 吨的越野车爬陡坡一样费劲儿。

"左手拉，右手绞，大脚一蹬赚一毛！"是张全收当年的真实写照。他们俩有分工，一个在这个村跑，一个在隔壁村跑，然后晚上再碰头。

那几年，一到冬天和春天，他们就像西方的吉卜赛人一样，拉着爆米花机器四处流浪。

《百年孤独》中有一段对吉卜赛人精彩的描写："吉卜赛人拖着两块磁铁挨家挨户地走着，铁锅、铁盆、铁钳纷纷从原地落下，木板因铁钉和螺钉没命地挣脱出来而嘎嘎作响……跟在墨尔基阿德斯那两块魔铁后面乱滚。首先出场的是墨尔基阿德斯。他自诩是死神追捕下的逃亡者。他给村庄带来所有一切新奇的东西：冰块、磁铁、望远镜、放大镜、炼金术、实验室、飞毯、女人……正是他们在路上，把一个地方的东西带着去另外一个地方，促进了大家的认知，也促进了整个人类的进步。在当地人看来，他们带来的东西是神奇的。人总是好奇的，想要去探索所有他们未知的领域，然后把一种未知变成'已知'，然后用这个已知去探索新的未知。同时对未知也是恐惧的，恐惧的是自己，自己的渺小。作为高级复杂动物的人，就是黑暗中恐惧，同时一边恐惧一边进步的。"

张全收的爆米花机器，就像吉卜赛人的冰块一样，走到哪里，都吸引当地村民围观。

他们往往先把拐子杨村所在的上蔡县朱里镇转一圈，然后去小岳寺镇，还跑到漯河郾城县立门张村。他们还去周口市商水县各个乡镇，包括白寺、姚集、炼集、魏集、辛集，八里湾、龙档河，等等。从路线上看，卖爆米花走街串巷的轨迹毫无规律可言——并不像现代人跑步一样，在微信朋友圈运动分享软件中的地图上可以画一个有规律的圆圈。

在商水县一个村子，张全收摆开了家伙。至今在河南农村仍可见做爆米花的生意人，做法和几十年前毫无二致。家伙一摆好，整个村闻风而动。在河南，村民大多数拿玉米粒，也有个别拿大米的。摆在张全收面前的，就是个炉子，还有一个类似"炸弹"似的烤炉。张全收熟练地把玉米粒拿糖精水拌拌然后倒进去放在炉子上开始烤，手需要一直摇这个烤炉。

摇的地方有个温度表，时间到了之后，张全收就把烤炉拿下来，一口对着一个布袋子。然后"砰"的一声，爆米花就出炉了。

偏偏在这个时候，有个5岁小孩儿跑过来了。张全收没在意，"砰"的一声的时候，小孩儿开始哇哇大哭。

张全收定睛一看，不得了，小孩儿手背贴到烤炉上了。烤炉的温度很高，小孩儿手背当场烫掉一层皮，哭得嗷嗷叫。

小孩儿家的大人也来了。

"这是我身上所有的钱，都给你们。"张全收对那家大人说。

那家人比较朴实，接了钱，也没再说啥，让张全收走了。

当天夜里，张全收找到杨国群，"兄弟，今天我遇到点事儿，身上没钱了。"

"没事儿，我有。"杨国群说。

他们找到一家干店，一晚上两元钱，住了一夜。

干店里啥都没有，地上只铺着麦秸秆。

在张全收和杨国群这样的爆爆米花生意人的经历中，住干店是家常便饭——就像现在的人出差住快捷酒店一样。

在 20 世纪 80 年代的河南农村、乡镇路边，有不少干店，就是俗称的小旅店。这种旅店的设施通常比较简单：一间小屋子、一张小床、一盏灯。其他的就很难见到了。通常无被褥、无桌椅、无特别的消暑避寒设施，更别想要有什么服务了。

因此，干店的价格一般比较便宜。住的时间短比如几天，每天大概需要三毛、五毛，后来涨到一元、两元；住得长一点如几个月的话就便宜多了，每月大概需要二三十元，有的地方甚至十元就可以了。

第二天，天刚蒙蒙亮，张全收和杨国群又抖擞精神出发了。

在商水县一个村里，张全收正在做爆米花的时候，一个村民找上门了。

"你赶紧走，别在我家门口。"村民说，"我家牛棚的牛，都被崩得神经了。"

有的村民还找到张全收："你的爆米花机器把我家电视机崩坏了，看不成电视了。"

……

这种事情，在做爆米花时常常遇到。村民既想吃爆米花，又不想让做爆米花的生意人在自己家门口"放炮"。一是因为确实声音太大。二是农民也有自己隐秘、不愿公开说出的想法——担心"不吉利"。

类似这样的事情在西方叫作"邻避效应"，在现代中国也存在类似情况。比如，老百姓抱怨小区的垃圾成堆，没有及时清理，当政府提出在小区旁规划垃圾中转站时，小区居民又大多持反对态度。这种"不要建在我家后院"的"邻避效应"，在国际社会已是普遍现象；对"邻避效应"的认识和引导，也是世界各国的共同挑战。

张全收自然不知道什么是"邻避效应"，但是他却有着行之有效的应对这种"软钉子"的办法。

张全收往往哈哈一笑，连连赔不是，给足投诉人面子。张全收还心知肚明，只要赶紧离开，人家不会真的让你赔偿。事实上，果真如此。

这就是所谓的工业文明和农业文明交融时，产生的沟通成本。

中国是传统的农业大国，整个国家多数人是农民。农民面临工业文明的"成果"时，态度是审慎的，充满怀疑。这种怀疑，可能会演变成一种集体情绪，或对抗、或中立、或倒戈。从当时情况来看，一切都可能发生。

但是站在历史长河的角度看，农业文明向工业文明过渡确实是不容置疑的趋势。

这就像传统媒体面临新媒体的冲击时，首先想到的，是对立，是如何从新媒体那里抢回读者，抢回收视率、点击率。历史无数次证明，这种对立往往是徒劳的：传统媒体的衰落不可阻挡，新媒体受欢迎的程度远超传统媒体预期。在公开的对抗中，传统媒体往往被新媒体打得体无完肤。在这种背景下，有着先见之明的传统媒体就开始倒戈。现在，我们谈论的，已经不是传统媒体和新媒体合作的问题了，而是传统媒体开始打算抛弃原有的承载形式，比如部分（实际上数量已经比较可观）报纸不出报纸了，只出电子版、APP 版本。

最终的结果，如果一定让历史这位最公正，但也是最迟缓的法官宣判的话，可能会是这样：传统媒体确实没有被新媒体取代，它只是自己变成了新媒体。

换言之，农业文明最终也确实没有被工业文明取代，它只是自己变成了工业文明——更准确地说，是工业文明思维模式、经营模式支配下的农业文明。

时间回到当下，互联网时代正在深刻改变传统的农业文明、工业文明的发展路径、思维模式。正如工业文明曾对农业文明所做的改变一样。

一个简单直白的例子是：乌镇。它具备中华农耕文化之厚重，工业文明之强盛，也兼有互联网时代之现代。你很难说，这种文明替代了那种文明。你或许可以认为，后一种文明在前一种文明的基础上发展起来，而前一种文明又借助后一种文明重新焕发活力。

张全收遇到的"邻避效应"，只是工业文明和农业文明碰撞时产生的小插曲。亚马孙河边雨林中的蝴蝶扇一扇翅膀，可能引起北美东海岸的一场飓风。这个看似小事的"邻避效应"，就像维苏威火山喷发一样，可以反映欧亚板块、印度洋板块和非洲板块边缘的摩擦和运动。

这种"摩擦和运动"，目前仍在不断发生着。或许直到有一天，各种文明达到一种高度融合的状态，板块运动才能真正静止。但是，这种静止，并不见得全是好事，或许是人类文明遇到的最大挑战。

春暖花开的时候，爆爆米花的生意格外好。张全收来到周口一个村里，生意火爆得出奇。

"来，我家要爆爆米花。"

"我家也爆。"

……

按照价格，爆一次一毛钱。往常一天能爆20多次。那天下来，张全收爆了100多次。

当天晚上，他和杨国群碰头。

"老杨，今天发财了。"张全收说，"你看，我收了多少鸡蛋？"

张全收篮子里，满满的鸡蛋。

"啥？你也收的鸡蛋？"杨国群问。

"咋啦？"

"旁边的村，也是说不给钱，只给鸡蛋。"杨国群嘟囔一句。

这时，他们才感觉事情好像不太对头。

"敲开个鸡蛋看看吧。"杨国群说。敲开鸡蛋一看，是坏了的毛蛋（就是孵小鸡没有成功的蛋）。又打开几个，也是坏蛋。

"走，回去找他们去。"张全收说。

"找啥？你跑到人家村里去，那是人家的地界，有理也说不清。再说，你知道都是哪些村民给的？"杨国群劝他。

张全收一屁股坐在地上，盘腿想了好大一会儿。

"那咋办？如果明儿还收到毛蛋咋办？"张全收问。

杨国群想了想，说："不如我们明天找个老乡打听打听。"

第二天一大早，张全收、杨国群就跑到昨天去过的村子，在村东头见到一个老人正在挑粪浇菜。这老人年过半百，鹤发童颜，身板很硬朗，国字脸，大络腮胡子，像一个慈祥的长者。

"老人家，找您打听个事儿。"张全收嘴甜，凑上去，满脸笑容地问。

"说吧。"老人憨厚地答。

"我们是来这里爆玉米花的，昨天收了不少毛蛋。我们闹不明白咋回事儿，这里咋这么多毛蛋？还都坏了？"

"你们是外地来的吧？"

"我们是驻马店上蔡县的。"

"那怪不得。"老人眉毛一扬，小心翼翼地看了四周一圈，低声说，"方圆几个村子，都是孵小鸡的。"

张全收嘴巴张得圆圆的，心里寻思：原来，是自己不慎走错地方了。

过去在农村，不少村落有孵小鸡的传统。有的家是自家母鸡生蛋、蹲窝孵育的，土话叫"懒趴鸡娘孵小鸡"。有的家是收购"上照"（即受过精）的鸡蛋，大规模孵小鸡。而张全收他们遇到的村子，就属于大规模孵小鸡的地方。

老人接着说："今年村里孵小鸡情况不好，很多蛋都坏了。刚好你们来，人家就趁机把毛蛋问题解决了。"

张全收恨得直跺脚。这就像一个上市公司辛辛苦苦干了一年，最后遇到大盘下行，高质押率的大股东股份被轮候冻结一样尴尬。

但是再看看村里，家家户户已经升起袅袅炊烟。这毕竟是人家的地界儿。张全收想了好久，最后说："算了吧，不惹事儿。"

但是临走，张全收走到老人那里，恳求道："老伯，你教教我们，咋看哪些鸡蛋是好的，哪些是坏的？"

老人乐了，"这还不容易！一般粘泥的比较新鲜。好蛋摇晃时，没有声音，反之就是坏蛋。你要不嫌麻烦，拿块黑布将蛋蒙上，用手电筒照射鸡蛋，好蛋蛋清和蛋黄清晰，呈半透明，而坏蛋蛋清、蛋黄浑浊或贴在蛋壁上，里面有血圈、黑点。说了这么多，应该够你们用了。"

张全收伸长了脖子，仰着脸听着，不住点头。

从村里出发，已经走了老远了，杨国群问："全收，老人说的，你都记住了？"

"记住了。"

"你记着干吗？你又不孵小鸡？"

张全收想了好大一会儿，意味深长地说："多学习点知识是好事儿啊。贫穷的人和平庸的人，什么苦都能吃，就是不能吃学习的苦；富贵的人和优秀的人，什么苦都不能吃，就是能吃学习的苦。我们这一代就是吃了没有知识的亏，才平白吃了那么多的苦。以后说啥，也要让咱孩子上大学，有学问，不再吃咱吃过的亏。"

杨国群摇摇头，"说你胖你还喘上了，咱的孩子跟咱一样，种地，或者做点小生意都不错了。上大学，你做梦呢！"

"你不懂。"张全收说，"这事儿，咱俩说不一块儿。"

"那就不说吧！"杨国群一股犟劲儿上来了，"咱俩各走各的。"

"各走个就各走个。"

俗语称："若争小可，便失大道。"俩人分开了。张全收又勉强跑了几个村，收益都不好。

有一天，张全收的爆米花机器意外爆炸，炸碎的铁片把张全收的脸和手炸得血肉模糊。经此劫难后，张全收回到拐子杨村。爆米花的生意，也渐渐落下了。

第六章　父母之命，儿子无奈奉命成婚

1986 年年初，邻村的赵孟垣找到张全收。

赵孟垣长得很黑，驼背，个子低。从远处一看，就像一个弯着腰的瘦猴子。

"全收，我在山西有个工程，你跟着俺去干吧？"

"在哪儿啊？"

"山西省灵石县石油公司，有个盖房子的活儿。"

张全收心里打起嘀咕。他很早就听过老赵的传说。老赵很早就跑出去务工了，但是没有改革开放的时候，村里边的人出去干活，经常被抓住送回来。这个老赵是个"老油子"，他经常被抓住了送回来。后来，就听说他定居山西了。因为老赵长得很难看、又穷，他在老家根本娶不到媳妇。

从务工角度考虑，张全收不想去山西，更不想跟着老赵干。但是当时家里催他结婚催得紧，他压力很大。

他的婚姻，是父母包办的。张全收 17 岁时就定下了。其间，他们走了几年亲戚。女人的名字，叫作殷芸。

在老家待着，结婚是铁定的。张全收不敢反抗，唯有向后撤退。

就这样，他去了山西。

那时候真穷啊！张全收坐着绿皮火车，先是坐到郑州，后来又辗转来到山西运城，从运城又一路颠簸到了灵石县。

灵石县位于山西省中部，晋中盆地南端，素有"秦晋要道，川陕通衢"之称。境内群山起伏，沟壑纵横。灵石是山西省重要的能源化工基地。灵石县石油公司要盖房子，这才有了张全收去灵石的机缘。

到了灵石县，工友都咋呼着看老赵的媳妇。

"老赵娶到媳妇了？"

"他都当上工头了，后来找了个山西的老婆，长得可漂亮。"工友们说。

张全收对这事儿不感兴趣，他只想老老实实打工挣钱。

当时盖房子，先搭一个架子，然后往上拉斗子，斗子里装着建筑材料。张全收干的就是拉斗子的活儿。他拉着一个绳子，就像从红薯窖里往上拉红薯一样，一点一点地往上拉。一天干下来，他身上脏得不得了。

张全收上班第一件事情，就是戴手套。一天下来，能用烂几个手套。他瘦得像个猴子，干着干着身体就吃不消了。常年繁重的劳动，以及走南闯北的奔波，让本来就身单体薄的张全收不堪重负。

那时候他在义马结交的朋友乔松事业已经起步，在山西做起了基建生意，平时会周济一下张全收。张全收也知道了乔松的妻子早逝，留下一个儿子，名叫乔正龙。但是乔松平时出差时间特别多，很少有时间陪伴孩子。

乔松对亡妻感情很深，一直没有续弦。实际上，乔松的感情生活，就是在一座名叫孤寂的坟茔里度过的。他怀念亡妻，终生没有再娶。

在山西，张全收和乔松都比较忙，但是他们总能找到时间相聚。他们一边叙旧，一边畅谈未来。

"全收，你今后要干吗？"

"这，我心里还不清楚。你呢？"

"我以后要打造一家伟大的公司。这个公司唯一的目的，就是让老百姓的日子过得好一点。"

乔松会写诗歌。他曾向张全收展示过他追求妻子舒湘时，写的诗歌。

《小草集》

让我怎么看轻小草的美丽？
是它们把绿色连缀在一起，
铺满大地。

一只飞鸟停歇在小草的近旁，
唱起了赞美的歌，
直到它的嗓子喑哑，
飞鸟才离去。

直到路人皆已散去，
小草才直起身，
把绿色藏在了黑色的夜里。

一座玫瑰园带给的欢乐，
也不如生长在沙漠里的一株小草。

小草谦卑地把根藏在土里，
当人们践踏它的时候，
它以绿色作为回报。

在世界还未曾远离冬日的时候，
一抹小草的美丽，
胜过了千万句诅咒寒冷的言语。

当春季驱遣春风来到大地，
一株小草，
读懂了春风的唇语。

当玫瑰园仍在熟睡，
一株小草，
温暖了每一个曾遇到它的眼睛。

它就一个，

孤零零地在寒风中直立着，

在等待丝毫感受不到的温暖。

它瘦弱，纤细，

可是就是它孤零零地在这片土地上生长着，

让春天降临这个世界比预期的提早了一天，

——至少是一天。

连天神都在怜悯小草的艰辛，

他在整个夜晚，

偷偷地在小草的近旁抹着泪水。

连露水都喜欢小草的气息，

它在整个早晨，

痴痴地抱着小草的叶尖不肯离去。

连太阳都钟情小草的美丽，

它在整个白天，

远远地注视着小草发出叹息。

连小草都在坚守信念的阵地，

它在整个夏天，

默默地生长在人迹罕逢的小路旁。

没有一种怜悯能让它伤悲，

没有一种留恋能让它哭泣，
没有一种追求能使它改变。

它不像娇弱的玫瑰，
在情人的手里慢慢死去；
它不学追逐阳光的向日葵，
在每一个黑暗的夜晚暗自哭泣。

仿佛没有什么，
能让它的信念叛离。

一株孱弱的小草，
当它坚守信念不肯叛离的时候，
甚至连天神，
都因感受到了它的伟大而喃喃自语！

玫瑰用刺伤到了小草，
小草却谦卑地用绿色衬托玫瑰的美丽。
当玫瑰被采撷送往花店的时候她叹了口气：
"我何时，
才能再和这样的处士做邻居！"

春风解开了大地的罗衫，
露出了大地绿色的腰带。

路灯点亮了光明，

它反复审视着，

每一个走在黑夜里的灵魂。

别说顽石不懂得浪漫，

它的手里还拿着白色的小花呢。

春风像是孩子的手，

总是不经意地把种子撒向大地。

大地像母亲的心，

总是悄悄地将种子埋好，

埋在春风经过的道路旁。

是谁让香甜的花蕾亲吻了你的面颊，

让你在整个春天，

都带着怡人的芳香。

当大地不再沉默的时候，

人们便无声了。

"看着很高雅，就是不太懂。"张全收说。

"你看，小草坚韧、烂漫，聚是一团火，散是满天星。这不就是你我，是广大的农民工兄弟们吗？"乔松缓缓地说。

后来，乔松不断出差，他们联系就渐渐少了。

再后来，老赵看着张全收干活儿不中，也着急了。

"全收，你去干炊事员吧。"

张全收学东西很快，看着炊事员蒸馒头、蒸面条，看着他们做饭。不出几天，他都学会了。

那时候工地条件简陋，搅拌面粉可没机器，全部靠手工。蒸馒头，放碱面特别重要。碱面多了，馒头不好吃；碱面少了，馒头酸。张全收很快找到蒸馒头的技巧。

后来，张全收蒸的馒头特别大，特别漂亮。

在蒸馒头的时候，县里面石油公司有一家人对张全收比较好。

那一家人在石油公司工作，平时穿得整整齐齐。孩子们也很爱读书，平时穿戴都很干净、得体。张全收很羡慕。不自觉地，就和他们亲近。有时候，他还会给那一家人带几个馒头——东西不多，却是心意。时间长了，张全收就和那一家人熟悉了。

有工友骂他："人家是正式上班的，你是打工的，你跟人家来往个啥？你不怕人家看不起你？"

张全收不回答，他也不想回答。他心想："那家男人30多岁，说话和蔼可亲。人家愿意搭理自己，那是看得起自己。自己何必妄自菲薄，一定要自卑呢？只有自卑的人，才不愿意和这些混得好的人来往，怕人家看轻自己。但是我有自信，自己以后不一定比人家差。所以，我跟他们来往，心里就没有自卑的感受。"

大约在工地上蒸了一个多月的馒头，一封来自老家的来信，递送到张全收手上。

"吾儿：家里要分地。速归。"

张全收一看，落款是父亲的大名。

张全收心里有点犹豫。他是正月十六从老家出发来的山西。现在刚干两三个月，老家就催着回去。他的本意，是想长干的。但是，这封信，改变了他的预期。山西的气候，和河南不同，冬天和春天特别冷，风很大。他的身体薄弱，有点吃不消。

他专门去问乔松。他觉得，乔松是他朋友中的能人，会给他正确指引。

"回去吧。"乔松劝他，"父母命，不可违。"

最终，张全收下了决心：回家。

回到家，见到父亲。父亲脸色一沉："村里要分地了。结婚了可以多分点地。"

听到这句话，张全收心里明白了七八分。他心想："父亲这一招高啊。说是分地，实际上还是催婚啊。"

在农民的心里，田地是不可动摇的神圣的存在。这就相当于现代社会里，城中村面临拆迁时的突击结婚，只为多分几套房。更有甚者，还有突击生孩子，只为在分房、要拆迁款时多一个筹码。这就是当年农村婚姻的宿命：当事人是否相爱，是否心甘情愿，并不是包办婚姻的父母考虑的主要因素。奇怪的是，分地倒可能决定婚姻是否达成、何时达成。可想而知，这样的婚姻，在面临农业文明向工业文明过渡的历史背景下，会遇到什么样的结果？更别提，城镇化率不断提升，农民进城后，以土地为基础缔结的姻缘，会面临多么严酷的考验。而问题是，复杂的人性，面临如此严酷的考验，还会坚守持续了两千多年的传统婚姻模式吗？

张全收的心里无比矛盾。他务工多年，见识、阅历已与拐子杨村足不出户的同龄农民有很大不同。他左思右想，这桩婚姻不适合自己。可是父母之命，媒妁之言，很难违抗。他心里无比矛盾。

他那时候还小，虚岁才 21 岁。

当张全收犹豫不决时，他去找奶奶寻找答案。

"儿啊，结不结婚的事儿，家里当家，你不当家。"奶奶劝他。

张全收感觉：生米已经煮成熟饭。这桩婚姻，他结也得结，不结也得结。总而言之一句话：必须结婚。

20 世纪 80 年代末期，农村人结婚，和城市人结婚有很大不同。

那个时候城市的女孩子，大多单纯可爱。穿连衣裙的女孩儿极少，蓝色裤子、白色上衣，就是比较时髦的打扮了。在城市，穿白衬衫的新郎往往得用 800 元的礼金迎娶漂亮的新娘，而新娘的陪嫁品往往是一辆国产二八式凤凰牌自行车，一台华南牌缝纫机和许多土产品。20 世纪 80 年代结婚四大件分别是：电冰箱、黑白电视、石英手表和收录机。

农村的女孩子，有不少早早辍学，在家务农。割草、喂猪这些农活儿，是女孩儿皮肤的天敌——根源在于干这些农活儿需要常常遭遇紫外线的直射。当皮肤接受紫外线过度暴晒后，越晒越红，越晒越黑。

这就形成了一个特殊的现象：农村女孩到城市，很容易适应城市的生活方式——远离紫外线的生活以及涂抹防晒、保湿化妆品的生活方式。城市女孩去农村，倒很难适应农村的生活方式——干农活儿不可避免让皮肤暴露在紫外线之中，这意味着容颜的快速衰老。

或许农村生活方式的凋敝和城市生活方式的兴起，在女人第一次拥有爱美的天性之时，已经悄然注定了。

张全收给未婚妻的见面礼很少，仅有40块钱。

他拎着几袋子"果子"（豫南农村的土叫法，类似桃酥一样的点心），就去岳父岳母家提亲了。后来又有大见面、小见面，规矩很多，也很烦琐。他们就像几千年来住在这片土地上的祖先一样毫无怨言、不折不扣地逐一执行。全部下来，也只是花了几十元钱，

张全收未婚妻家也陪嫁了一些彩礼。"四大件"——那是城市人的标配。在农村，张全收爱人家的陪嫁算是不错了——普通的柜子、桌子、凳子之类的家具。结婚那天，摆得满屋子都是。

与很多年后张全收家小孩子过个生日动辄几十桌形成强烈反差，张全收和妻子结婚，只摆了三桌。这里面，还有张全收和妻子的至亲、好友。换言之，在当时的拐子杨村，很多乡亲们，并没有给张全收捧场。然而，即便过了很多年，张全收依旧不计前嫌，每到过年过节，还挨个慰问村里老人，给他们发红包。

一个细节是，很多年后，张全收50岁了，依旧精神焕发，充满活力。他发红包的对象，也就是村里的老人，有些年龄与张全收相仿，已经满头白发。对于他们，张全收是照发红包不误，他们也是照接红包不误。偶尔，他们会追忆过往的贫寒。但是他们绝对不会提起，以前曾对张全收说过类似"苟富贵、勿相忘"

之类的话。因为，他们当初压根没有想到张全收会有富贵的那一天。

幸运的是，张全收也没有抱着功利之心对待父老乡亲。用他的话说："如果做好事带着目的，那就不叫做好事了，那就变味了。"

第七章　老板欠薪，平生第一次替农民工讨薪

"当身边的微风轻轻吹起，有个声音在对我呼唤

归来吧 归来哟，浪迹天涯的游子

归来吧 归来哟，别再四处漂泊

踏着沉重的脚步，归乡路是那么的漫长

当身边的微风轻轻吹起，吹来故乡泥土的芬芳

归来吧 归来哟，浪迹天涯的游子

归来吧 归来哟，我已厌倦漂泊

我已是满怀疲惫，眼里是酸楚的泪

那故乡的风和故乡的云，为我抹去创痕

我曾经豪情万丈，归来却空空的行囊

那故乡的风和故乡的云，为我抚平创伤"

——费翔·《故乡的云》

1987 年，春晚，费翔一曲《故乡的云》红遍大江南北。《故乡的云》是文章在台湾首唱并流行起来的。1987 年春晚邀请了费翔来，他挑选了台湾当时最好的歌来演唱。因费翔的唱功太

好了，他翻唱的歌经常能使人忘记原唱者。

1987 年，虚岁 22 岁的张全收已经成家。

当下不乏视婚姻为儿戏的现代人，但是在 20 世纪 80 年代，婚姻不是去登记所领证，而是大摆宴席让亲朋好友庆贺。结婚不是自己的事情，而是父母的事情。这桩婚姻好坏由不得自己评说，而是得听街坊邻居如何看待。

既然已经结婚，街坊邻居都已经知晓这个消息。在农村人眼中，张全收大事已办，人生的大局已定。即便是性格倔强的张全收，也不得不屈服在这片土地上延续了几千年的古老传统。

然而父母之命、媒妁之言缔造的婚姻，并未动摇他闯荡社会的决心和勇气。

他到了河南新乡郊区阳岗村一家馒头店务工。他个子大，肯出力。一大早，蹬着老式三轮车出门拉面粉。一袋面粉是 50 斤，他一口气在三轮车上装了十袋，足足有 500 斤。

此时，对于这个在外务工的年轻人而言，年轻和勤奋，就是他挣钱的最大优势。

"全收，又拉面粉啊。"老乡李明远 20 岁出头，跟着他一起在馒头店务工，一出门，正好碰见张全收拉着三轮车往馒头店走。

张全收眼前是一个缓坡。在平路上，装了 500 斤面粉的三轮车被压得"唧唧扭扭"地发出声响。遇到不大的坡，张全收只能下车，伸着头，脚蹬着地往前使劲儿，屁股撅得老高。

张全收正攒着劲儿，没空搭理他。

"你这'伸头机'不好用啊。来，我给你搭把手。"李明远小跑，到三轮车后面，用力一推。三轮车像挨了一炮弹，往前猛一进。

"你慢点。面粉掉地上了，老板扣你工钱。"

"中，中，知道了。"

不一会儿，这个三五十米的小坡就上去了。

"你刚才说的'伸头机'，是个啥玩意儿？"张全收停了一下，不解地问。

"咳！这不是说着玩儿的嘛！"李明远笑道。他老家是登封的，在少林寺练过两年武术，精气神儿很足，脸上的肌肉一条一条的，笑起来看着有点僵硬。"我看着你拉着三轮车，头往前一伸一伸的，活像个'伸头机'。"

年轻人出门在外，务工之余耍个贫嘴，逗个闷子是再常见不过的事儿。张全收也不在意。

张全收起身往前走，却见李明远没有动。"你咋不回？"张全收问。

"你先走，我还有点事儿。"

"啥事儿。"

李明远的脸刷地一下就红了。

"没事儿。"

"我看，事儿不小。"张全收乐了。

李明远表情有点不自然，不停地看表。张全收索性赖着不走，想弄明白工友葫芦里到底卖着什么药。

时候不大，从街道拐角边过来一个女孩儿。她身材高挑，20岁上下年纪，皮肤像刚剥的荔枝一样白，圆脸，见人就笑眯眯的。女孩儿肩膀略宽，走路有劲儿，穿着蓝色裤子、白色上衣。

女孩儿一走过来，李明远的眼睛就被她钩住了——似乎她的身上藏着钩子。

"翠芬，你来了。"李明远抓住她的手。她的手细长，像葱根一样白。

那女孩点点头，不吭声。

"咱俩的事儿，给老板说了吗？"女孩儿声音很轻，小心翼翼地问。

李明远点点头，又摇摇头。

"老板不让你回家？"女孩儿问。

"老板说，再让我等等。"

女孩儿给了他一张纸条。"我爸妈给我写信了，让我回老家结婚。你要想跟我好，就快点来我家提亲。"女孩儿柔声说道。

她看了他一会儿，像是要把他模样刻进脑海中。然后，她转过身，离开了，留下不知所措的李明远。

"兄弟，这是你相好儿？"张全收问。

"嗯。"李明远心里显然在想着别的事儿，心不在焉地答。

"老板不让你走？"

"他也没说死，但是看着好像不太愿意。"

"走，我陪你跟老板说。"

"老板不在家。他回老家处理他小舅子的事儿了。"李明远说。

"他小舅子咋样了？"

李明远摇摇头。

他们说的老板的小舅子，是老板老婆的小弟弟，当年才七八岁。男孩儿调皮。十来天前，这个小孩儿穿着老板的长袖衬衣，在馒头店跑着玩儿。袖子太长，一甩，被搅拌面的机器卷进去了，小孩儿胳膊直接拧成了麻花。当时还是李明远机灵，赶紧关了电闸，小孩儿才没有生命危险。后来，老板就把小舅子送医院了。再后来的事情，李明远和张全收就不知道了。

这俩伙计结伴来到馒头店。老板娘正坐在门后。老板娘五十多岁，吃得白白胖胖的，活像一个特大号的白面馒头。她见了张全收就骂："叫你去拉个面，太阳都下山了还没拉回来。"

张全收不理她，自己把面搬到仓库。李明远打开搅拌机，加进水，机器一转，就开始和面了。

那个时候卖的馒头还是自家小作坊蒸出来的，很天然。馒头店的生意很好，街坊邻居都到馒头店买馒头。馒头蒸好了，一大笼一大笼往上摞，像宝塔一样，生意好的时候可以摞到房顶的大梁下面。

"快来看啊，快来买啊，热乎乎的大馒头出笼了！"张全收嘴好，会喊。

他一卖力招呼，街坊们就像小钉子被磁铁吸引了一样，齐刷刷聚到馒头店。

刚出笼的馒头，皮软、肤白、口感香甜。但是李明远显然没有食欲。

"老板有钱。你不用担心。"卖馒头空当，张全收凑到李明远跟前，轻声说。

李明远眼睛一亮："真的？"

"那可不。"张全收笑着说，"咱们买的面粉，是协议价面粉，比市场价一袋便宜两毛。便宜两毛，就是多挣两毛。再加上老板也卖面粉，他兜里的钱，肯定少不了。"

李明远用力点点头。

大约两三天后，老板从老家回来了。

这个老板是深山里的农民出身，因为比较勤快，被馒头店老板相中了，招进来做了上门女婿。他娶了馒头店老板的女儿，最后自己也成了馒头店老板。老板个子瘦瘦小小的，凡事先问老婆，有点唯唯诺诺的样子。

李明远赶紧找到老板："我女朋友怀孕了。老家还不知道这事儿。她父母催着她回家结婚。我得赶紧辞工，还得把工资赶紧提出来，拿给她父母做聘礼。"

馒头店老板不停点头，顾左右而言他，就是不接李明远的话茬子。

李明远急了，眼睛红红的，扑通一声跪下了。

"我在咱们店干了3年了。我知道老板是大好人。我也知道工钱都是到期结，但是我家里真的是有急事。掌柜的，你一定要帮我这一次！"李明远说得很真诚，眼泪吧嗒吧嗒往下掉。

"这样，你等一下。"馒头店老板站起来，弓着身子，钻进了里屋。

过了好大一会儿，馒头店老板才出来。

他看了李明远一眼，摇摇头。

李明远突然冲到馒头店老板面前，直接抓起他的衣领，像拎小鸡一样把他拎了起来。

馒头店老板也吃了一惊。他没想到，平素里看着不起眼的伙计，力气这么大。

"明远，你放下老板。"张全收恰巧进来。

李明远愣一下，把老板放下了。从表情上看，李明远似乎余怒未消。

清代理学名臣汤斌说："遇横逆之来而不怒，遭变故之起而不惊，当非常之谤而不辩，可以任大事矣！"

所以，人生遇到挫折，能有这三种表现的人，日后必能成大器。

"遇横逆之来而不怒"，是什么意思呢？就是遇到不顺心的事，不发怒或埋怨。

人生不如意的事十有八九，如果遇到一点不顺心的事，就暴跳如雷，甚至将脾气发泄在周围的人身上。这种做法极其幼稚和不明智，愤怒解决不了问题，随意对他人发泄更加会让人看不起你。

人在情绪激动时，很容易做出冲动的事，让自己追悔莫及。因此，遇到不顺心的事，首先冷静下来，弄清事情的来龙去脉，再想对策解决。

真正的聪明人，遇到事情第一反应不是抱怨或发怒，而是想办法解决问题。

遇到大事时，李明远是那种动手的人，张全收则是动脑筋的人。

第二天，馒头店照常运营。但是，每个人都像换了一个人一样，心里怀着自己的小心思。

快到中午的时候，李明远叫住张全收："我必须得回去了。再不回去，翠芬就嫁人了！还有她肚子里的娃娃，该咋办？"说着说着，这个汉子眼圈就泛潮了。

"我给你想办法。"张全收说。

李明远看了他一会儿，点点头。李明远确实也没有其他的办法了。

"没钱。"还没等张全收开口，馒头店老板就两手一摊，"小舅子出了事儿，赔了很多钱。"

"小舅子出事儿，该赔钱。可是，明远也不容易啊，你不能先把工钱给人家吗？"

"真没钱。"

"我的工钱先不给，先给明远。中不？"

"没钱。"

嘴皮子磨烂，馒头店老板就这一句话："没钱。"

太阳下山的时候，李明远要走。"没拿住钱，你拿啥提亲？"张全收问他。

"估计要不到了。"李明远嘟囔一句。

"那你准备咋办？"

"先去找翠芬。走一步，说一步吧。"

"你先别走，咱再想想办法。"

天刚擦黑，张全收、李明远推着馒头店老板新买的二八式凤凰自行车，悄悄出了门。凤凰自行车是经典国货品牌，在20世纪七八十年代时，国产二八式自行车几乎是凤凰的天下。现在由于捷安特、捷马、飞鸽、永久占主流，凤凰自行车已经不多见了。

他们往前跑啊跑，一口气跑了十多里。

一大早，他们在镇上歇息。"你把车推走吧，差不多和你工钱相抵。"张全收说。

"这不中。"李明远说："我推走了，你咋办？你的工钱也没有给呢。"

"我有办法。"

"啥办法？"

"兵者，诡道也，故能而示之不能，用而示之不用，近而示之远，远而示之近。善用兵者，避其锐气，击其惰归。"

"你说的啥？"

"我说的是《孙子兵法·军争篇》。我用兵法给你要账。"

"算了，全收。你的好意，我领了。我先去找翠芬吧。"

李明远说一不二，是标准的豫西汉子。他甩开膀子，头也不回走了。

"翠芬的村子在哪儿？"张全收喊道。

"焦作张庄。"李明远答。

大约过了三四天。馒头店老板托人找到张全收，把李明远的工资拿出来了，有200多元。张全收把车奉还。人家收了车，撂下一句话："你的钱，老板是不给了。不找人把你抓起来，就算客气的了。"

张全收一脸苦笑，但是没有办法。当天，他就直奔焦作张庄。找了一天，找到李明远的相好，张翠芬。

张翠芬家里，有一排大瓦房。院子有一亩多大，种满果树。

张翠芬父亲是一个木匠，精明能干，叼着旱烟。

"你找李明远啊？"

张全收点点头。

"改姓了。叫张明远了。"老人家吸了一口旱烟，露出半是骄傲、半是掩饰的表情。

"他人在哪儿？"

"回家了。过明儿就到。"

张全收在木匠家凑合一宿。第二天，李明远来了。他一见到张全收，就眉开眼笑。

"钱，给你要回来了。"张全收把一叠厚厚的报纸塞给他。

李明远伸手接住报纸，定睛一看，这不是一叠包起来的河南日报吗？

"这——"

"路上怕丢。用报纸包了十来层。"

李明远点点头。

"你咋改姓了？"张全收悄声问。

"咳！一言难尽。"李明远说，"张家只有一个姑娘。我身无分文，又想娶翠芬。怎么办呢？最后，我答应做他们家倒插门（入赘）女婿，这事儿才成。"

在过去，入赘指男女结婚后，男到女家成亲落户。多是女家无兄无弟，为了传宗接代招女婿上门。不过，男到女家成亲落户要随女家的姓氏，被称为"倒插门""小子无能更姓改名"等。倒插门的女婿，在村上可是要遭受白眼的。这种境遇，某种程度上还不如村庄里的小姓。

张全收感同身受，鼻子一酸。

"都怨我，要是早点拿钱来。事情的结果，或许比现在好得多。"

"都定下来了。没啥好说的。对了，你是怎么把钱给要回来的？"

那天，张全收又在张家住了一天。详细讲述了整个过程。

"你真行！"李明远给他点了大拇指："就是可惜了。你的工作也丢了，你还干得这么好。"

"没啥可惜的。活儿，可以再找。兄弟的事儿一耽误，那可就耽误了。"

他们小两口订的阴历二月九日结婚。临分别，他们让张全收一定参加，当他们的见证人。

阴历二月九日，张全收真的来了。

入赘的婚姻仪式通常比较简单，不事铺张。张全收以为是简单办理。没想到，现场场面很大。照样有花轿到外祖母家迎亲，照样担嫁妆和鼓乐伴行，家中照样安排等新人的队列，用热烈的炮声迎接新娘入门。婚礼上，照古例踢轿门、请出轿、牵新人上厅堂行交拜礼。同样鼓乐喧天炮声震地，大宴亲友和宾客。

然而，热闹的场面，并未完全掩盖入赘的事实。

张岳父家出了大血本，买了自行车、彩电，还有冰箱。而李家家贫，拿不出像样的东西。婚宴上，爱嚼舌头的村妇对着这个来自外村的小伙子指指点点。曾经脾气急躁、一点就着的年轻人，像一把被磨去了利刃的宝剑，把自己关在黑暗沉重的剑鞘里，沉默不语。

那天，李明远醉了，张全收也醉了。他们竟然在喜宴上抱着头，痛痛快快哭了一场。

兴之所至，张全收放声唱道："归来吧，归来哟，我已厌倦漂泊；我已是满怀疲惫，眼里是酸楚的泪……"

李明远，也在那天，成了张明远。

第八章　餐馆失火，左胳膊留下终身印记

告别张明远，张全收既悲且喜。

难过的是，他踏踏实实在馒头店工作，最后竹篮打水一场空。庆幸的是，自己还年轻，还有无限的精力。

他就像一个孤独的捕鱼者，在一望无垠的蓝海上渐行渐远。他双手紧握名字叫作"勤奋"的双桨，力争上游。岸边，有不理解他的家人，也有真心帮他的朋友，还有等着看笑话的无聊看客。

然而，他坚信，终有一天，他会捕到那只深藏在海底世界的大马林鱼。哪怕追捕的过程无比艰辛；哪怕拖回战利品的过程会遇到鲨鱼；哪怕回到岸边，留下的只是一个空荡荡的鱼骨架。他也无怨无悔。

他宁愿自己被命运的怒火毁灭，也不愿自己不屈的灵魂被征服、被打败。

不久，他又在新乡市健康路开起烙油馍的小店。

他又迎来了一年四季中第一个季节——春天。他的骨子里，是一个乐观的人。

当第一缕春光如约到达小店的窗台时，张全收笑了，因为他看到了春天的足迹。

三月的第一个早晨，春光就给整个新乡市添上了最美丽、最生动的一笔。或许是前一阵天气陡然变寒的缘由吧，张全收心里总有一种特别落寞伤感的感觉。也许是这个冬天太过于寒冷的缘故，在冬末，人们还不敢轻易脱下御寒的臃肿棉衣，仍然保留着最戒备的状态。人们甚至还断定，春天也必将是阴云笼罩的。而张全收却没有这样想，当看到迎春花星星般的撒满路旁，当看到树枝上萌发出来的绿色的苞芽，当看到雏燕在池塘边小心地试水，当看到晨阳如同逐渐盛开的花蕾般在东边的天空上一天一天变得更加鲜亮，他就知道春天要到达了。因为，那是春天托付她们传达的讯息。她告诉我们，今年的春天会更加温暖，今年的春光会更加迷人，今年的春色会更加生机盎然。

春天是一个舞步最为精妙的舞者。大地是她的舞台，三月的阳光作为她即兴舞蹈的灯光再精妙不过，花儿开放的声音则是她最熟悉的音乐伴奏，而池塘畔招摇的柳条索性就当了她的舞伴。站在楼顶看春天在大地上起舞是一件再惬意不过的事情，你看，就连桀骜不驯的怒吼了整个冬天的风也悄悄地变换了语调，换作叫醒沉睡的小孩儿般的柔声慢语。春天的舞步所经之处，大地回春，鲜绿爬满了整个舞台。

倘若说春天的舞步给大地带来了生机和活力的话，张全收倒更愿意把春天里每一种花儿的鲜艳和芬芳比作是一个伟大的画家所为。而她，也是春天。春天出生于一个最为荒芜最为单调的季节。环境的残酷、恶劣让她的成长饱受挫折。于是，在她长大到有足够能力接管这个世界的时候，她就萌生了要改变这个世界的念头。并且，作为一个季节的掌管之神，她也有足够的才能去完成上天交付给她的伟大使命。她把所有最为名贵的香料添加到每一种最美丽的色彩中，然后她拿起春风的画笔在大地的画纸上勾勒出她最满意的图案，为每一朵在春天里开放的花儿添加上色彩和芬芳。

春天还可以是一个女孩，她年轻，漂亮，十里的春光只是她草草化妆之后的样子。倘若你想寻找她真正的美丽，或许只有肯虔诚地徒步去名山之巅大水之畔去寻找她才有可能一睹她的芳颜。或许，她最美丽的一面尚藏在某个偏僻的山谷或是某个宁静的溪畔，在等待真正肯为她跋山涉水去寻找她的人儿呢。

春天亦可以是一个哲人，因为有时候整个下午她都化身为一棵树在湖畔静坐，在那时，甚至连她最钟爱的舞蹈都可以被她搁弃，她只是静静地看着被春风的舞点踩得起波的湖面和静静地躺在她肩膀上的三月的阳光。

春天是魔术师，她将大地变换成各种不同的色彩；春天是调酒师，她为人们调出了各种的气味和芬芳；春天是诗人，她能在一棵树上写下层次不一的像树叶一样有序生长的诗句；春天是你能想到的关于美好的一切，因为她是一年的开始，因为她是生命的起源，因为她能带给人们希望。

喜欢春天是一种心态，因为春天是万物的萌发期，故而喜欢上她就代表你也正像春天的树般在迅速成长。喜欢上春天吧，她能使你的人生变得更有方向，更有希望。

这就是张全收乐观的心态写照。给点阳光，他的心里就很灿烂。一首小诗《春色 春光》或许是他心境的真实写照。

《春色 春光》

独自一人徘徊在小园中，
满园的春色像酒杯中溢出的香气般在空气中弥荡。
花团锦簇，
满园飘香。
寻芳而至的蜂蝶呀，
请你的脚步再轻再慢，
莫惊醒了沉醉于春色中的人的痴狂。

精神的富足和物质的贫瘠，像是一对孪生兄弟。有趣的是，也有另外一对孪生姐妹。她们是：物质的富裕和精神的贫瘠。张全收的房子是租的，里面有六平方米左右，房子外面的空地也被张全收的油馍店利用了，空地有十来平方米。

店面刚开的时候，不知道去哪儿招工。同乡吴小山路过新乡，张全收专门跑到汽车站去接。夜晚，他们抵足而眠，说起去建筑工地打工的旧事，两人唏嘘不已。

"后来那个闹事的胖子真的被抓住了。"吴小山说。

张全收点点头，"你呢，在工地干了多久？"

"我干到底了。最后，还挣了一笔钱，马上还要娶媳妇。"吴小山笑着说："就是咱打抱不平的吴桂花。"

"咱们？"

"呵呵。主要是你，全收哥。"吴小山说："我们到年根办婚礼，你可一定要回老家参加啊。"

"放心，忘不了。"

"你可要注意安全啊。"

"是啊，出门在外。最好少惹事，挣钱才是最主要的。"张全收说。

第二天，吴小山要离开了。临走，张全收还帮他付了车费。

眼看着吴小山上了汽车，汽车也开动了。突然，汽车停了下来，吴小山尖尖的脑袋从车窗里伸了出来。

"全收——"吴小山冲站在车站的张全收用力挥手："你去找庄英啊，咱们很多驻马店上蔡的，在新乡当保姆。你问问她，她说不定能帮你找到合适的人手。"

张全收笑容满面，如获至宝。出了车站，直奔庄英工作的地方。

庄英是张全收的上蔡县老乡。她四十多岁，5 年前就跟丈夫离婚了，她一直在给一个新乡的官员人家做保姆。

从外面看，庄英做保姆那家的院子，和一般农村的独门独院并无不同。庄英一开门，张全收才注意到里面别有洞天。一进院，就是一个照壁，上面贴着瓷片，瓷片上画着黄山迎客松，在太阳的照射下闪闪发亮。院子里，两株银杏树有三层楼那么高。再往里走，就是一栋两层小楼了。小楼外面贴着深红色的瓷砖，瓷砖上还有凹凸不平的纹路。客厅里富丽堂皇，摆着红木的家具，还有 29 寸的进口大彩电。

张全收看呆了，嘴张得老大。

"啥事？"庄英的脸是国字脸，不苟言笑。

"我开了个油馍店，想找几个帮手。"

"这好说。"庄英不假思索，"咱上蔡在新乡当保姆的人不少，还有很多小姑娘没找到活儿。"

人很快找齐了。庄英特意叮嘱张全收，她堂侄女庄萌萌才16岁，没出过门，一定让张全收好好照顾。张全收连连点头答应。

三四个人，一个六平方米地方，半包重25斤的面……张全收的油馍店，就不声不响地开张了。

油馍店刚开始开的时候，街坊邻居都不看好。

第一天，张全收的店烙了25斤的油馍，买的人并不多。

第二天，张全收有点着急了。大家一起忙了一天，也没有卖出去多少，倒是因为流程不熟悉，白白浪费了不少油。大家一直干到夜里12点，又看着表走到1点才休息。

庄萌萌个子不是很高，说话很直："全收哥，咱们油馍店，是不是开不成了？"

"你怎么这样说？"

"都没人买。街坊邻居都说不中。"

"他们要说中，他们早干这生意了。"张全收说，"做生意，就是要干别人没有干过的事儿。要是别人都干过了，你凭啥会比别人干得好？好啦好啦，你别胡思乱想了。明天早点起来好好干活。"

庄萌萌点点头，回去休息了。张全收却一夜无眠。

从16岁出门务工至今，已经过了五六年。砖窑厂干过，油漆工干过，还走街串巷干过爆爆米花，干过建筑工地……工作干的是不少，可是口袋里却空空如也。一回到老家，总有乡亲们说他："出去忙活这么多年，还不如踏踏实实在老家种地。"

张全收索性起来，披衣站在街口。时候已经是秋天，明月皎洁，地面被月光照得发白，几只猫头鹰倒挂在树枝上，不时发出咕噜咕噜的叫声。他抬头仰望，繁星像银钉一样，镶嵌在浅灰色天鹅绒般的天空。他只感到心里一阵发怵：为了开这个油馍店已经借了200多元。如果再赔了，怎么办？

当夜，张全收心里颇不宁静。他坐在街口的大青石上，望着远处。他心里浮现起，唐僧师徒四人牵着马一路西天取经的故事。那晚，他做了一个梦，梦见自己变成了一只猴子。

第二天一大早，张全收躺在硬木板床上，身心俱疲。那种累啊，好像洪水一样，淹没了他的手足，仿佛能够让他的呼吸也随时停止。那种累啊，就像长长的钉子，把张全收的身体牢牢钉在木质床板上，让他爬不起来。那种累的感觉，就像过完了一生，临终时躺在坟墓中一样，再也不能、也不会爬起来。

张全收全身酸痛，非常不想起床。但是，他还是要爬起来。

"人在往前冲的时候，一定要干出一番成就。不成功，便成仁。"这是当时张全收的真实想法。

"牡丹花好空入目，枣花虽小结实成"。一切好像是预先按照情节反转的剧本演绎的那样。第三天，油馍店生意突然火爆了。

张全收起床，抬眼一看：乖乖，不得了，排队的人络绎不绝。快到中午的时候，排的队伍一直到这条街的尽头，还拐了一个弯儿。

"萌萌，今天有啥好事儿？生意咋这么好？"张全收不解地问。

"还不是俺姑姑。"

"你姑姑，庄英？"

"她知道咱们店生意不好，专门挨家挨户给熟悉的保姆做宣传，让她们买咱家油馍。这些家庭都是官员，是当地有头有脸的人物。老百姓看着这些人都买咱家的油馍，也想来尝尝。这不，买油馍的人就越来越多了。"

张全收听得一愣一愣的，"真的假的？"他笑着说。

庄萌萌脸一沉，低头烙油馍，不搭理他了。

油馍店生意越来越好，平均一天用到九袋面粉，两大桶油。

又过了一段时间，张全收在油馍店旁开了拉面店。庄萌萌很机灵，她找到张全收："咱家油馍白天一边烙，一边卖，根本不够。"

"你有啥办法？"

"晚上烙油馍，白天卖。"

"中。"

就这样，油馍店的运营模式悄然改变。凌晨三点，三四个工人就爬起来烙油馍。白天的时候，这些油馍一销而空。二十岁出头的张全收，初尝创业的成功和获得财富的喜悦。好的时候，一天收入可以有上百元。这在当时，是一笔巨款。

人们往往不会责备幸福来得太突然。人在成功时，往往把主要因素归结于自身的努力，却时常忽略命运的眷顾，以及时代发展到这个阶段产生的必然性。相反，在面临突如其来的厄运时，人们却常常捶胸顿足，控诉命运不公。这个时候，人们却甚少反思自己的不足。真正的成功，是面临失败时不气馁，依靠自身的勇气和努力战胜命运，再获成功。彻头彻尾的失败，则是面临成功时心高意满，一步步把自己送往失败的滑梯而不自知。

初尝成功甜美果实的张全收，显然没有料到，一场灾难正在悄无声息逼近。

烙油馍、做拉面，通常需要熬一锅牛油。往常，这个事情是庄萌萌负责。经历了创业的磨炼，生意的红火，庄萌萌的气质、心态发生了很大变化。

在门店里面，有一个大树一样粗的锅台，上面放着直径半米左右的一口大铁锅。每晚，熬制牛油，是必不可少的功课。

"萌萌，下班了。"晚上 11 点，张全收说。

"马上好。"庄萌萌不停往炉火里加煤。她说："这几天生意好，今天多熬一点牛油。"

平时，牛油熬制小半锅即可。这次，庄萌萌破例多熬了一些，约有半锅的样子。

牛油熬制好了。庄萌萌去端，结果端不动。

张全收都准备走了。见状，上前帮她端锅。

炉子里的火正旺。油锅像煮沸了的水一样咕咚咕咚冒着小气泡。张全收刚把锅端起来，油锅"哗——"一声着火了。

他赶紧把油锅往外头一扔，但是为时已晚。火苗像红色的毒蛇一样四处乱咬。油溅到张全收身上了，他的左胳膊全是火。当时他穿着花方格的褂子，褂子上全是火。屋子里的油、煤全被点着了，整个屋子顿时被大火包围。

再次醒来，已经是第二天了。

张全收定睛一看：白色的床单、白色的天花板。自己肯定在医院。他摸摸左臂，心里一阵庆幸——左胳膊还在。然而，再抬抬左臂，却感觉上面像有千万只毒蚂蚁在蜇。

"糟糕！"张全收心里暗暗叫苦。

他扫了一眼，除了伙计阿花，其余熟悉的人一个没有。

"阿花，店里怎么样？"

阿花是张全收从驻马店招来的，专门烙油馍，来了不到一个月。

"店里烧了大半。不过庄姐（指庄萌萌）一直在救火，她说，店不会倒。"

张全收点点头。他发自内心感激庄萌萌，没有让他的心血在一夜之间毁于一旦。

这种出于危险境地时，感受到的善意，是会让人铭心刻骨一辈子的。就像在渑池县打工时，帮助过张全收的老妈妈，张全收就时常记起。他心里暗暗下了决心，以后成功了，一定要回去报答老妈妈。

因为左臂严重烧伤的缘故，张全收在医院住了一个多月。其间，他不断打听店里的情况。店员们隔三差五来看他，向他报告。

"店里已经恢复运行了。"火灾事故一星期后，有店员汇报。

"重新买了机器，有店员走了，庄姐坐镇，又招了几个人。"半个月后，人家这样汇报。

　　马上就要出院了。张全收兴冲冲问阿花："店里怎么样？"

　　阿花不答。

　　张全收本来是期待的"婴儿底"，即大不了店里受损失，回到刚创办店时候的状态。但是阿花的沉默，打击了他的这个期待。

　　"到底怎么了？"

　　阿花又沉默了一大会儿，嘟嘟囔囔地说："庄姐走了。"

　　"什么？"张全收愣了一下。他没想到，"婴儿底"下面，还有十八层地狱。

　　他急匆匆赶到店里。

　　一个月不见，街里景致已经变了大样。他的烙馍店人去店空，大门紧闭。

　　"为什么？"张全收百思不得其解。

　　一位隔壁邻居走过来了："你这店，本来挺好。一失火，再一停业，客人就少了。后来你住了一个月的院，全靠庄萌萌，她一个女孩子家，怎么可能维持下去？买油馍、吃拉面的人越来越少了。看此情况，工人们就纷纷提出辞职，还索要工资、路费。一星期前，庄萌萌她自己也干不下去了。"他摇摇头，缓缓地说。

　　张全收只感觉欲哭无泪。

　　数年努力一朝付之一炬。前途漫漫，未来去哪里安身？他心里一点主意也没有。

　　"庄萌萌去哪儿了？"张全收问。

　　"她自己没说，也没人知道。"阿花说："庄姐临走说了一句话，她说，失火是她的责任，所以她一直没有脸见你。"

张全收喉咙一阵发干。他叹了口气。

他心里也说不清楚，到底是庄萌萌害了他，还是他害了庄萌萌？这是一个复杂的、涉及人性本质的思索。从员工角度考虑，庄萌萌无疑是敬业的、优秀的。但是从老板角度考虑，庄萌萌又是欠缺风险管控意识、激进求快的。这就像一个上市公司，出现问题的，往往不是专心干主业，业绩缓慢增长的公司，反倒是快速扩张，业绩突飞猛进，债务也随之提升的公司。用老话说，它们是被撑死的，不是被饿死的。

最困难的时候，张全收不得不睡在铁皮屋里的地板上，用借来的 25 元钱买了一袋面粉，做面疙瘩吃，支撑了好几个月。

"没有一点油星，那种苦你想象不出来。"多年后，面对上门拜访的乔松，张全收回忆起心酸往事，感慨地说。

那一段时间里，陪伴张全收的只有一张凉席、没有油和菜的盐水面疙瘩汤和一本他最爱的《西游记》。夜深人静时，他总会忍不住地想："唐僧取经也历经了九九八十一难，可我到哪儿能取到真经呢？"

过了不久，张全收低价转让了店面，还了欠债和店员的薪资，孤身离开新乡。

第九章　奶奶去世，家里痛失灵魂人物

1987年，张全收奶奶去世，享年84岁。

那是一个冬天，张全收奶奶出殡那天，下着大雪，全村去了很多人。

张全收在外务工，那个时代信息不畅。回到家，奶奶已经安葬。

恍惚间，他头重脚轻，急忙来到村东头，见到的是奶奶的坟头。

张全收哭跪在地，头重重地磕在地上。

"奶奶还没有死……她还活着……"张全收嘴里喃喃自语。从他出生，到现在，所有和奶奶相关的画面，像过电影一样在他脑海慢慢闪过。这些记忆如同一把锉刀，反复触碰张全收心里最柔软的角落。

张全收一直以为自己是坚强的，是不屈的。但是，奶奶的突然离世，如同一道闪电，把他惊醒。

苏格拉底曾说过，三尺以上的人，都要在天地之间低头。面对命运的无常，突如其来的灾祸，张全收无力反抗，只能选择痛恨。

他痛恨命运的不公，临了没能让他再看一眼奶奶，哪怕拿点好吃的，让奶奶多吃上一口也算是他的一番心意啊。张全收是奶奶养大的，跟奶奶有深厚的感情。张全收感觉，奶奶是这个世界上最关心他的人。但是临了，他却没有最后一次行孝的机会。

他趴在地上，冰冷的泥土像糨糊一样粘了他一身。他轻抚奶奶的坟墓，轻声细语："奶奶，你在下面冷不冷？怕不怕？"

他甚至还想把坟墓打开，再看一看奶奶。

张全收平时是很少哭的。遇到难过的事情，他往往选择一笑而过，但是奶奶的去世对他的打击实在太大。他趴在地上，身体突然抖了一下，嘴唇颤动着，泪水簌簌而下。

"奶奶啊，我的奶奶！"张全收大声哭喊着，声音在宁静的旷野传开。他的手像摸到了裸露的电线一样发麻，大腿不断抽搐，胸口剧烈起伏，心脏像炸药引爆一样灼热、难受。

从远处看，他就是田野里坟头边的一个小黑点。走近，才能看到他满脸的泪水。

"奶奶走了。奶奶走了。奶奶走了。"张全收不断重复着这个事实。他想再抱抱奶奶，再吃一口奶奶做的馒头，夜半奶奶会起来给他盖盖被子……这些，永远成为奢望了。

他从来没有想到过，在这个世界上，他会这么无助。这个世界这么多人，他却如此孤单。

人在痛苦的时候，很多烦恼接踵而至。但是，人在痛到深处的时候，很多烦恼都已消失不见。这就像女人生孩子，扎针的痛，利刃割破身体的痛，都远不如子宫紧缩的痛。一个平时怕打针的女孩子，在成为女人生孩子的时候，会直接变成不怕针扎、刀切的坚强战士。

张全收想通了很多事情。但是过了一会儿，他又感觉自己什么也没有想通。他的思想，就像风暴里的风筝，飘忽不定、上上下下、不知所踪。

他感觉到了发自内心的痛苦。他感受到了铭心刻骨的爱。他经历了失去，他知晓了珍惜。

虚空的天地之间，何处安放他孤单的魂灵？他对命运的安排，感到深深的不公。这种情感又转化为痛恨，痛恨演变成厌恶，厌恶到了极致，变成了无奈。既然对命运无奈，那就顺从。可是他又做不到顺从，因为他不愿接受这样的结果。他思想的芦苇，在命运的泥沼中，被腐化、被侵蚀、被扭曲。最终，他长叹一声。对命运无语。

在他以后的人生中，他又经历了很多事情，遭遇很多挫折，承受很多痛苦。对于这些，他都释怀了。然而，对于奶奶的突然去世，他却一直无法接受。

哭了很久，张全收才起来。当他离开奶奶坟墓，回到村里的时候，他才意识到：奶奶，真的不在了。当他从外地务工回到家，家里没有那个慈祥的奶奶，露着阳光一样的灿烂笑容，问他："全收，吃了没？累不累？"

回到家，他见到妻子。

早就听闻老乡说，他的妻子打公婆。他想提出离婚。

但是，他又想起了自己的奶奶。

他记得上次出门的时候，他问过奶奶："我想离婚。"

"你们好好过，过一家人。"奶奶说。

"可是，我跟她过不下去了。"

"离了婚，你能找到媳妇吗？"奶奶担心地说。

看着奶奶关切的眼神和日渐浑浊的眼睛，张全收心里有些不忍。

他知道，奶奶心里坚守的观念，是根深蒂固的，是不可动摇的。

"一家人和和美美地过最好。如果不能和和美美，那至少也得是一家人。咱们老张家，没有一个离婚的。"奶奶担心孙子想不通，又栽培几句。

张全收"哎"了一声。

对话结束，回忆的大门关上了。

无意间，在一本杂志上，张全收看到一篇悼念奶奶的文章。感同身受。全文如下：

但凡身高三尺的人，都要在天地之间低头。

我一直以为自己很坚强，可以被毁灭，但是不能被打败。

可是，我最亲最爱的奶奶突然离世，却给我带来自出生四十年以来最大的打击。至今，无法接受。

我自三岁时，父母去北京打工，我便被送到位于正阳县一所初级中学的爷奶家中。爷奶感情笃厚。我印象中，爷爷为奶奶炖鸡的场景非常清晰。那份鸡汤的香味，穿越广袤的时间平原直达我如今四十岁的心底，毫无违和感。

我对奶奶的第一个记忆，是一个夜晚。那夜，星光灿烂。奶奶把我背在背上，我静静地睡着。恍惚间，仿佛听见奶奶在说："在遥远的地方，有一个天国。那里金砖铺地，遍地是金苹果，银盘子……"

我相信，那一定是奶奶在路途上的喃喃自语。亦或是，奶奶回家的路上重复着聚会时所吟所唱，所思所想。

至今思量，当年刚度过一场大病浩劫的奶奶，一定是更加坚定了信仰。自此，在我心里，在我同辈人的心里，在比我高一辈人的心里，在比我高两辈甚至三辈人的心里，都种下一个种子。

这周一，黑色的周一。奶奶安详躺在村北自家院落的堂屋。身边，儿孙陪伴。很多人来送行。他们说，奶奶去了天国，去享福了。还有人说："你奶奶说过一句话我永远记着。那句话是，'别人诋毁你的时候，你只需要祝福他，祝福他，祝福他'。"

回想奶奶的一生，有诸多不易。爷爷说，奶奶一生有两大不易。一是婆婆，二是儿女。细细想来，奶奶的婆婆九十余岁高龄之时，尚在逢人便夸奶奶。奶奶儿孙满堂，家庭和睦，重孙子、重孙女、重外孙、重外孙女也对奶奶敬爱有加。

我去了北京，后来又回到老家。当时，家庭困难，我和妹妹吃饭都成问题。奶奶跑到村西我们住处，给我们烙油馍。后来我们同辈数人竟全部住在爷奶家。爷奶辛苦付出，可见一斑。至今，仍有人因为带一个孙子辈心生埋怨，家庭不睦。可爷奶任劳任怨。子孙成才后，一次也没有自夸功绩。如此相比，高下自判。这也是为何爷奶教育子孙能够使其心悦诚服，并且能够得到尊敬的原因。

去南京上学，又去北京上学。在北京之时，爷奶来到叔叔租住的房子。房子很小，一室一厅。二老知足。爷奶身居陋室，却笑容满面。

奶奶是一位坚定的老人，是一位眼里揉不得沙子的长者。每当有晚辈去探望，总能得到奶奶的谆谆教诲，或是虔诚的祷告，或是她手抄的福音。我们总想着来日方长，但最后一天到得如此突然，让所有人都猝不及防。

我们的眼睛上挂着泪水，我们的心里却回想着奶奶的话。很奇怪，一切仿佛她预料好的一般。她平素就告诉我们，有一个地方叫作天堂。我们且听且疑，都顺从她，听从她的描述，如同她曾经见过一般。而如今，她平素的言语，成了我们心里最大的慰藉。我们宁愿相信，真的有一个地方，叫作天堂。奶奶真的是去了那个地方。那个地方金砖铺地、宝石满墙。我们且悲且喜，且哭且笑。人生无常，岁月短暂。自此一别，万里凄凉。

昨天我又来到奶奶的出生地。她安详睡去，一座坟茔屹立在茫茫天地之间。

我相信，她会遇到她慈爱的父母，她肯定会握住他们的手，轻轻诉说这些年的悲苦与喜乐。她还会遇到她的姐妹，长谈良久。也许，她还会遇到她的哥哥，问一句："你到底是在大陆，还是在台湾？"

我认为，奶奶是无憾的，是幸福的。我们家人，也曾尽心尽力，心里不需要愧疚。只是，这个事情太过突然，所有人都无力承受。

所有爱奶奶的人，以及奶奶牵挂的人，都以泪洗面，痛苦不已。然而，归根到底，大家还是宁愿选择相信奶奶真的去了天国。

　　所有人都释然了，所有人都幸福着。这，也许正是奶奶所期待的。

　　很幸运，她的期待，经过她这么多年的努力，在最后一刻，通过了无常命运的最终检验。

　　我们越幸福，奶奶在天堂越快乐。

　　我们越团结，奶奶在天堂越放心。

　　我们越孝顺，奶奶在天堂越祝福。

　　我想起了，六岁那年，从小学一年级回家途中的事情。我见到一棵大树，一棵特别大的树，枝繁叶茂。它被锯断了。我站在旁边，问："树死了吗？"

　　"死了。"锯树的人答。

　　"树会死。人会死吗？"

　　"会。"

　　我心里特别恐惧，我想到我的爷奶。我特别害怕。我希望他们永生。六岁的我，会调皮，会惹爷奶生气。但是，此后，我无论做什么，都不惹他们生气。顺利的时候，我把喜悦分享给他们。不顺的时候，我宁愿他们不知道，不为我感到难过。

　　我真的没有想过这个事情：我会失去奶奶。

　　我原本以为，只要我不惹他们生气，让他们高兴，命运就会给予我们奇迹。

　　奇迹的老人再次失足，跌落谷底。真相面目狰狞，从谷底爬出，气势汹汹朝我们挥起悲痛的重锤。

　　痛！痛！痛！

　　我颤抖的手，缓缓敲下这段文字。眼泪模糊，胸口起伏。

一个声音仿佛传来："不要怕，不要怕，不要怕……"

对不起奶奶，我害怕。我不能承受。我软弱。

可是，想起你啊，我心底就升起了无限勇气。生命脆弱，信念却可以无比坚韧。你的一生，不正是这样吗？

眼泪长流，心里越发明镜。伤口撒盐，身体痊愈更快。

我们抱着你教导我们的信念，在这浑浊的世上，看清自己的路。我们天各一方，但是心意相连，如在身边。

致我最爱最爱最爱最爱最爱最爱最爱最爱最爱的奶奶。

奶奶已经去世，可是张全收还要继续生活。他想结束这段没有感情的婚姻。

他去找父母。他听很多人说，他媳妇平素里不干农活，打骂父母。

但是，父母的说法和奶奶一样，"不能离婚。离了婚，你就成了单身汉。你找不到媳妇怎么办？以后，谁管你？"面对父亲的诘问，张全收无言以对。

邻居有个大爷给张全收说："你奶奶是个铁人，一辈子能干。在旧社会，她一个月，能做出来二三十筐芝麻叶。她的能干，让你们全家人挺过了一个又一个生死难关。她真是一个了不起的人。"

"是的。"张全收说："她是我们家的灵魂人物。"

后面的故事，就有点悲剧色彩了。不久，父亲中风偏瘫，母亲精神失常，张全收家，又遭遇了一桩又一桩天大的难事。

不过，幸亏有乡亲们一碗米、一瓢面帮他们度过。

第十章　粮食改革，卖面粉之路山穷水尽

列夫·托尔斯泰在《安娜·卡列尼娜》开篇就说："幸福的家庭都是相似的，不幸的家庭各有各的不幸。"

家庭遭遇重大挫折的张全收，在农村过得并不顺心。

老辈人有句话："宁拆十座庙，不毁一桩姻。"在豫南农村几千年的历史中，能凑合着过，肯定是凑合着过。婚一离，家就散了。

人类发展的过程也是这样。人们先是打碎了原来的规矩，有了新的特例。这种特例慢慢变成族群的习惯，经过世代更替，这些习惯变成了规矩。这或许有点讽刺，当初是打破祖先制定规矩的人，开启了一段新的生产生活方式的先河。然而，他们这种新的生产生活方式，又成为子孙后代的桎梏。问题是，打破传统的代价是巨大的。在新的时代，旧时代的规矩肯定有不适应之处，有需要完全改变的地方，也有小修小补即可完善的地方。但是率先打破规矩的人，往往会成为众矢之的。趋利避害的人性，诱惑人们在传统面前妥协。唯有如此，规矩才能成为规矩，传统才能成为传统。

抱着继续维持婚姻的幻想，张全收又踏上了务工之路。

在张全收继续在河南区域打转转的时候，他的故交好友杨小华去了深圳。那是 1991 年，经过多年工地打工的杨小华来到深圳，刚开始进玩具厂，后来卖副食品、干包工头。不过，他们在深圳的故事，并未有太多交集。

话说张全收收拾了行囊，找朋友借了两三千元，拉了一车煤、一套机器，又去上蔡县开起馒头店。

1993 年，中国人放弃了量入为出的观念，借贷不再是难以启齿的事。钱潮涌进大城市，时谚讽刺新冒出的富人是：喝着蓝带，开着现代，搂着下一代。两三千元在当时是笔巨款，但是对于当时的张全收而言，并不难借。

20 世纪 80 年代，很多馒头店、面粉店，依靠协议价买进面粉，平价卖出面粉，中间还能赚个差价。张全收也是这样想的。

电视里，放着最火的《北京人在纽约》。张全收的馒头店很红火。中午正忙的时候，店里来了一位故人。张全收一看，这不是杨国群吗？

"国群，你不爆爆米花，来县城干啥？"

"现在都兴做大生意了，俺来县城碰碰运气。"杨国群憨厚一笑。

"你看，我新开的馒头店，还中吧？"

"好得很，好得很……"

见杨国群说话吞吞吐吐，张全收心里已经明白了七八分。

"手头紧？"

杨国群点点头。

张全收把最近刚赚的 200 多元给杨国群。杨国群要打借条，张全收笑着摆摆手。

杨国群刚一离开，新闻里播音员就字正腔圆地说："1993 年 4 月 1 日起，按照国务院《关于加快粮食流通体制改革的通知》精神，取消了粮票和油票，实行粮油商品敞开供应。从此，伴随城镇居民近 40 年历程的粮票、油票等各种票证就此谢幕……"

张全收感觉有点不可思议，"粮票要没了吗？"他赶紧跑到粮管所去打听。

人家笑着说："通知还没下呢。你慌个啥？"

张全收只感觉心里一阵发虚。

回到馒头店，他心里感觉翻江倒海，十分难受，心想："欠着别人的 2000 元，何时能还啊？"

不久，大街小巷就开始议论："粮票已无用武之地。"

在张全收的意识里，粮票就像黄金一样是"硬通货"。1953 年 10 月，全国实行对粮食、油料的统购统销政策。1955 年，国家粮食部发行第一套全国通用粮票。如今，一纸令下，长达近 40 年的"票证经济"一朝落幕。

张全收既感觉不可思议，又真切感觉到，时代发展的节奏的的确确加快了。

那一年，物价突然涨了起来，粮食价格腾地一下子在春天涨了 5 成，日用消费品也大涨。

因为做馒头店的缘故，张全收家里攒了大量的粮食票证。

他在家里，不止一次翻出这些票证。他有点发愁：这些票证该怎么处理？

从种类上看，这些票证通常分为"吃、穿、用"这三大类。吃的除了各种粮油票外，还有猪、牛、羊肉票及各种蔬菜票等；穿的除了各种布票外，有化纤票、棉花票、汗衫票等；用的有手帕、肥皂、手纸、自行车票等，真是五花八门。

在张全收的记忆中，大多数商品都是凭票供应的。什么样的商品就用对应的粮票去购买，对号入座，缺一不可。

仔细翻阅这些粮票，会发现各种粮票的尺寸千差万别：有横式、竖式、齿状和正方形。有的粮票与 10 元人民币大小相同，而有的粮票只有 1 厘米大小。面额大的在千斤、万斤以上，面额小的仅为一钱以下。计量单位从旧秤市制到最新的千克制，应有尽有。

很多粮票设计得很精美，如：陕西的兵马俑、广西的象鼻山、贵州的遵义与黄果树瀑布及云南的石林等。对这些粮票，张全收还舍不得扔。他小心翼翼用油布纸包住，珍藏在箱底。让张全收感到时代变化加速的事情还很多。这一年，中国商企第一次做了情人节广告。但刚出来一个，就被有关部门叫停。那一年，中国接入 Internet 的第一根专线，中科院高能物理研究所租用 ATT 公司的国际卫星接入美国斯坦福线性加速器中心的 64K 专线正式开通。

和中国千千万万的农民一样，除了粮票，他们对其他的事情漠不关心。哪怕，这些看似无关紧要的事情，正在比取消粮票更加深刻地改变着社会，乃至改变着所有人的今后生活。

这，或许就是中国农民活在当下的真实写照。

蒸馒头的生意，张全收勉强维持。可是卖面粉，却是穷途末路。

到了那年的秋天，杨国群找上了门。

杨国群那年 30 岁，神色慌张，"有 40 多个老乡，想去深圳打工，你能给找辆车不？"

1993 年，在豫南地区，去深圳打工已经形成一种潮流。可是苦于受交通工具限制，从上蔡县到深圳的路途遥远且难行，很多人想去打工，却找不到合适的交通工具。

张全收是一个开馒头店的，从哪儿搞车？

但是他天性又是一个爱拼爱闯、特别勤奋、特别有干劲儿的人。

有句土话说："啥门对啥框，不对安不上。"仿佛这个机会就是给张全收准备的一样。张全收没有任何其他资源，只有自己的脑瓜子，自己的双手。他唯独比别人更勤奋，抓住每一个看似缥缈、难以达成的机会，才有可能爬到那座叫作"成功"的山的顶峰。

实际上，也有不少天赋卓越的人，根本不用爬这座布满荆棘、充满变数的险峰。他们是坐着电梯直达顶峰的。

他跑到车站转悠。马路边，他看到一个 40 岁左右男人蹲在路边。男人的身边，是一辆新的宇通牌中巴车。

"师傅，您咋称呼？"张全收嘴甜，和这个男人拉起家常。

"梁广博。"那人抬头看了张全收一眼，不冷不热地答。

"我们有一车人要去深圳，你的车有多少座位？"

"25 个。"

"我们有 45 人。"

"那得分两趟，要不然就得超员。"

"咱商量着办吧，包你满意。"张全收见事成了一大半，笑呼呼地说。

就这样，张全收带着一车的老乡，坐着梁广博开的宇通牌中巴车，一路欢歌笑语来到改革开放的前沿城市——深圳。从深圳龙岗区平湖镇车站一下车，张全收就被眼前的景象惊呆了。

平湖镇上，到处都是工厂。从远处看，一到上下班的时候，工厂门口就黑压压一片，聚集了全国各地前来打工的人们。张全收就像一个乡巴佬进了城。他在平湖镇东跑跑、西看看，怎么看也看不够。

1978年中国改革开放。20世纪80年代，深圳从一个县变成了一个地级市，而且还是经济特区，于是20世纪90年代的深圳成了中国发展最快的城市，许多人南下到深圳打拼几年之后就变成了大富豪。

当时张全收眼中的深圳，已经发展到一定规模，一座一座摩天大厦拔地而起——就像张全收老家秋天时，地里随处可见的玉米秆子一样多。

"据说三天就可以盖一层楼，真的假的？"张全收问杨国群。

"这我咋知道"，杨国群说，"你看看路上，出租车一辆挨着一辆，要是没钱，谁坐得起？"

最让他们震惊的还是当时深圳人手里拿的大哥大。

"这玩意像块黑砖头，咋能给千里之外的人说话？"张全收一直闹不明白。

在平湖镇待了好几天，张全收才恋恋不舍坐着中巴车离开深圳。

　　离开时，张全收心里略有失落。他隐隐感觉，自己与深圳有缘，但是相见恨晚。

　　不满三十的张全收心里暗暗发誓：一定要再回来。不仅要回来，还要混出一番名堂。

第十一章　缘深情浅，8 年婚姻一夕崩塌

墨菲定律有一条：如果你担心某种情况发生，那么它就更有可能发生。

28 岁，张全收已经结婚 8 年。

张全收一有机会就离开故乡，去远处务工，很少在家。

28 岁那年，张全收终于给母亲再提旧事："我想离婚。"

张全收的母亲个子一米五几，圆脸，神态慈祥。提起儿媳妇，这个农村老太情绪有点激动。

"她在家，我们经常生气。她撺着打我，不好好干农活。有一次，我们正在家晒粮食，她还打公婆。"离张全收奶奶离世已经有了一段时间，张全收父亲的想法也发生了变化。最终，张全收母亲说："跟她离婚，不过了。"

张全收得到应允后，直接对妻子说："离婚吧。"

他的妻子不愿意。

这个事情闹了很久，还闹到法院。最终，张全收要赔偿前妻 6000 元。

这在当时，是一笔巨款。张全收先给了她 2000 元。其余

4000 元，约定年底就给。

张全收就跑出去挣钱，想挣了钱还她。因为在外有事耽搁，张全收回家晚了几天。

没想到，家里被掀翻了天。前妻带着人，把张全收家的锅砸了，大闹一场。

张全收也没想到，事情会发展到这一地步。

换个角度，他心想："没想到前妻做事情这么见识短。我就是不小心晚了几天给钱，没必要闹到这种程度吧？还让全村的人都看了笑话。不过，这也好，幸亏当初下决心离婚了。"

《史记·秦始皇本纪》中写道："河决不可复壅，鱼烂不可复全。"张全收把钱还上了。以后，再也没有跟前妻往来。

还完钱那天的午后，正当张全收为打工和无数关于家庭关于自己的琐事犯愁的时候，天空中突然下起了雨。此时，他正在自家院子里坐着叹气。可是，当他看到天空中猛然腾起一阵雨雾，紧接着，风把雨吹到地上又激荡起来打到他的脸上的时候，他闭上了眼睛，听外面世界里响起的雨声。

世界，有时候很吵，吵得让你心烦意乱，不知所措。可是，有时候，又是那么的安静，天地间再也没有一丝一毫的杂音，澄澈得如同湛蓝光滑的天空。听雨的时候，世界给你的感觉，就是这样的一种澄澈和单纯。

起初，雨声像一个初生的蝴蝶在花瓣上摩挲着翅膀，那细细的"沙沙"的声音，像极了闷热的夏天里捂了好几天的雨刚降落时雾蒙蒙的被风吹着擦在天台上的声音。稍后，雨声渐大时的"沥沥"声，像一条小珍珠项链上的珍珠接连落入水中。

渐渐，雨声由稍矜持的"沥沥"声彻底转换，变成豪情的"哗哗啦啦"。

他闭上双眼，站在自家院子里，听着各种不同的雨声渐次交替所组成的一首宏大的交响乐。所有的琐事，所有的不尽如人意，统统在他的世界里消失。他的心里一片空明，他甚至想到了，刚去三门峡义马砖窑厂打工时，一个人站在砖窑厂院子里听雨时候的样子。那时的他，很小，想得很少，以为天空不外乎两个季节：雨季和晴天。

那时的张全收，生命中所有想的，所有做的，都是那般的纯洁和简单。在雨声中，他看到了那双倔强而澄澈的眼睛。

那是张全收所能记起的最近的一次听雨了，12年前的那次听雨，改变了他的 生。他所有想到的，所有做的，都与12年前的那次听雨有关。

他一个人站在偌大的空地上，为看到远在异地的父母而听雨。那次雨下得太大太长，以至于他无法用眼睛去感受。他只得闭上被雨水击打的发涩的眼睛，用那双唯一可以证实他在这个世界上存在的耳朵，听雨。他听到了很多声音，有风翻过杨树叶的沙沙的声音，也有雨水落在天台上记得水中的嗒嗒的声音。他做出了很多很多以前没有做过的决定，他下定了很多以前没有下定的决心。

12年后的一个午后，张全收再次一个人站在偌大空旷的院子里听雨。他听到的，不再是使他心灵疲倦的汽车的嘈杂声，而是一次真正的来自自然的雨，和落在远方工地上同一种声音的雨。

张全收喜欢王翔峰的一句诗："雨，是一万只天堂的鸽子在人世间飞翔。"

张全收喜欢这首诗的意境，在雾雨蒙蒙处，有多少个自由的翅膀在那里飞翔啊！他喜欢听雨，喜欢那一刻心灵的放纵，喜欢一颗心灵所得到的放纵后的安宁。

听雨，有一种让他踏实的感觉。

第十二章　跑运输车，接连出三次事故

《孟子·尽心上》云：观于海者难为水。

意思是曾经到过沧海，看到别处的河流也就不足为顾了。

张全收到了深圳，见到了大城市、大世面，心中种下了一棵大树的种子，眼界也不止于开馒头店、干建筑工地，或者爆爆米花了。

他壮志满怀，想要大干一场。

起步，是从跑车开始。

在 20 世纪 90 年代，跑长途车是一个朝阳产业，但是也蛮辛苦。

出门在外，张全收既怕人家偷东西，还怕人家扎轮胎，一些地方还不敢停车。好不容易半路上停车休息，张全收也不敢睡，瞪大眼睛看着车，唯恐出一点事故。

他们又装了几十个人，拉到深圳，一人一百元。一来一回，光票就卖了三四千元。

张全收心里一算账："这个生意这么好，跑一趟挣的钱可不少啊。"

他找到梁广博，直言不讳地说："咱俩是好朋友，你能不能把你的车卖给我？"

梁广博瞪着眼睛看了张全收好大一会儿。

梁广博家境好，家人在银行上班，凑十来万买个中巴车跑运输，并不吃力。梁广博思忖：张全收是农村出来的，要家底儿没家底儿，要现金没现金。拿什么买他的车？万一答应了他，他又拿不出钱，事情不是不好收场吗？

"兄弟，我知道你想的啥。"张全收拿出厚厚一沓子钱，往桌子上一扔，"这是两万块钱，你要觉得中，剩余钱马上到位。"

"别，别这样说。"梁广博被猜透了心事，有点不好意思，"不就是个车吗，我没问题。"

过了几天，张全收就把钱凑齐了，去找梁广博要车。梁广博也痛快，把车直接给了张全收。这辆车比现代的考斯特要大一些，能坐 25 人。

"兄弟，这么多钱，你怎么凑齐的？"

"俗话说，'过俭者吝过谦者卑'。我只管大胆给朋友说我想包车大干一场的想法。我找人又贷款又融资，后来又借款，靠着朋友信任、帮忙，把钱凑齐了。"张全收说，"为了这车，我可是押上了身家性命啊。"

梁广博拿了钱，又买了一辆新车，自己跑运输。

张全收高高兴兴当了老板。经过考察，他跑上蔡县到漯河的线，中间走西平县。

"漯河、漯河……西平、西平……"张全收腿勤、嘴勤。那时候他还年轻，根本不知道啥是累。实在是困得受不了了，就在中巴车上躺一会儿，打个盹儿。一醒来，又精神抖擞开始揽客。

中巴车质量不好，路上不时"闹情绪"。在上蔡县到漯河的路上，不时见到抛锚的中巴车停在路边。车旁边，黑压压站了一大片的乘客。汽车的后盖往往是打开着，司机满头大汗，捯饬半天，也没弄明白咋回事儿。运气好的时候，碰见好的老师儿（土话，指有技术的师傅），一会儿能把车修好。运气不好的时候，谁都束手无策，汽车还得拖到修理厂去修。

"漯河、漯河，车马上走了，还差三人就走……"

张全收在上蔡县车站卖力吆喝。

"俺们去西平。"两中年夫妇准备上车。

从上蔡县坐车，去漯河票价较高。如果去西平县，票价相当于去漯河一半。况且如果中途到了西平县有乘客下车，再揽客也比较困难。故而，相比较而言，张全收更喜欢拉去漯河的乘客。

可是这两个乘客无论如何要上张全收的车。没办法，张全收只能把他们捎上。

那天正遇到八月十五中秋节，很多人出门串亲戚。半路上又"拾"了很多人。中巴车顶棚上，满满当当装着行李、走亲串友的礼品。

车到西平县，那对中年夫妇却磨磨唧唧不肯下车。

张全收急得一脑门汗，"西平到了，西平到了。到站的乘客快下车啦。"

喊了半天，不见那对中年夫妇有动静。

"你们俩，到站啦。"车上人多，还有人坐在过道的小板凳上，张全收艰难地走到那对中年夫妇俩面前，冲他们说。

"大哥，你行行好，把我们拉到漯河吧？"那个女人突然说。

入门休问荣枯事，观看容颜便得知。走近一看，张全收才仔细端详他们。男的个子瘦小，脸色蜡黄，披着蓝色褂子，褂子袖口的线头露了出来，脚踩黄胶泥鞋子。女人个子高，瓜子脸，脸色惨白，衣服整齐干净。

"咋回事儿？想坐'霸王车'？"司机有点不耐烦了。

张全收冷静了一下，客客气气地问："遇到难处了？"

夫妻俩不约而同点点头。

"走！去漯河。"张全收对司机说。

在漯河车站，其余乘客都下车了，唯独那对夫妻在车上嘀嘀咕咕，不肯下来。

张全收招呼完乘客，回过头，望着这对夫妻。

"还有事儿？"

男人点点头。

"啥事儿？"

"能不能借我一点钱？"

"什么？"张全收感觉很奇怪，"车票钱都没再找他们要，现在又要借钱。靠谱吗？"

在跑车的过程中，张全收啥人都见过，啥事儿都遇过。根据经验，陌生人一提借钱，八成是不会再还了。茫茫人海，通信又不方便，谁会大老远跑来还钱？

见张全收有点犹豫，男人拿出一块暗红色方布，小心翼翼打开，里面是两块银元。

"这是我们祖上传下来的传家宝。"男人说，"你是个好人，我们把这宝贝押给你。"

"你们要多少钱？"

"500 元。"

张全收皱了一下眉。

男人立马改口："200 元也行。"

"你们遇到啥事儿了，这么着急用钱？"

男人看了一下女人，女人面无表情。男人叹了口气，"孩子丢了。"他说，语气平静。

"丢多长时间了？"

"三年。"男人说，"如果没有丢的话，现在应该四岁了，早会叫爸爸了。"

张全收只感觉鼻子一酸，正准备掏钱，司机一把拉住他，给他使了个眼色。张全收跟着司机到了车屁股后面。

"别借给他们钱，银元是假的。"司机吸了一口烟，说："他们在漯河车站不止找一个人借过钱了，都说是祖上有银元，可以抵押。但是，后来大家都发现，银元根本就是假的。"

"事儿是真的吗？"

"啥事儿？"

"丢孩子的事儿。"

"这事儿是真的。"

张全收点点头，拿出 200 元，走到那对夫妻面前，把钱给他们。

夫妻俩一定要把银元做抵押，张全收笑着摆摆手。

"你是个好人。"临走，那个男人说。

张全收欠了一屁股债，还有钱无偿捐助丢孩子的中年夫妇。这事儿，在漯河车站传开了。

车站一位副站长是个转业军人，说话就像放炮一样响。他专门把张全收叫来。

"你帮别人，图的啥？"

"我啥也不图。要是图啥，就不叫帮忙了。那叫另有所图。"张全收笑笑。

这个退伍军人给张全收点了大拇指，对他说："现在，你这种人，不多了。"

虽然说无偿捐助别人200元，落了美名。可是美名背后，往往有代价。张全收的代价就是——债务。

张全收巨债在身，不得不奋力拼搏。他白天辛苦跑车，晚上也不闲着。别人从上蔡县到漯河一天顶多跑两三趟，张全收最多可以跑六趟。

有空闲的时候，张全收还喜欢去探索奇人异事。鲁山县在河南省平顶山境内，与漯河是近邻。张全收有一次偶然间去鲁山县游历。

鲁山县通往尧山路边，有个卖肉的市场，这里有条子肉、五花肉及切好的肉块，大小不等，花样很多。

张全收上前询价。

"一块条子肉要1000元。"老板说。

"这么贵。"张全收上手一摸，心里吃了一惊。这竟然不是真的肉，而是以假乱真的肉石。

鲁山肉石，是天然石种，属硅质岩石，由玉髓和石英组成，是在地质运动过程中硅质岩石与各种矿物质接触色化而成。

鲁山的肉石种类很多。把这些肉石摆放一起，可以摆一桌满汉全席。

这种游历的过程，对于年轻的张全收而言无比珍贵。它开阔了张全收的视野，让张全收的心胸更加宽广。在今后遇到困难的时候，宽广的胸怀和开阔的视野，往往能够起到至关重要而又意想不到的作用。

又过了一段时间，张全收的名气越来越大。

"漯河、漯河……西平、西平"在上蔡县，张全收只要扯着嗓子一喊，坐车的人就像赶集一样往张全收的车里钻。

那些年，十个跑长途的有七个在亏本。

在车站里，别的跑车的眼看着乘客都往张全收车上跑，气得直跺脚。

"这个农村的小屁孩，这么厉害！"上蔡县车站跑车的同行老曹对张全收很不服气。

"听说他晚上不睡觉。"另一个跑车的老刘说。

"得修理修理他。"老曹说，这已经不是老曹第一次在公开场合叫嚣要修理张全收了。

说来也奇怪，人走霉运的时候，喝口凉水都塞牙。

一次，张全收家里有事儿没跟车，车站的人突然慌慌张张地跑到张全收家。

"不好了，不好了，你的车轧住人了。"

"严重不？"

"厉害得很。"报信儿的人说，从人家小女孩儿肚子上轧过去了。

张全收一听，心凉了半截。赶紧去医院。女孩儿伤得很重，张全收七凑八凑，又拿了几万元。

这下子，张全收身上的债务更重了。

回村的时候，有村里的人奚落他："全收，跑车生意，怕是干不长了吧？"

张全收心里窝了一肚子火，但是见到乡里乡亲还得该赔笑脸赔笑脸。毕竟大家是邻里乡亲，相互间知根知底。得志时奉承你几句，失意时奚落你几句。这是再正常不过的事情了。

明白这些道理后，张全收听到好听话或者难听话，也就是笑笑。他既不分辩，也不生气。

那个月，张全收的车一连出了三次事故。其中有一次，车撞到路边，直接抛锚。

风言风语开始传起来，有人说是张全收走了背运，有人说张全收惹了人，人家故意整他。

村里人的说法更加变本加厉。有老人说："张全收不行了，已经三起三落，翻不起浪了。"

张全收只感觉心灰意冷。这时，有电话打过来了，小女孩儿还需要更多的钱治病。

老曹主动找到张全收，递给他一支烟。

张全收接了，但是没点着。

"出事儿了？"老曹不冷不热地问。

张全收点点头。

老曹猛吸一口烟，脸上露出半是得意、半是同情的表情。

"兄弟，听哥一句话，别干运输了，你不是这块料。"

老曹把烟掐灭，扔地上，用皮鞋使劲儿踩了踩。他意味深长地看了张全收一眼，扭脸走了。老曹的一席话，给张全收吃了定心丸。

张全收把车卖了，卖的钱没有还债，而是给了小女孩家人。

他只感觉山穷水尽。他还感觉，自己是被人撵出车站的，心里万念俱灰。

第二天，太阳照常升起，张全收的心境也发生变化。他心想：任何事情都是两面的。自己出问题了，被撵出去了，离开上蔡县这个地方了，并不一定是坏事。

离开车站的时候，张全收心潮澎湃。

望着天边冉冉升起的朝阳，他想到的，不是自己有多么多么可怜，同行多么多么无情。

实际上，他心里想的，那些跑运输的同行可能永远也想不到。

古语云："龙归晚洞云犹湿，麝过春山草木香。平生只会量人短，何不回头把自量。"

张全收暗自反省，他告诉自己："如果在上蔡县干一辈子，也许不会有什么出息。困境或者挫折，就是成就你事业的基石。它们逼着你离开，对你不一定是坏事情。如果自己是有福人，落不到无福之地。人该成就大事的时候，就该经历风不平、浪不静的环境。"

第十三章　重操旧业，意外在深圳做起生意

钱钟书说："婚姻就像围城，里面的人想出来，外面的人想进去。"

离婚之后，张全收维系八年的家就散了。

这似乎是命运的玩笑吧！刚出围城不久，张全收就再次踏入围城。区别是，上次进入围城，是父母之命、媒妁之言，他本意上并不想进入。这次主动进入围城，是他深思熟虑后作出的决定。

在跑运输车的时候，张全收遇到生命中的贵人：吴相宜。

她个子有一米六，小脸，瘦，精明能干，留着时髦的短发，笑容常挂在脸上。她在上蔡县做着贸易生意，日子比张全收过得红火，钱挣得也多。

有一次，张全收听说吴相宜病了，二话不说，开着长途客运汽车，狂奔到她的门店。不由分说，张全收抱起她就走。

"你干吗？耍流氓啦！"吴相宜大喊。

"不是耍流氓，是带你看病。"张全收用手在吴相宜屁股上重重拍了一下。

吴相宜安静了下来。张全收抱着她，穿过狭窄的街道。那时候，吴相宜和张全收的恋爱关系还没有确定。在街坊邻居的瞩目下，吴相宜的脸涨成了酱紫色。

吴相宜到了医院，叫住张全收："你去哪儿？"

"我去交医药费。"

"我们不可能的，家人都反对。"

"我知道大家都反对。"张全收说，"我就是喜欢你。"

在张全收心中，吴相宜让他看到了彩虹的光彩，为他驱散了心中的阴霾。

渐渐地，充满激情、无所畏惧的张全收俘虏了吴相宜纯真的少女心。

跑运输的生意干不成了，吴相宜安慰他："男子汉怕什么！大不了从头再来。"

"我想去深圳。"

"你去干吗？"

"没想好，但我保证我会闯出名堂。"

吴相宜沉默了，"那我呢？"她问。

"你信任我吗？"

吴相宜严肃地看着他，缓缓地说："我不相信你一定能闯出名堂。我只相信，你对我好。"

张全收的眼睛湿润了，"我一定会娶你的。"张全收发誓。

吴相宜给爱人收拾行囊。张全收怀着牵挂，直奔他心中最理想的创业热土——深圳。临行，张全收送给吴相宜她最爱的花朵—— 一束百合。

家庭破碎后，张全收真心没有奢望重见爱情。很多年以后，在上海的工地上，他把这段经历告诉后来会成为他好友的牛草坡兄弟时，这个牛兄感慨不已，诗兴大发，送他两首诗歌。

《百合花 I 》

那是天使张开的羽翼吗？

那是被上帝留在大地上的云朵吗？

在冬天的晨光中，

它坦然展开，

迎接早露在她洁白的身躯上唱诗，

为世间所有的纯洁赞礼。

晨光微露，

雾气从山壁上喷吐，

如镜的湖面上，

你的丽影在微风中浅翔。

坚硬冰冷的岩石，

在你花开的一瞬间，

轰然破碎，

冰冷的绝崖被你暖化成一片温暖。

整个世界都是你美丽的陪衬，

在高崖上俯览幽深的蔚蓝色潮水，

在冰封处用生命的温度绽放一个击败冷漠的奇迹。

当我看到百合含露开放在无人知晓的山谷时，

我哭了。

《百合花Ⅱ》

泪水沾湿了眼眶，

过度伤心让她变得潮红，

泪潮涌起她要冲破堤坝，

毁灭紧紧围抱住她的尊严。

如黑夜吞噬阳光般，

泪雾要统治光明的区域，

不知有雾的晚上，

天幕上是否会出现星星的眼睛？

遇到光明，

逃避光明，

我避开拥有光明的领域，

在地之一域用黑色掩藏因在荆棘中穿过而留下的伤。

我哭泣，

百合含泪在有雾的夜晚为我祈祷，

我却一步一步在失败的绝崖中越陷越深。

峭立的高崖冰冷无语，

她默默地俯视着幽深的蔚蓝色海水，

冰冷的嘴唇，

冷酷又绝望，

她向我传来暴风雨迫近的讯息。

警觉的阳光，

谨慎地从崖顶穿过，

她不肯违逆神的旨意为殉道者送来重获希望的光明。

天堂的路，

紧紧地合闭着，

站在天堂的诸神没有一位愿意为我做足以殉身的祈求。

当我看到百合含露开放在峭崖时，

我哭了。

来到深圳，张全收重操旧业——在平湖汽车站旁开起了餐馆。

不久，吴相宜在一片反对声中，和张全收办了低调的婚礼，前来道贺的人屈指可数。

倘若说在富裕的时候，两个人走到一起，这样的婚姻中感情占的戏份多一些，还是物质基础占的戏份多一些，确实很难说。但是贫贱时的婚姻却有一个好处，感情方面往往是经得起考验的。最起码，当初贫贱夫妻时的感情，是真真切切的，不必怀疑。

很多人感慨：贫贱夫妻百事哀。也有人说：贫贱夫妻，一到富贵时往往感情不在。

实际上，第一个感慨很有道理，第二个说法不怎么有道理。贫贱夫妻的感情，有好也有坏。一到富贵时，感情好的，物质基础提高了，可能感情更好。感情不好的，不管物质基础好不好，感情一直都不好啊。不是说因为富贵，夫妻的感情就不好了。而是因为夫妻感情本来就不和，到了富贵的时候，两个人的矛盾积累到一定程度，最终问题爆发出来。

故而，人上一百，形形色色，不可一概而论。

张全收每天起早贪黑，但是餐馆的生意并不好。

平时有闲暇，张全收总会去老乡们务工的地方看一下。那时候已经是1995年，深圳的玩具厂多，很多厂里指名道姓要女工。张全收眼看着务工的女工像潮水一样涌入深圳，又像潮水一样退回老家，结婚生子。

潮起潮落，女工们不分寒暑走南闯北，命运随时变化。周而复始，深圳工厂白天黑夜灯火通明，繁华之势不变。

第十四章　儿子出生，爱人大病一场举债看病

　　餐馆生意勉强维持，深圳遍地开花的加工厂热热闹闹，但是却与急于大干一场的张全收无关。

　　正在张全收内心焦虑的时候，一个让他更加焦虑的电话打过来了。

　　"快回来吧。"张全收的岳母打来长途电话。

　　张全收犹豫了一下，"我走了，餐馆的生意谁打理？"

　　"你是要人，还是要钱？"岳母撂下一句话，把电话挂了。

　　张全收像被抽了一大耳刮子，突然间清醒了。

　　第二天一大早，他就坐第一班车回上蔡县。

　　医院里，他见到了妻子。

　　"是个儿子。"护士抱着一个小孩儿出来了。

　　小家伙被单子包着，只露一个小脑袋，眼睛大大的，五官像母亲。

　　"起个名字吧。"护士说。

　　"叫嘉豪。"张全收说，他抬眼看了一下表，凌晨四点零五分。

　　"他妈妈怎么样？"张全收关切地问。

"顺产。应该没事儿。"护士说。

张全收悬着的心稍微放下了一点。

孩子被护士抱进去了。张全收在医院走廊里坐了一会儿。他实在是太累了，想打个盹，但是又怕母子有事情。他在走廊里来回踱步，心中如有一团乱麻，让他难受不已。

时候不大，护士急忙跑出来了。

"吴相宜家属？"

"在，我在。"张全收连忙迎上去。

"吴相宜血压很高，你得在这里，还有这里签字。"

张全收只感觉头皮一阵发麻，眼前都是黑乎乎一片。手忙脚乱签过字，护士赶紧回去了。

过了很久，护士出来了。

"什么情况？"

"中风。"

"能治好吗？"

"不好说，你得赶紧筹钱。"

护士说完，又匆匆进去了。

张全收愣住了，整个医院走廊突然安静下来。今天对于张全收而言过于难熬：一面是弄璋之喜，一面是孩子母亲突然得了重病。

医院外下起暴雨。雨点很大，像复仇的弹珠，奋尽全力击落在地面上，溅起无数水泡。他走进雨中，全身立即湿透。他的耳朵，被噼里啪啦的暴雨声咬住了。他攥起拳头，冲着空虚的天空猛地一挥，像是要反抗命运的捉弄和折磨。他奋斗过，他努力过，但是命运依旧狠狠戏弄了他！他踮起脚尖，在雨中奔跑，眼睛被瓢泼一样的大雨淹没，无限酸楚。终于，他跑累了，闹够了，蹲在地上。然而，暴雨依旧猛烈，没有停歇的意思。

如果命运反复摧残你，你如何劝服自己的内心，坦然接受命运的安排，和命运和解？

倘若你坚持要同命运决斗，做拿着长矛刺向风车的塞万提斯，你又如何面对现实的嘲讽？

张全收感觉，自己心里从来没有这么孤单过。

现实并不乐观，吴相宜在医院一住，就是三个月。

"你老婆是顺产。她血压一直高，如果是剖腹产，然后降血压，也许就不会中风。"医院大夫对张全收说。

这个30岁的男人说："你们想尽办法好好治她。治好了，我给你们医院送锦旗。治不好，我照顾她一辈子。"

深圳的餐馆，是管不了了。张全收把餐馆托给深圳的老乡打理。

张全收一穷二白，筹钱成了当务之急。

"给，这是1万。"岳母说。

"您有6个孩子，他们还要结婚、上学。这钱，拿得很不容易。"张全收很感动，说："您放心，我一定能筹到钱，我和相宜一起渡过这个难关。"

老婆住院期间，张全收每天早上第一件事情，就是送早餐。中风病人对吃饭有特殊的要求，再加上吴相宜血压高，所以照顾起来得特别细心。

岳母已经把张嘉豪接走照顾了。张全收打心眼里感激岳母。

当初岳母并不同意他们的婚事，但是遇到困难，岳母却是出钱、出力最多的那位。他心里暗暗发誓：以后混出名堂了，一定让岳母跟着自己享福。

混出名堂，对于当时的张全收而言，八字还没有一撇。筹钱，却是压在他心底最大的事情。筹到钱，爱人就能得到及时医治，下半生还能继续陪他一起走。筹不到钱，一切都不堪设想。

"医生，治疗我老婆的病，得多少？ 1 万，够不够？"

"1 万？差得远。至少得 5 万。"

20 世纪 90 年代，5 万块钱是个很大的数字。当时在县城一般的工作人员，一个月挣一二百元。

短时间内凑 5 万，这几乎是不可能完成的任务。

30 岁的张全收，面临而立之年的重大考验。就像一块经历了风雨的顽石，被扔进了炼金炉——通过检验了，就是真金；承受不住压力，就会被熔化、被粉碎。

"张全收，有人找。"护士喊道。

"谁找我？"

"你自己去看看。"

张全收走到医院门口。一个脸寡瘦的中年人拎着一个蛇皮袋，正东张西望。

"杨小华！"

"全收哥。"

张全收笑了，"你不在家抱老婆，咋跑医院来了？"都火烧眉毛了，张全收还念念不忘插科打诨。

杨小华嘿嘿笑了一声，拿出一个破油布纸。打开，里面是一叠崭新的百元大钞。

"这是我这几年打工攒的，不多。5700 元。听说嫂子病了，专门给你送来。"

张全收感动得泪都要流下来了。这可是救命钱啊！

他没有跟自己的老乡客气。刚接住钱，就小跑去医院收费处交了费。毕竟，管床大夫已经催了他十来天了。

再出门，杨小华已经离开了。

张全收无论如何没想到，再见到张明远，竟然是在医院。

才几年不见，张明远已经苍老很多。他的皮肤被农村田地上的太阳晒得更黑了。

"你是咋过来的？"

"我从焦作坐车到上蔡。一问，坐个公交得好几毛。我干脆自己走过来了。"张明远说话嗓门很大，就像站在空旷的田野里朝远方的人喊话一样。

"你啥时候到的车站？"

"下午一点。"

张全收一看表，已经是下午四点多了。

"车站离这里不远啊。"

"咳！常年不出远门了，绕了好多路。"

张明远去病房看了吴相宜。这个憨厚的河南汉子，在病房里忙着扫地、打水，忙了好大一会儿。这就是典型的豫西汉子表达自己感情的常用方式。他可能不会对你说他敬仰你，更不太可能说他尊重你，但是他很可能会用行动报答你。这就像是一首诗歌中表达的境界："两个人相对望着，不用说话，便感觉十分美好。"

临走，他留下了 3000 元。

"这钱，我们不能要。"张全收说，你在农村，攒个钱不容易。

张明远有些着急了，脸上的青筋绷得老高。

"说啥你得拿着。"张明远说，"我老婆说了，你是我家的恩人。"

张明远力气大，张全收被他一把推进病房。张明远拔腿就跑了。

这三个月里，张全收老婆的病房里，成了小型的接待处。张全收的朋友从四面八方赶来，或叙旧或出钱出力……不久，竟然真的凑齐了 5 万元医药费。

张全收自幼家境贫寒，因贫辍学后，很小就外出打工。每当生活陷入困境，总有乡亲拉他一把。这在他心里播下了善良仁爱的种子。滴水之恩报以涌泉，从那时起，张全收就许下誓言：将来要百倍回报父老乡亲。

第十五章　为还债务，只身闯荡上海滩

张全收爱人出院了。

刚到家，张全收就让吴相宜坐下，郑重其事地说："今后，你不用再上班了。我养你。"

此话虽短，意义深重。

吴相宜嘴角上扬，脸色苍白，却带着笑容，泪水簌簌而下。

那年，他们在院子里种了一棵枇杷树。

后来，吴相宜的身体好一点了，但是还需要静养，干不了重活。他们的儿子嘉豪大部分时间跟着姥姥。

"我得去挣钱啊。"张全收不止一次想："我不挣钱，怎么办呢？一家老小吃啥？喝啥？家里还欠这么多债。"

买了一张车票，30岁的张全收准备闯上海滩。

吴相宜去车站送他，两人相视而笑。火车开动的时候，泪水止不住从吴相宜眼中夺眶而出。

刚出火车站，张全收就碰到驻马店老乡牛草坡。牛草坡40岁出头，常年在最繁重的建筑工地务工，背有点驼了。

"工地上搬钢筋，去不去？"

"当然去，能挣钱就去。"张全收说。

去建筑工地之前，张全收去了一趟上海市南京路。

站在南京路，望着南京路两侧装潢考究、美轮美奂的建筑，张全收心中生出无限感慨。

1995 年，南京路夜景很出名。看着时尚的街道，张全收想起了上蔡县，想起了拐子杨村。

"啥时候，俺村里，俺县里，能有这么繁华啊？"张全收想。

罗马不是一天建成的，南京路的繁华也不是一朝一夕形成的。150 年前，麟瑞洋行大班霍克等人发起在南京东路丽华百货公司附近建起了上海第一个跑马场，同时搞了一条通往外滩的小路，因为国人经常看到外国人在这路上骑马，故称此路为马路。它的正式名字为花园弄（PARKLANE），上海人便根据其发音习惯称其为派克弄。试想，150 年的发展，才有南京路的今日之繁华。改革开放后，全国还有多少不知名的小地方，正在像当年的南京路一样崛起？

站在南京路上，张全收手插到裤子口袋里照了一张照片。

很多年以后，功成名就的张全收重回上海，重新站到了南京路上。他西装革履，身边的朋友也非富即贵，他们并排站在南京路上，拍了一张照片。

张全收把照片发到了微信朋友圈，下面点赞无数。但是张全收仔细找了找，就是找不到牛草坡的名字。他感到了一种满足，同时也感到了一种淡淡的失落。

照过照片后，张全收从如梦如幻的南京路，走到了现实的建筑工地。毕竟，南京路上的繁华与他无关，建筑工地的苦活儿有他一份。

在建筑工地上扎钢筋，不是一份清闲的差事。

外表有多光鲜，背后就有多辛苦。大上海车水马龙，高楼林立。这背后，是务工者付出的无数辛勤汗水。

刚开始，张全收做小工，干些递水泥、搬钢筋的杂活儿。后来，工头让他砌砖，再后来，他就干起了建筑工地上俗称最累的"打混凝土"。

混凝土是一座现代建筑的骨架。在古代中国，混凝土通常被巨大的木材替代。这也是为何西方建筑留存时间久远而中国古建筑不易保存的原因。如果你曾经买过毛坯房，或者更准确一些，你买过办公用房，你就有机会见到混凝土骨架的真面目。

夜晚，整个城市昏昏入睡。工地上的灯光把正在建设的大楼照得发白，甚至有一点恐怖。张全收和工友们的耳畔，是机器的轰鸣声。脚下，是三十层高的楼房的地板边缘。手中，是往模具板中灌混凝土砂浆的机器喷口。白天黑夜、黑夜白天。大楼要赶工期，张全收和工友们五天五夜没有睡觉，感觉浑身虚脱。用一个工友的话说："太忙了。这个活儿还没有干完，下个活儿就来了。忙得想死，但忙得连认真思考如何去死的时间都没有。"

有好几次，张全收站在高高的楼上，直接睡着了。也有好几次，他是从一脚踩空的噩梦中惊醒的。

张全收的肩膀上磨了水泡，背上肿了一大片。时年 30 岁的他，每天都吃不饱。

累的时候，张全收就会去南京路走一走，看一看。它东起外滩、西至延安西路，横跨静安、黄浦两区，全长 5.5 公里，以西藏中路为界分为东西两段。张全收喜欢南京路，也喜欢上了南京路的历史。他知道，这条路上开了无数先河：最早在百货公司使用自动扶梯，最早在百货公司使用空调系统，最早开具收据，最早服务人员着统一制服，最早将百货公司与其他餐饮、影院、赌场、杂耍场等业态融为一体……

从南京路出来，张全收就像一只打满气的篮球，可以勇敢面对人生这个球场上的肆意摔打。

牛草坡十年前高考落榜，因一分之差未能圆大学梦。他在农村干过农活，养过猪，后来亏得一踏糊涂，不得已到上海务工。

从南京路往东走不远，便是外滩。从这里，可以俯瞰黄浦江浪奔浪流。得闲的时候，牛草坡会叫上张全收，到黄浦江边。那天下午，阳光煦暖，黄浦江上巨船逆流而上。牛草坡沉思良久，写下一首小诗。

《凭江望》

闲时得余静，临江观黄浦。

危楼尽耸峙，巨船遮江渚。

惊鸣闻天宇，浪疾方寸怵。

东海何迢迢？洗笔磨剑路。

他一字一句，念给张全收。

张全收听得入神。

"听懂了吗？"

张全收摇摇头。

"简单来说，就是我刚才在上海滩看到高楼大厦，看到黄浦江，感觉心里既发怵，又兴奋。同时感觉心怀壮志，想大干一场。"

张全收看着他得意的神情。这种神情，他在建筑工地上从来没有见到过。张全收笑了笑。

牛草坡随身带着一个红皮小本。别看牛草坡长得五大三粗，但是字体却很娟秀，像是女人写的字。

牛草坡说，他喜欢写诗。诗歌能带着他去他这辈子也去不了的远方。

"那你想去哪儿？"张全收问。

牛草坡叹了口气，摇了摇头，"这是一个比喻，你懂吗？"

张全收不吭声了。

牛草坡在感情上是一个坎坷的人。40多岁的他还没有结婚。牛草坡说，老家有一个人在等着他。可是，自己混得这么差，不敢回去，不敢见她。万一人家真的还在等她，他耽误她一辈子怎么办？

牛草坡的心思细腻，对待感情像女人一样敏感多变，患得患失。

那天，牛草坡接到一个电话，兴冲冲地跑到张全收面前。

"她给我打电话了。"

"她是谁？"

牛草坡笑笑，不答。

"她说了啥？"

"她让我回老家。她说，她还在等我。"

"那你怎么回答的？"

"我说，我得想想。"

"快决定啊！肯定是回去啊。世上哪有这么痴情的人。你是个打工的，不名一文，人家一直等着你。这份情，千金也买不到啊。"

牛草坡拿出红皮本，用铅笔刷刷地写着。

张全收看得有点着急了。

"你干吗呢？还不赶紧回电话。"

牛草坡笑了笑，笑容像孩子一样纯真。

他把红色小本递到张全收手上。张全收定睛一看，是一首小诗。小诗的名字是《决定》，全文如下：

《决定》

时钟敲响十二下的时候，
你转过身，
阳光从稀疏的法桐叶上滴落，
没有声音。

在喧闹的城市中央做一个梦，
十年之前，
在高招试卷上用青春作笔画像，

没有表情。

这是里尔克严肃的时刻，
等待回应。
在小径分叉的小园选出要走的路，
没有退处。

手握紧又张开，
嘴张开又闭上。
浅雾抱紧双眼，
世界已经不见。

事业让人生变得勇敢，
家庭让灵魂充满乐趣。
是在千里之外独自等待？
还是每时每刻陪着她走？

拨通沉重的电话，
轻轻吐出两个字。
心如云朵般轻盈，
像过了整个人生。

张全收刚看完。牛草坡猛然把小红本抓到手里，手一扬，
小红本被扔到波涛滚滚的黄浦江中。小红本在江中浮了两下，

迅速消失在急流中。

"牛草坡，你这——"

"理想已死，现实长存。"牛草坡意味深长地说："从此，上海少了一个行吟诗人。老家，多了一对平凡眷侣。"

牛草坡回老家了。临行，送了张全收两句诗：

"和这里的每棵树交谈。听见凝固在空气中的芬芳，嗅到无名花开的声音。"

张全收看不懂。可是，他知道，牛草坡找到了内心深处想要的东西。

相比上海，深圳给张全收的希望更大。上海自开埠以来，已经一百五十多年，经历了贸易中心的发展以及战争的洗礼，又遇到改革开放这 ·新的发展机遇。上海，已经有了自己的格局。江苏和浙江的移民后代已经在此扎根数代。这个曾经叫作松江的小地方，已经被一座名叫"魔都"或者"东方巴黎"的大都市取代了。这里，或许已经不再适合像张全收这样白手起家的农村创业者打拼。相比较而言，深圳从一个渔村起家，距今发展不到二十年。这就像一个雄姿勃发的少年，正是拼闯社会的时候，正是广交朋友的时候，正是迅速积累的时候。这，也是张全收们有更大作为的时候。

上海，终究不是张全收的创业之地。不久，他还是告别了南京路上的法国梧桐，告别了上海。

他找另一个老乡借了200元。人家拍了拍他的肩膀，爽快地答应。

就这样，带着200元，张全收踏上了去深圳追梦的路。

第十六章　南下创业，从小餐馆到汽车站

从上海到深圳，需要先坐绿皮车到广州。

那个年代，不少城镇旅客难以忍受"绿皮车"恶劣的乘车环境。但是对于农民工来说，"绿皮车"票价便宜，正所谓"一白遮百丑"，它很受农民工以及学生的欢迎。

坐绿皮车，是那个年代特定人群的集体记忆：绿皮车长时间不保养，车窗打不开；车厢内电管路不通，洗漱池、便器破损，地板塌陷；车体外皮窗不擦，积满污垢；卧具十分破旧，甚至连洗漱用水都难以保证；炎炎夏日，有的车厢因电扇配置不齐或不能用，成了名副其实的"闷罐"；"三九"严冬，车厢内透风，车厢成了"冰箱"……

绿皮车可真慢啊！张全收感觉像是坐了一年。到了广州，身上仅有的30块钱丢了。他又跑到广州车站给别人说好话求情，终于从广州到了深圳平湖。

深圳市平湖镇位于龙岗区西北部，是深圳与东莞两市、龙岗与宝安两区的交接点，距离香港特别行政区25公里，距离深圳市区19公里。平湖镇属丘陵山区，山岭连绵，东北面地形较高，

西南面较低。

这里，是 30 岁的张全收开始创业的地方。

以前在平湖开的餐馆，已经没有了。张全收两手空空，租房子的钱都没有。

刚开始，因为交不起房租，他就从街头上的垃圾堆里捡张旧凉席，与老乡挤在一个铁皮房里住了 3 个月。

驻马店老乡老谢在平湖镇待了多年。张全收先去找他。

"啥也别说了，我知道你的难处，我就是从那时候过来的。"老谢 50 岁出头，比张全收大两轮，个儿不高，一双饱经风霜的大眼睛炯炯有神。

老谢借给张全收 200 元，张全收才有地方住。那时候深圳流行"跑业务"。张全收也试着找了几份"跑业务"的活儿，但是干的时间都不长。

在跑业务期间，张全收亲眼见到农民工找工作的不易，有的农民工几天几夜露宿街头，一口吃的都没有，还有的农民工被黑心老板赶走，一分钱拿不到。他心里暗自下了决心：以后有能力了，一定要尽力帮助他们。

经过深思熟虑，他还是干起了老本行，开起了小餐馆。

红色的精灵爬到爬山虎绿色的叶子上的时候，秋天到了。

单靠开餐馆，挣的钱寥寥无几。望着平湖汽车站车水马龙，张全收又想起了自己的驻马店上蔡县跑运输的经历。他心想：自己已经 30 岁了，务工十多年，到头来两手空空，还欠下很多债务。身边很多朋友已经发迹，最起码也混得不错。自己不傻，不笨，也不懒，凭什么混得不如别人？这次在深圳，如果混不出名堂，就不回老家了。省得让乡亲们看笑话！

想做车站的生意并非易事，首先得有好的搭班伙计。1996年，张全收找到了危鸣。他当时在东莞做一个工业区的治安队班长，年龄与张全收相仿。

"河南和平湖之间的车辆不少，但是管理混乱。有的车好几天都坐不满，把咱老乡叫上车了，几天发不了车。我想把这些车辆归集到一起，一起进站，一起出站。坐满一辆，走一辆。这样不耽误事儿。"张全收专门跑到危鸣工作的治安队门口，对危鸣说。他们俩以前照过面，是远房亲戚。

"全收，你有好事儿找不到我。"危鸣说。

"这个商机不错。"张全收说。此后，张全收又断断续续找了危鸣几次。

1996年9月15日，危鸣咬牙辞工。当时他的实际工资每月有1000多元，在当地也属于不错的工作。

危鸣跟着张全收去平湖车站一看，事情确实如此。

发往河南的车不少。平湖车站附近，揽客去河南的车也不少。这边停一辆，那边停一辆，停得歪歪扭扭，乱七八糟。这些车也不进站，很不规范。

有个老家是濮阳的老乡老段说："我都在车上坐了3天了。司机今天说明天走，明天说后天走。我就算在车上坐一星期，车上人还可能坐不齐。如果凑不齐，这车还是不走啊！"

"你也跑车，他也跑车，你们别恶性竞争了。"张全收找到跑车司机说："你们集中在一起，排个队，一个一个地走。你们也挣到钱了，坐车的人也能及时走了，不用受委屈了。这样不好吗？"

"好是好。可是车站的人，不让咱们的车进站。你说，咋办？"跑车司机说。

"这好办，我去给车站的人说。"

"他会听你的吗？"

"我准备向他提出一个他不可能拒绝的条件。"张全收坚定地说。

《墨子》云："良弓难张，然可以及高入深；良马难乘，然可以任重道远。"张全收打定了主意去张这个"良弓"、骑这匹"良马"，他就做好了克服困难的准备。

张全收找人打听了一下，车站管事儿的是个五十多岁的老头，脾气有点倔。

"叔。"张全收找到他，说："我们的车想进到你们站里。"

"你是哪儿的？"老头斜了他一眼。

"我是上蔡县的。"

"不行、不行、不行、不行。"老头一连说了四个不行："你们上蔡没有好人。"

"您别急，我仔细给您说说。"张全收说："从上蔡县到咱这里的车，不能进到汽车站里边。站里边，也没有发到上蔡的车，这样长时间下去不是办法。您有啥想法，我们可以谈谈。"

"你们那里的车太多、太乱。"老头说："我们不想给自己找麻烦。"

"我听说，您也是河南人。河南人咋没有好人呢？"张全收说："咱们想想办法，把这个问题解决一下。"

"那行。"老头换了一个口气："我给你说三个条件，你能做到，我就同意。第一，能不能搞到运输许可证？"

"能。"

"能不能组织客源？"

"能。"

"能不能组织车辆？"

"能。"

张全收眼睛不眨，一连说了三个"能"。

老头嘴巴张得老大。

"你这个人这么厉害，我怎么没见过你？"

"我刚来三个月。"张全收说。

这三个条件，对于跑过长途车的张全收，那是轻车熟路。就好比瞌睡时有人送了枕头，麦苗正旱时天降甘霖。张全收和危鸣的车站生意，就这样做起来了。

不久，河南老乡老谢来到深圳。见到危鸣和张全收的车站生意，大吃一惊。

"你们这么有本事，咋做起来的？"

"我们负责组织车，车站是平湖镇的车站，被别人承包了。那人也是河南人。经过多次沟通，人家同意车辆进站。我们就开始了创业过程。"危鸣轻描淡间，一段不为人知的故事在河南老乡间传播开来。

当时从河南来深圳的车特别多。因为路途遥远，从驻马店上蔡县到深圳市平湖镇，一来一回要跑六七天。路不好走，山路多，车站里，一天只能跑两趟车。

干车站生意，对于张全收而言，只是个名声，并没挣到钱。从河南到深圳平湖的农民工越来越多。张全收的小餐馆，成了他们落脚的地方。张全收和危鸣做的车站生意，可以把他们顺利接来，再平安送到家。

从某种意义上说，随着积聚到车站的河南人越来越多，张全收今后赖以生存的劳务模式才有了群众基础。

第十七章　坚守正义，农民工子弟秉笔直言

张全收的事情暂且不表。单说牛草坡的侄子牛奋的故事。

时间，1996 年。地点，华北午阳。

午阳城处于辽阔的华北平原上，就像盾牌上的浮雕一般。

此时，林绮茹正不安地坐在柔软的沙发上，眼睛却被窗外的暴雨抓住了。她身处坚固、结实的建筑里，可是，在暴风雨里，她仍能感受到自然界铁一般的束缚力。她听到风呼啸地穿过街道的声音，看到雨像一双大手一样猛烈地拍打着窗户。

她一次又一次地看表，当她低下头的时候，她的棕黑色的头发掉到了眼睛上，透过掉到眼睛上的头发，她看到了饭桌上的菜。那些白瓷盘上她精心做的菜已经不再冒着热气。

突然，客厅的门打开了，一个男人走了进来，他放下伞，可头发却被风和雨水弄得一撮一撮的，他个子很高，走起路来一摇一摆的，正含着笑向她走来。

"牛奋——"她脱口而出，跑到他的跟前，抱住他。

"本来说好八点钟回来的，"牛奋温柔地看着她，用抱歉的语气说道，他抬头看到了墙上的挂表，已经是十点半了，"你

知道，作为一个记者，总会有很多不确定的事情。"

林绮茹安静地躺在他的怀里没有说话，平静得像一只睡熟的猫。

"绮茹——"牛奋用粗糙的手摸过她的脸，感到她的皮肤像绸子一般光滑，"你后悔嫁给我吗？"

"从不——"她脱口而出，用一双纯真的大眼睛望着他，"我再也不能更爱你了，因为，我再也找不到比你更爱我的人了。"

牛奋感到自己心里涌过一阵暖流。当一名记者是他的抱负，记者这个职业是被他当作像生命一样崇高的事情来做的。他感到林绮茹是他生命中见过的最俊、最知性的女子。

"你是我的丈夫，你有权利决定什么时候陪我，"林绮茹抓住他的手说道，"只要我在报纸上读到你的名字，我就会满心喜悦，把所有的烦恼都忘得干干净净。"

牛奋动情地搂住她，她身材娇小，就像小鸟一样依偎在他的怀里。

他们牵着手，一同将饭菜加热，一同吃饭，一同洗碗，在洗碗的时候他们就像两个不大的孩子一般嬉闹着——他们欢乐起来简直像小孩子一般。他们一同牵着手走进卧室，即使在结婚一年后他们仍保留着大学恋爱时的这种表示恩爱的习惯，这在别人眼中是不可理喻的，但在他们两个人的眼中，这一切都是那么自然。

"牛奋，你看——"林绮茹打开了卧室的壁灯，柠檬色的灯光把卧室装扮得更加温馨，床头的书柜不见了，取而代之的是一架白色的钢琴。林绮茹微笑地打开钢琴架，里面设计得很精巧，刚好放得下牛奋最喜欢的书。

牛奋从背后搂住了她娇小的身子，"你是我见过的最棒的设计师，每次出差回家，你总能把房子设计得刚好是我想象的那样，你真是一个天才！为何不拿这些作品参赛？我打赌你能获奖。"

"谢谢，亲爱的，"她说，"你这句话比得任何奖项都让我感到高兴。"

她从里面拿起一本书，冲他眨着眼睛，"这是你从魔鬼城带回来的影集吗？"

"不全是，"他用温柔的腔调对她说道，"有许多是在去魔鬼城的途中拍的。"

"那你还没有给我讲过那段经历呢。"她急切地说。

他微笑着眯着眼睛，心里明白她的真实目的。

"张总编曾经带我们去过新疆，那时我还是报社的实习生。张总编早年从事沙漠摄影，对新疆有很深的感情。我们就坐在简陋的卡车翻斗里，可是那是我一生中最兴奋的时候，我最成功的风景照片就是在那个时候拍摄的。"

牛奋看着林绮茹的眼睛，她的睫毛很长，显得那么地纯真。

"说下去。"她说。

"汽车在戈壁滩上一路颠簸，可是作为摄影记者，我们却兴奋地大叫——我们见到了一生都没有见到过的雄伟景色，并且周围毫无遮拦，视野是三百六十度的。"

"汽车颠簸了一路你没感觉难受吗？"林绮茹惊讶地问道，她记得，牛奋坐长途车是会晕车的，直到最近他才克服这个缺陷。

"只是感到兴奋，亲爱的。我们对司机说，别担心我们吃不消，尽管开快，末了，张总编还对司机加上一句——千万别当我们是人！"

林绮茹笑出声了，她抓住了牛奋的手臂，"我从没看到一脸正气的张总编这么幽默过——他总是板着脸。"

牛奋看看表，"我该过去写稿子了，"他说道，"不把稿子赶完，我是不会睡觉的。"

她望着牛奋，嘴角往上翘着，"去吧，"她说，语调柔和，"不过别关灯。"

牛奋点点头，吻过了林绮茹洁白光滑的手背，当他走到卧室门口的时候，他又折了回来，在林绮茹的脸上吻了一下，"晚安，宝贝。"他对着向他微笑的妻子轻轻地说道。

牛奋坐在书房专心写稿，在夜里，一切都安静下来，只能听到风雨拍打窗子的声音和敲键盘的响声。

突然，客厅的电话响了，声音显得出奇的大，他从椅子上惊跳着起来，跑过去抓住了电话。

"牛奋——"张总编的声音不大却很有力量，"你来我家一趟。"

电话挂掉了。牛奋看了看客厅里的表，在黑暗中他勉强看清是凌晨一点。他的心里有千万个疑惑，可是他果断决定：立即就出发。因为，即使遇到其他的突发问题，作为一个记者的牛奋也会这样去做的。

牛奋站到楼下的时候，发觉雨已经停下来了，风像鞭子一样抽打着街道。他往楼上看了一眼，七楼窗子里还透着柠檬色的灯光，他心里一动，往停车场走过去。

要及时赶到事发现场，并且争取自己是第一个，因为第一个赶到事发现场的人最具有主动权。这在新闻行业中对于记者是铁一般的法规。甚至比自然规律更要苛刻、无情。

牛奋虽然穿着高帮皮鞋，可是他仍然谨慎地寻找没有积水的地方下脚，终于，他看到了自己的那辆白色越野车，他跳上车，车子抖了一下就发动了。

张总编是牛奋心目中佩服的为数不多的人之一，他文笔犀利，经常能针砭时弊，是当代报业中为数不多的敢作敢为的总编之一。或许是牛奋为人作风与张总编相似的缘故，牛奋来报社不到一年，就获得了张总编的大加赞赏。

车子行驶到城边一栋破旧的白房子时停了下来，牛奋站在院外，他惊讶地发现张总编家此时灯火通明。他感到心中一紧，快步向院子里走去。

牛奋径自走到张总编的书房，书房很简陋，地板也被磨掉了边，除了高高的满是藏书的橡木书架外，书房里再没有可以同张总编的身份相匹配的装饰了。

张总编的头发已经被年岁染成了灰白，可是他的目光却炯炯有神。他看到牛奋走进来，微笑着对他招手示意他走近。牛奋发现，张总编正躺在书房里临时支起的小床上，手里紧握着一叠书稿。

"牛奋，"张总编说，声音不大却很有力量，"关于煤矿坍塌的稿件，你采写得怎么样了？"

"我专程去了一趟山西，"牛奋说道，他看着躺在病床上的张总编，感到嗓子发干，"稿件我今天晚上就会赶写出来。"

"记住，"张总编用力地说，用犀利的目光看着牛奋，"至少要采访七个当事人。务必要保证消息来源的真实，准确！"

"我不敢忘记您的教诲，"牛奋说，走上前握住了张总编的手，他感到张总编的手仍然是那么有力，"您应该好好调养身体，报社的大局还得需要您来主持啊。"

张总编缓缓地挥了挥手，"一岁一枯荣哪！"

张总编的声音突然变得沙哑起来，"谁也不能违背自然界的客观规律——未来，还得靠你们青年人激浊扬清啊！"

牛奋感到心头被一双冰冷的大手抓住了，他想到了他在杭州出差的时候，就听到了张总编突然晕倒在办公室被送往医院抢救的消息。可出差回来之后，他见到张总编仍是那么乐观地坚守在岗位上，以至于牛奋以为那仅是一件小事。牛奋偏过头，看到张总编的夫人站在他的身旁，这个总是面带笑容的女人此刻眼睛里正噙着泪花，她的嘴唇颤动了一下，想对张总编说点什么，可是当张总编的目光从她脸上扫过去的时候，她紧咬着嘴唇没有说出来。

"午阳城内有重大的新闻线索吗？"张总编问道。

"据我所知，没有。"

"年轻的记者千万不能好高骛远啊，"张总编轻轻地说，可是这句话比一顿呵斥更让牛奋感到脸红，"你不能有能力顾及发生在千里之外的煤矿坍塌事故而无视发生在自己身边的重大安全隐患吧。"

张总编似乎感到疲惫了，他把头靠在垫得很高的枕头上，大口地喘着气。张总编的妻子趁他闭上眼睛的时候焦急地向牛奋使着眼色，牛奋会意，张总编此时最需要的正是休息。

牛奋正准备转身离开，张总编却突然抓住了他的手，将手稿交到了牛奋手上，"我毕生都有一个愿望，那就是还事实以真相，为此就算像秋草一样枯萎也无所怨悔。"他用灼人的目光看着牛奋的眼睛说道，"我能信任你接替我完成我手头上的事情吗？"

牛奋感到自己的眼睛被张总编的犀利目光刺痛了。

"您尽管放心。"牛奋坚决地说道。

牛奋看着躺在病床上仍坚守信念的老人，感到自己眼眶里一阵湿润。可是作为一名记者，他从不被允许流露出自己的感情，以免影响报道的客观，公正。

牛奋看到张总编笑着冲他点了点头，缓缓地松开了抓住他的手，因为握得太紧，牛奋看到自己手背上留下了几道清晰的白印。

张总编放心地看了牛奋一眼，躺在了床上。此时，他比平生的任何时候都要随意、放松，似乎根本没有想到要去克服降临到自己身上的自然规律。

牛奋握着张总编的手，说了几句安心疗养之类的话。他最后一眼看了看张总编，张总编正在微笑着望着他。牛奋手拿着张总编交给他的稿件，突然觉得肩上有万斤重担，他怀着复杂的心情缓缓地退出了他一生中最刻骨铭心的书房。

凌晨四点，张总编的妻子打来电话告诉牛奋说，张总编辞世了。

　　牛奋平生第一次流下了泪水，他感到似乎有一个冰冷的铁锤在反复击打着自己的心。

　　三天后，牛奋去郊外参加了张总编的葬礼。

　　张总编为人正直，常著文针砭时弊，生前赢得了无数人的尊敬也得罪了不少人。可是，张总编死后，不管是尊敬他的人还是他得罪过的人都悉数到场，他们自发地赶到偏远的郊外，怀着一颗诚心送张总编最后一程。

　　牛奋是作为张总编的家属参加葬礼的。他是一个孤儿，父母早逝，只有一个堂叔叫牛草坡。牛草坡落魄，牛奋上学的钱都没有。牛奋是因为得到了张总编的资助而完成了学业，张总编待他一直像对待自己的孩子一样照顾。

　　张总编就葬在郊外一个不起眼的地方，连墓志铭都没有，但这些完全是遵照张总编生前的遗愿。那起伏平缓的荒野上，遍地都是枯萎的古铜色凤尾草。

　　葬礼结束后，牛奋没有离开。他同张总编的儿子张培德一起，扶着声泪俱下的老妇人上车，可令他感到奇怪的是，除了在葬礼上，张培德再也没有显露出痛苦的表情。牛奋不动声色地和他挥手再见，把这件事刻了脑海里。

　　林绮茹走了过来。她穿了一件素色的连衣裙，远看去就像飘在荒原上的一朵轻云。

　　"牛奋——"林绮茹抱住他，俯身在他的耳边说道，"不要太过于伤心了。"

　　此时，人们已经散尽，荒野上仅剩下了他们两个人和那辆孤零零的白色越野车。

唯有在这种时候，那在众人面前拼命掩盖的真实感情才毫无顾忌地流露出来，牛奋紧紧地搂住她的肩膀，他感到有几滴泪水滴落到了自己的手背上。

过了好大一会儿，牛奋才抬起脸，让林绮茹看到自己的表情，为了防止她察觉到自己脸上的泪痕，他将脸微偏向一边。

"他是一个伟人。"牛奋看着张总编终老的起伏的荒野，动情地说。

他们彼此搀扶着走到了白色越野车旁。

"你开车，"牛奋说，将钥匙递给了她。

当她发动汽车的时候，林绮茹突然发现，牛奋根本没有要上车的打算，他仍然站在荒原上。

林绮茹越过车窗望着他。

"我先不走，亲爱的。"牛奋紧握着林绮茹伸出车窗的手，轻吻了一下她的手背，"我爱你。"

"也许我陪着你你会好受些。"

"不，"牛奋坚决地说，"让我自己待一会儿。"

"好吧——"林绮茹一反常态，"我想，那一定是因为你很敬爱他的缘故。"

"什么？"

"当你刚才在荒原上抱住我的时候，"林绮茹说，眼眶变成了指甲红的颜色，"我感受到你的身子在发抖。"

牛奋一个人望着起伏平缓的荒原，就像一棵橡树那样笔直地站在那里。

一时间他思绪万千。他闭上眼，感到张总编在书房里交给他的采访稿压得他喘不过气来。

突然，张总编的一句话像惊雷一样在他的耳旁炸响。那是在新疆魔鬼城张总编对所有的记者说过的一句话，牛奋至今音犹在耳：

"如果人们都惧怕邪恶，那么邪恶必将变本加厉；如果有人挺身而出，那身后将是千万人追随！激浊扬清，匡扶正义，我们马革裹尸还！"

牛奋心头的顾虑顷刻间烟消云散，这使他感到无比地轻快、振奋。

牛奋听到身后传来汽车开过来的声音了，紧接着是车门打开的声音，他转过头，看到一个水手般结实的人向他走来。那个人步履沉重迟缓，身着一件敞开的夹克，那个人冲车上的人挥挥手，冲他们喊道，"也许，我先同他谈谈会比较好。"

"真的是你，"牛奋说道，感到齿根发冷。

"给你打电话让你在这等的人就是我，"张培德拿出打火机，火苗与香烟一碰香烟就点着了，他递了一根给牛奋，牛奋拒绝了。

"你拒绝我可以，"张培德晃晃脑袋，朝地上吐了一口唾沫说道，"可是你不能拒绝我的'好意'。"

牛奋冷冷地看着他，一言不发。他突然明白张总编平日里绝口不提儿子的原因了。

"我在电话里换了一种腔调，是为了使葬礼上的事情能顺利进行。"张培德继续说道，"父亲是个老顽固，不是吗？他如果活得更精明些，我们家也不至于那么寒酸。不至于连我出国留学的钱都交不起！"

牛奋想冲过去狠狠扇眼前的这个男人一耳光，可是，他忍耐住了。他拼命地压制着自己内心里的冲动，可是脸却像石头一样毫无表情。牛奋想他弄明白了，他们父子关系决裂的根源。

"你直说吧——"牛奋不耐烦地说道，"把你在电话中提到的'重要的事'说出来。"

张培德转过头，望着车里头的人，又转过身，望着牛奋，那动作在牛奋眼中有说不出的猥琐。可牛奋的脸上依旧毫无表情。

"事情再简单不过，只需你一句话就好，"张培德嘿嘿地笑着，将脸往前凑了凑，贴着牛奋的耳朵上说，"将父亲在书房亲手交给你的采访稿交给我，事情就算了结了。"

"这种事你想都不要去想，"牛奋被激怒了，他毫不客气地对张培德说道，"看在你母亲的份儿上，我不跟你追究你今天的言行。到此为止吧！"

强风从背后呼啸着刮过来了，牛奋转过身，逆着风向前面走去。

"你别太顽固，"张培德刺耳的声音从背后传过来，"你那样做谁都救不了，最终伤害的只有你自己！"

张总编已经不在人世，可是张总编坚定的声音言犹在耳："如果有人挺身而出，那身后将是千万人追随！激浊扬清，匡扶正义，我们马革裹尸还！"牛奋心里面默念着这一句话，感到内心深处无比温暖，以至于他对迎面刮来的狂风和身后恶毒的威胁也感到无所畏惧。

牛奋逆着风踏过枯草向前方走去，目光坚定地平视着前方。

　　牛奋回到报社时，已经是下午六点了。他把今天采写的稿件像往常一样亲自递到了总编室。副总编于建民在主持工作，他老成持重，虽然过几天就要退休了，但对工作的态度和劲头仍不减当年。

　　"牛奋，"他站起来，握住了牛奋的手，"你坐。"

　　牛奋没有推辞，他直接在于副总编面前坐下了。看得出，于副总编对牛奋这种直来直去的态度有点见怪，他的鼻子哼了一下，坐在了皮椅上，肥胖的身体压得椅子吱吱响。

　　于副总编对牛奋的稿子仅随意翻看了一下，就丢在桌子上了，他摘下了眼镜。

　　"我说牛奋哪——"于副总编清了清嗓子，故作为难地说道，"你的文章编辑部无法通过。锋芒太露！都是一些尖锐的批评文章。"

　　"还有这篇，"于副总编随手拿起了一份稿件，对牛奋说道，"也太过偏激。"

　　"只有你采访的煤矿坍塌的那篇，还是比较客观、公正的——我亲自读过你的采访稿件。"于副总编看了一眼坐在对面的年轻人，微叹了口气，"我知道张总编的辞世对你打击很大，但这却不能影响你采写新闻的客观、公正啊。"

　　"于总，"牛奋对于副总编说，语调柔和，"您说的对，我承认，张总编的辞世对我打击很大。可是，在采写新闻的客观、公正方面，我不敢有一丝懈怠。"

　　牛奋把一叠厚厚的采访记录整齐地放到了于副总编的面前。

　　"请您过目这些采访材料。"牛奋诚恳地说。

于副总编感到有一点意外，但是，当他认真读完记载翔实、准确的第一手采访资料后，即使对牛奋心存芥蒂他也不得不因为材料的真实性而信服。

"牛奋，"于副总编起身握住他的手，"我以前总认为年轻的记者容易冒失，激情有余而沉稳不足。可是，看过你的采访稿我才发现，还是年轻人更有闯劲哪！"

"您是我的前辈，"牛奋诚恳地说，"我尚有许多地方需要向您学习。"

于副总编觉自己变得像张总编一样，开始钟情于眼前踏实、诚恳的年轻人了。

"我有一件事情需要您的支持。"牛奋诚恳地说。

于副总编微笑地看着他，鼓励他说下去。

"振东集团新建成的一批大厦中有一座标号为 A7 的九层独立单元楼。根据我的独立调查，第六层和第七层用的是极劣质的水泥。"

"振东？"于副总编皱紧了眉头，"他是午阳城招商引资以来最大的房地产开发公司。"

牛奋显然没有顾及于副总编所说的状况，他继续说道："从张总编接过对标号为 A7 的九层独立单元楼调查材料之后，我就马不停蹄地调查。现在，材料充分显示，振东集团工程质量问题是准确无误的。"牛奋坚决地说道，"我想，我们报社应该把这个事实报道出去。"

"等一等，让我再考虑考虑。"于副总编挥挥手，他内心的矛盾表现在了他满是沟壑的脸上，他背过身子，面对着窗子，嘴里喃喃地说，"这种事情再缓一缓，等研究透彻了，再给你答复……"

牛奋在报社一直忙到深夜，等他最后一次在电脑上按下"Ctrl+S"时，才长长地舒了口气。他瞟了一眼电脑屏幕右下角的时钟，凌晨一点，刚好是他平时完成稿子的时间。

牛奋一个人走出报业大厦，外面的空气又冷又干，十一月的秋风扫着荒凉的街道。牛奋匆匆向街道的对面走去，白色的越野车在黑暗的路边等待着他。

"等一下，"一个冰冷的声音从后面传过来，牛奋感到有一个冰凉的东西抵住了自己的喉咙。

牛奋偏了一下头，那个人看起来身体结实而健壮，目光锐利得近乎凶狠，那个人脸上的其他表情被一只灰色的大口罩遮住了。

"我不认识你——"牛奋缓缓地转过身子，直盯着那个人的眼睛说道。

"有人托我拜访你，"那个人说道，将明晃晃的刀子在牛奋的脸上晃了晃，那刀锋利得令人胆寒。

"上车吧。"那个人不耐烦地厉声说道，声音听起来很刺耳。

一辆黑色的车在牛奋的面前停下，车门打开，牛奋被手持匕首的人逼到了车里，牛奋一上车就被两个壮汉结结实实地架住了胳膊，车门关上，先前胁迫牛奋的那个人接过车上的人递的红包后就迅疾消失在了黑色的夜里。

车开了大约半个小时，在郊外的荒原上停下了。

牛奋被车上的人拉了出来，站在了微冷的草地上。

坐在汽车副驾上的男人走了下来，在车灯的照射下，他看起来身体粗壮，牛奋看到他那双染得很黑的浓眉紧锁起来，他眼睛一瞪，上方出现了一道很粗的皱纹。

"牛奋，"那个身体粗壮的男人对他说，"你摆明了是要跟'振东'作对，是吗？"

"我只是一个记者，"牛奋说道，语气平和，"你那样说太过于抬举我了。"

拳头突然打在他的颊骨上，牛奋感到自己的头立刻肿胀起来，可是，他的双臂被两个大汉紧紧地架着，动弹不得。牛奋深知此人的脾气，他暴躁狂野，做起事来从来不计后果。此人是振东集团办公室主任，名叫林启。

"张培德，你过来！"林启不耐烦地冲汽车里坐在司机位置上的人喊道，当张培德慢吞吞地走到林启和牛奋之间时，林启指着他的鼻尖说道，"你不是说十万块钱就可以不让他发那篇稿件吗？可是你拿了钱，我竟然得到消息说，他竟然还没有死心。"

张培德浑身颤抖起来了，双肩缩得拢拢的，脑袋在两肩之间像要陷进去似的。

"他不是那种能够收买的人。"张培德嘟嘟囔囔地说。

林启直接走到了牛奋的面前，他走过来的时候，用肩膀重重地撞了一下张培德，后者立即像石像一样倒了下去。林启俯在牛奋耳上奸笑着对他说道：

"你或许见到过有人这么做，"林启说，声音在夜晚的荒原里显得阴森可怖，"用这柄眼翳刀从你右耳根下直接划到左耳根下，当中可以划破你的喉咙。”

林启在牛奋的脖子后面吹着冷气，让牛奋感到他的心像是被一双冰冷的大手抓住了。

“威胁对于一个敢于揭黑幕的记者是徒劳的，”牛奋看了一眼瘫倒在地上的张培德，坚定地说，“那篇文章已经拿去付印了，在明天早上的报摊上你就可以读到。”

实际上，对于何时见报，牛奋自己心里也没有底。但事到如今，他只能硬着头皮撑下去。

“这怎么会——”林启近乎凶狠的脸也不由得变了颜色，持刀的手不由自主地晃动了一下，“这不可能！”

“你太低估一个老报人的良心了，”牛奋说，用灼人的目光看着他，“于副编辑立即就要荣休了，你们想当然地认为他不会发表那篇可能使他引火上身的文章。可你们错了，在每一个报人心中，都有一个良心尺度，越过了这个尺度，便是一生的愧疚与不安。”

“可是到头来伤害的就是你们自己。”林启恶狠狠地对牛奋说道。

牛奋一时间思绪万千，林启的那一句话，曾是压在他心头阻碍他激浊扬清的咒语。可是，在魔鬼城，张总编的一席话让他茅塞顿开，从而奠定了他投身于记者职业的一生的基础。他心里不止千万遍地重复着那句激励他走下去的话语：

“如果人们都惧怕邪恶，那么邪恶必将变本加厉；如果有人挺身而出，那身后将是千万人追随！激浊扬清，匡扶正义，我们马革裹尸还！”

牛奋回到了家中，屋子里空荡荡的，他心里突然生出一种不祥的预兆。

在这个世界上，这个连魔鬼都不能使他慌乱的男人最担心的只有一个人，那就是林绮茹。

牛奋推开客厅的门，快步走进卧室，卧室没有人。他感到胃里一阵绞痛，两只手紧握了起来，由于手握得太紧，指甲都嵌进了手掌里，可他却没有发觉。

突然，床头的电话响了，他抓起了电话，因为抓电话的手抓得太紧，手指的关节变成了白色。

"牛奋先生吗？"电话那头很有礼貌地问道。

"我是牛奋。"牛奋毫不客气地说。

"乔先生想见你，请您务必到。"

事情进展到这里，和张全收尚无关系。但是，随着牛草坡到深圳直接找到张全收——张全收、牛草坡、牛奋，还有乔先生的故事才有了交集。

牛草坡把故事讲给张全收，张全收一脸茫然。

"那个振东集团董事长，就是乔松。"

"乔松？"

"是。"

"山西那个乔松？"

"是的，在上海，你跟我提起过。我打听了，他后来娶了一个小工厂老板的女儿。他很能干，竟然把一个小厂变成跨多个行业的大集团。"

"可是，我已经很多年没和他联系过了。"

"好歹，你们是朋友。"牛草坡说，"我这辈子也没有尽到一个叔叔的责任。这一次，就请你代劳，尽力帮我侄子一下吧。"

他们先和牛奋见面，牛奋是一个将近三十的中年人，国字脸，一脸正气。

他们一起赶到乔松在深圳的办公室。当时，振东集团的总部在深圳。一辆黑色的梅赛德斯停在公司门口，那车看上去就像黑色金属做成的蛋，闪烁着金属的光泽。

车子把牛奋一行带进了一家幽深的小院，院子里种满了树木，在夜晚看，就像是一座森林。

车门打开，有人领着牛奋他们走进了一栋气派的房子，那直棱的窗子让他想起了中世纪的古堡。

他们穿过一道狭窄的走廊，走廊上铺着玫红色的地毯，走到走廊尽头的时候，引领牛奋的人握着走廊尽头的手柄把门打开了，而自己却恭敬地站立在原地。

这是一间书房，下面铺着昂贵的波斯地毯，四周林立着高大精美的书架，书架上摆满了各种烫金硬壳的珍藏书。

一个头发灰白的人坐在发亮的胡桃木椅子上，他穿着宽大的绸质西装，眼睛明亮，正微笑地看着张全收。

"乔松——"张全收喊了出来。

乔松微微地冲他挥挥手，然后站起来，给了张全收一个大大的拥抱。

乔松转过头望着牛奋。

"你或许还不知道，我这一段时间在国外，刚回来。"乔松说，语调低沉，"林启太过年轻，倘若他做出了什么冒犯你们的事情，我向你致歉。"

"那不是误会。"牛奋说，他仍能感到脸颊骨疼得厉害，呼吸时嘴巴像针刺的一样痛。

乔松缓步走到牛奋跟前："有人告诉我，你写文章报道振东集团的建筑施工有质量问题，我要向你亲自求证这个事情。"

"是的，"牛奋看着乔松钢刀一样的眼睛，毫不避闪，"房子确实是有质量问题。"

"你做得对，"乔松突然说道，这句话连牛奋都吃了一惊，"如果煤矿坍塌的早些时候能有像你一样敢作敢为的记者报道，那样，情况或许会比现在要好得多。"

"老板，"林启推门而入，声音尖利，"倘若见报，就不仅是 A7 大楼拆掉，损失高达千万的问题了。更严重的是，振东集团开发出来的楼盘将受到消费者的质疑，振东将遇到最寒冷的冬天！"

"我对下属管教不好，使他说话不合时宜，做事不经思考，"乔松用威严的目光扫过林启，又回头用温暖的目光看着牛奋，用柔和的语调说道：

"你或许还不知道，张总编是振东集团的特聘顾问，他为人刚正不阿，在职期间振东集团的工程质量和农民工工资发放都必须经过他的监督。"乔松看着牛奋，语调平和，"能详细举证振东集团质量问题的人，我想，也只有他一个人了。我大胆猜测，是张总编把材料交给你继续调查的吧？"

"是的，"牛奋的脸抽动了一下，坚决地说。

"林启，你停职一段时间吧。"乔松冷冷地说，"还有你的妹妹林绮茹，也暂时把公司的工作交代一下，休息一段时间吧。"

"绮茹，"牛奋感到嗓子发干。在这个世界上，唯有林绮茹才能使他感到不安。他的手不安地抖动着，声音单调，"她肯见我吗？"

"那就要看你的选择了，"林启冷冷地说道，话语像一把冰冷的刀子插到了牛奋的心脏里，"我的妹妹姓林。林家不会忘记，是谁把振东集团和我们林家推入困境的。"

牛奋没有答复，他的目光被天花板抓住了。

"把孙医生叫来，"乔松对林启说，"牛奋脸颊上的伤看起来不轻。"

冬末的时候，牛奋又回到了张总编安眠的那片荒原上。

自从振东集团的工程质量问题被曝光后，振东集团受到了前所未有的打击，几乎所有的消费者都对振东集团产生了信任危机，振东集团真正遭遇到了最寒冷的冬天。

牛奋一个人孤独地在荒原上走过，大雪压住了枯草，整个荒原上显得生机尽无。他内心里从没有像现在一样感到空旷：师母突然辞世，妻子同他分居了。他内心里一直在怀疑自己，反复质疑着自己当初的行为是否值得。

一个年轻人走过来了，他看起来很稚嫩，简直就像刚出校门的大学生一般，他叫王韬文，是牛奋带的实习生。

"牛老师，"王韬文交给牛奋一张证书，"您对振东集团的报道获奖了，几乎所有的报纸都转载了您的文章。"

牛奋接过证书，却看都没看它一眼。

"我很尊敬您。我想知道，是什么促使您能有这么大的勇气和魄力写下这篇报道。"王韬文诚恳地问道。

"一个新闻从业者的良心。"牛奋说，望着起伏的原野，一时间他心里感慨万千，"我们的前辈，那些激浊扬清、匡扶正义的新闻从业者的楷模，此时，正躺在这片土地下，默默地注视着我们。"

牛奋说道，突然想到了林绮茹。他感到一股愧疚之情，又酸又苦，从胃里翻腾出来，涌到喉咙上，从紧咬的牙齿的缝隙里溢了出来。他感到苦楚，可却从不为自己的行为后悔。

清明的时候，牛奋又一次地站到了起伏的荒原上。雪已经化尽，牛奋惊讶地发现，枯草遍地的荒原上，一夜之间冒出了无数的嫩绿草芽。

一辆白色的越野车在他面前停下了。车门打开，走下来一位穿白色风衣的漂亮女人，她很美，有着一双难以置信的长腿。她抬头望着牛奋，棕黑色的瀑布从她肩膀上泻下来。

"绮茹——"牛奋大声地喊出来了，声音发抖。

林绮茹站在那里，笔直得像一株橡树，她的脸上毫无表情。

牛奋走过去，握住了她的手。

"你当初选择曝光振东集团，背叛了我。"林绮茹甩开了他的手，说道，声音发冷。

"可是你看，"顺着牛奋的手指，林绮茹看到了不远处的午阳城。

"午阳城处于辽阔的华北平原上，就像盾牌上的浮雕一般。"牛奋说道，"可是，如果没有人挺身而出去手持那面正义之盾，邪恶和腐朽就要降临那座城市之上了。"

"你总是有自己的道理。"林绮茹说道，突然抱住他了，"我爱你。"她说，牛奋感到林绮茹的泪水滴到了自己的手背上。

"振东集团会重新站起来的，"林绮茹坚决地说，"但我们将是以质量和诚信为基。"

"乔先生让我代他向你感谢没有追究林启的事情，他说，如果可以，他愿意聘任你做振东集团的特约顾问，随时可以监督振东集团的工程质量。"

"林启呢？"牛奋问道，抓住了她的手。这次，林绮茹没有反抗。

"他去了英国。乔先生说，做一名会计是更适合他发展的方向。"

"振东集团会重新站起来的，"牛奋坚定地说，"振东集团能够直面问题并克服困难的勇气将是最大的动力！正如秋草，在经历了秋风中的枯萎和冬雪的覆盖之后必将迎来生机勃发的春天！"

他们抱在一起，深吻起来了，好像存心要把在冬天里失去的东西补偿回来，他们吻得是那么深，深得都要吞下对方的喉咙；他们的世界是那么安静，安静得只能听见荒原上嫩草生长出来的声音。

……

事情告一段落。牛草坡回了老家。

临行，他请张全收吃了一顿饺子。自此，他们再也没有见过面。

第十八章　备受歧视，儿子被幼儿园老师赶出学校

在张全收奋力打拼的时候，他把家人接到了深圳。

1997 年，张全收 2 岁的儿子张嘉豪从河南上蔡县来到深圳平湖镇，1999 年开始在新南幼儿园上学。平湖镇火车站和汽车站紧邻。张全收一家在火车站家属院租了房子。一套两室两厅，每月租金 350 元。

在深圳，他们就是一对打工的小夫妻，和千千万万到深圳闯荡的小夫妻并无多大区别。唯一不同的是，男人有梦想，即便受到一千次失败，他也乐观地认为自己第一千零一次尝试会成功。

刚做完工，张全收灰头土脸。回到家，看到面黄肌瘦的妻子，瞬间红了眼眶。他连忙转过头，硬生生将泪憋了回去。

"相宜，你跟着我，受苦了。"他对自己的女人说。

张嘉豪比同龄人低半头，身体小一圈。父亲在一楼蒸馍、卖馍，他们在三楼住。新南幼儿园距离张嘉豪租住的房子有一两公里。

一楼出租屋里，还开着一个小吃店。经常聚集四面八方的

外来务工人员。幼小的张嘉豪对此已经十分熟悉。

张嘉豪母亲身体不好，生了一场重病，在家里静养。

"爸爸呢？"

"出去了。"母亲答。

张嘉豪模糊地记得：来找父亲帮忙的人很多，父亲每天都很忙。

在小孩子的记忆中，时间是点状的，印象深刻的事情不多同时又过得飞快。

1999 年，张全收的手头渐渐宽裕。他找到李明镇，在深圳打拼时认识的好友，商量开玩具厂的事儿。

"明镇，给你商量个事儿。"

"全收哥你说。"

"咱不如自己干，开个玩具厂。"张全收兴奋地说。

"这行吗？咱是做生意的料吗？"李明镇将信将疑。

"我失败了几十年，可是我学到了一个道理：'只要你认定你能弄成一件事情，你就一定能弄成这件事情。'"张全收说。

想了一会儿，李明镇点点头。他们在深圳创办了一家玩具加工厂，招来很多在深圳务工的河南老乡。

2000 年左右，河南人在深圳名声不好。在工厂上，还刷着："河南人不要""河南人勿进"的大字。不管河南人技术多高，都不要河南人。

不幸的是，戴有色眼镜看待河南人的，不仅仅是工厂老板。

2000 年初，张嘉豪已经上了幼儿园大班。

"张嘉豪，你留下。"快放学时，班主任喊住了他。她是个四十多岁的女人，微胖。

张嘉豪就像受了气的小公鸡一样，耷拉着头等待挨训。他心里知道，班主任喊他，一定没有好事儿。

"没有钱，就不要来上学了。"班主任毫不客气地说："快回家，让你爸妈拿学费来。"

张嘉豪点点头。

第二天一上学，班主任就问他："学费呢？"

张嘉豪抿着嘴唇，不吭声。他以为，这次老师催学费，还会像以前很多次那样，说说就算了。

不料，班主任这次动了真格。

"你给爸妈说了吗？"

张嘉豪摇摇头。

班主任黑沉着脸，把张嘉豪赶到幼儿园门口。

到了门口，别的班老师问："啥情况？"

张嘉豪的班主任摇摇头："又是一个交不起学费的河南娃。"

那个老师看了张嘉豪一眼。张嘉豪立马把头低了下去，仿佛老师的眼睛里有毒。

没办法，张嘉豪只能回家。

一进屋，他母亲就问："这么早回来干啥？"

"老师催学费呢。"

他母亲叹了一口气："这还得等你爸。"

过了几天，张全收终于把钱凑齐，给老师送去。张嘉豪随即复课。

不久，张全收又想到新点子：自己蒸馒头卖。

他又租了一套房，卖馒头。参考在河南馒头店打工的经验，张全收还买了一套机器。

在平湖汽车站旁，有一栋 4 层老楼，年头久远。这栋楼的 4 单元一楼，就是张全收蒸馒头的地方。卧室经过改造，窗户打了洞，方便往外卖馒头。为了拓展销路，每天一大早，他就骑着摩托车带着箱子，去工厂门口卖馒头。

后来，他又尝试干玩具厂，但是生意也不太好。

张全收租的房子是个老房子，非常破旧，甚至连农村一般的家庭还不如。一楼蒸馒头的机器一大早就发出轰隆隆的噪音，吵得张嘉豪睡不好觉。

张嘉豪 5 岁的时候，幼儿园里，班主任老师给学生们分菜。分到张嘉豪的时候，菜就特别少。

"老师，我不舒服。"张嘉豪举手报告。

"是想多吃点吗？"老师问他。

张嘉豪摇摇头。

老师不再理他。

放学后，张嘉豪只觉得天旋地转，走路都非常不稳。一到家，一个趔趄险些摔倒。

"娃儿，你咋啦？"张嘉豪妈妈赶紧问。

"不舒服。"

"哪儿不舒服？"

"我不知道。"

张嘉豪妈妈赶紧用手摸他的头，"乖乖，热得发烫。"

爸爸不在家，妈妈身体又不好。摸摸口袋，只有几毛钱，哪够去医院看病呢？妈妈没有带他去医院，只是把张嘉豪放到床上。耐心找了半天，才找了一点牛黄解毒片给他吃。

就这样，在家躺了一夜，又过了半天，张嘉豪的高烧竟然退了。

第二天上午 11 点，高烧一退，张嘉豪就想出去玩儿。

"跟我去菜市场吧。"妈妈对他说。

张嘉豪点点头。

附近的菜市场是全深圳最老的菜市场。菜市场早上四五点开始出摊，上午 11 点多收摊。张嘉豪和妈妈就趁着菜市场收摊，但还未打扫之前，就是上午 11 点左右的时间去捡菜。

"嘉豪，捡一些面相比较好的菜。"妈妈叮嘱他。

张嘉豪点点头，不一会儿，就捡了不少剩菜。

"给旺福也捡点菜吧。"张嘉豪说。旺福是他收养的一条流浪狗。这条狗是家犬，头扬着到成人的膝盖，背上是黑色的，其余皮毛是棕黄色的。

他们去杀鱼的摊贩那里，捡了一些杀过鱼的鱼鳃，用兜子装了。

回到家，旺财摇着尾巴迎上来，张嘉豪拿起鱼鳃，放到右手手心，托着让狗吃。

妈妈见到后，说："快把鱼鳃扔地上，狗咬住你手了怎么办？"

张嘉豪听话，把鱼鳃扔地上，旺财扑腾一声跳过去，一口把鱼鳃塞进发黄的牙齿深处，跑到远处吃了。

看到妈妈有些累了，张嘉豪就把鸡蛋拿出来，打到碗里面，加油再搅拌一下，蒸成鸡蛋糕。

"妈妈，吃饭。"张嘉豪端着碗，把鸡蛋糕送到妈妈面前。

这是刚生过大病的妈妈的专享，张嘉豪是不吃的。他又跑到厨房蒸米饭。饭蒸熟后，用开水搅拌一下，就吃了。

张全收在深圳开小饭店，开玩具厂，帮河南老乡找工作的时候，他的妻小，在深圳过着并不体面的生活。他们内心深处也不清楚，这种生活还要持续多久。这就像在逆风中划船，你不知道什么时候风会停。但是掌舵者明确告诉你前进的方向是对的，你即便饱尝海水的苦涩，也甘之如饴。因为，你觉得前方有希望。

这种希望带给人们的幻想是美好的，但是幻想本身又是虚无缥缈的。对未来的憧憬，以及对未来的担忧，深刻地拷问人性。这就像树叶到了秋天就会变黄，庄稼到了秋天就有收成。但是，最恐怖的饥荒可能就发生在春末夏初。这时，你又该如何抉择？

这个问题并无正确答案。有时候，坚持一下，就会迎来丰收。有时候，即便坚持到底，等到的却是提早到来的寒冬。所谓丰收的秋天，变成了谎话。这就是和命运对赌的代价。

第十九章　兄弟情深，携手共度荒蛮岁月

若干年后，张嘉豪曾经想过这样一个问题：如果他的父母不带他来深圳，他或许就像上蔡老家的农家子弟一样，在养育自己祖祖辈辈的土地上长大，也不会受到那么多的欺负。

6岁的张嘉豪个子特别矮。他已经上了一年级，班上只要排队，他永远站到第一个。实际上，直到他上初一，个子也才一米五。

"浩明，上学去。"张嘉豪跑到发小家，说道。段浩明比他小一岁，是1996年生人，老家是西平县的。

"走。"段浩明个子不高，但是很壮实，头发短粗，皮肤黑明发亮。

走到半道，碰到一群孩子，六七个人，个子都很高，是平湖镇本地人。

张嘉豪就像老鼠见了猫一样，想躲着走。那群孩子本来在追逐着玩儿，看着这俩小不点儿，相互一吆喝，围了上来。

"嘉豪，有疝气……"一个大个指着张嘉豪，大笑不止。

张嘉豪攥紧了拳头，嘴巴绷成一道直线。虽然年幼，但是张嘉豪对疝气这个事情非常敏感。平素还好，一旦小便，得疝

气的地方会肿胀起来，非常痛苦。他站在远离家乡几千里的平湖火车站旁，6岁的小脑袋里充满了愤怒。他想跑、想躲，可是跑不了、躲不掉。他想跟这帮坏蛋拼了，可是只靠段浩明，根本不是这些大孩子的对手。他只能假装镇定，随机应变

"呸——"另一个小孩往张嘉豪身上吐了口吐沫。

张嘉豪气得头发都要竖起来了，可是从表情看，还很冷静。段浩明忍不住了，嘴上嗷嗷着握起拳头朝吐吐沫的小孩身上招呼。人家轻轻一躲，就闪开了。毕竟人家大几岁，6岁的孩子，怎么跟八九岁的孩子比？

一个最大的看着有10岁的胖男孩，故意对着张嘉豪得了疝气的地方使劲儿一踢。张嘉豪只感觉有一个千斤重的锤子砸到身上，痛得身体都麻木了。他倒在地上，不断抽泣。那些大孩子笑得更狂了，像看马戏一样对着张嘉豪指指点点。段浩明架起张嘉豪，两人搀扶着往回走。

快到家门口，张嘉豪突然不走了。

"走啊，赶紧回家啊。"段浩明有些着急。

"不回去了。"张嘉豪淡淡地说。

"为啥？"

"不敢回。"

段浩明叹了口气，"好吧，要不先去俺家？"

两个小兄弟正说着话，旺福从远处跳着往他们这边跑来。一边跑，一遍摇着尾巴，尾巴上的毛像毛笔一样往外伸展着，非常挺拔。

"旺福。"张嘉豪破涕为笑，对着自家爱犬说："你咋不

早来，早来会儿，还能帮我吓吓那帮坏蛋。"

旺福伸长了舌头，卧倒在张嘉豪身边，头看着远处。好像一点儿也不懂主人的心意。

两个小男孩就在火车站附近转悠。那是2001年，深圳平湖工厂林立，随处可见玩具厂。火车站和汽车站相距不远，来自全国各地的打工者通过火车、汽车这些现代工业体系打造的交通工具，来到这座充满工业气息，充满活力的热土。火车站附近，人们背着大包小包从车上下来，很多人甚至是第一次出远门。他们怀揣着一个叫作梦想的珍贵无价的宝贝来到深圳，在深圳大大小小的工厂辛苦做工，领取了在家乡难以得到的可观工资。这是深圳这座城市开放的一面。但是，随处可见的"河南人不要""河南人勿进"标语，就像这座城市的另一面，对待外地人充满了不信任。哪怕他们努力工作，成为这个城市的有机组成，在内心深处，他们依旧是感到自己是不被认可的。

歧视，可以理解为发自心底的厌恶。在深圳历史上，在十多年前，这却是随处可见的事实。这种歧视如同麻风病一样在一个健壮的身躯蔓延，甚至直接植入孩子们的神经，非常可怕。打败歧视的手段，唯有自尊自强。

时候不大，张全收骑着摩托车回来了。他瘦削的脸上带着笑，似乎遇到了什么喜事。他见到张嘉豪，吃了一惊："怎么还没上学？发生了什么情况？"

"有几个大孩子把嘉豪打了。"段浩明说。

张全收说："浩明你先回家。走，嘉豪，咱们去找他们去。"

张嘉豪上了摩托车，张全收直奔火车站附近一个小卖部——

平时附近住的人容易在小卖部聚集。

"谁的小孩儿，把俺儿子打了？"张全收问。

小卖部门口，坐着十几个大人。他们上下打量这个操着河南口音的中年男人。这个男人穿着一身破旧的灰色褂子，黑色的裤子都洗白了，头发乱蓬蓬的，一看就是一个打工仔。

这十几个本地人哈哈大笑，没有人接话。

张全收脸上红一阵、白一阵。他想带着儿子去这些人家里，挨个指认，就像在驻马店农村的常规做法一样，就像几十年前他奶奶带他去白姓人家做的那样。可是，时移世易，在老家的一套根本在深圳行不通了。说到底，自己不过是个外乡人。他还想到，自己这些年在河南、深圳东奔西走，混了这么多年，儿子还是被这样欺负。他的心里泛起一阵酸楚，从胃里涌到喉咙，又酸又苦。

再留下去也是白耗精力，人家压根不会赔礼道歉。张全收苦笑一声，带着儿子悻悻离开。

一个电话来了。

"老白，你也来深圳了？"张全收说。

"全收哥，我刚到，你来接我吧。"

"中，马上到。"

"今晚儿有地儿住吧？"

"有，就住家。"

"能找到活儿吗？"

"找活儿？"张全收顿了一下，对着电话话筒大声喊，"放心吧，老弟，在深圳，到处都是活儿。哥给你找好！"

不一会儿，刚才一脸苦闷的张全收又喜笑颜开了。他摸着儿子的头，像是自言自语："儿子，你今天受委屈了。我向你保证，总有一天，爹不让你再受这窝囊气。"

张嘉豪懂事地点点头。

张全收笑着摸摸儿子的头，骑着摩托走了。张嘉豪自己背着书包，往学校走去。

过了两三个月，深圳已经是冬天。深圳的冬天，和河南不一样，只需偶尔穿一下棉衣。平素里，太阳高照的时候，平湖镇五湖四海的打工者们穿棉袄的、穿短袖的、穿马褂的，穿什么的都有，活像一个乡村服饰展销会。

天色擦黑，张嘉豪正在屋子吃饭，张全收进来了。

"嘉豪，你看谁来了？"张全收身后站着一个男孩儿，个子到张嘉豪父亲胸口，约有十一二岁光景。他脸圆圆的，身体一看就很壮实。

"哥？"张嘉豪喊了一声。

他们兄弟俩腼腆地相视一笑，郎永是张嘉豪的远房亲戚。

当夜，张嘉豪和郎永抵足而眠。嘉豪问了哥哥很多问题，郎永实在是太困了，没说几句，就呼噜呼噜睡着了。

郎永本来在上蔡县上的五年级，来了之后，继续上五年级。那年嘉豪上一年级。在学校里，有了哥哥这个后盾，嘉豪受欺负的时候少一些了。

张嘉豪学习成绩很好。那时候小学就三门课程，语、英、数，满分300分。张嘉豪经常考满分，相比之下，郎永成绩就差一些。

有一次，老师正在课堂上上课，郎永在下面睡着了。

老师拎着郎永耳朵就把他拉起来。

"你在干吗？"

"我刚梦见刘德华开飞机找我。"郎永一本正经地说。

全班哄堂大笑。

当天临近放学，郎永的老师去找张嘉豪："你给你爸带句话，就说你哥哥上课睡觉，还说'梦见刘德华开飞机找我'。"

回家路上，郎永不断恳求弟弟："千万别说。"

回到家，父亲一脸严肃，像是工作中遇到什么问题。当时，张家条件已经变好了。虽然还在租房子住，但交得起学费了，也不用再捡菜了。但是张全收时常会为太多农民工拜托自己找工作，但工作不好找而发愁。

郎永给张嘉豪使了个眼色，弟弟心里会意，没有吭声。

张嘉豪学习好，老师喜欢，他还是班长兼英语课代表。一次，张嘉豪英语考了94分，老师把郎永留下来，让哥哥带话："弟弟学习退步了。"

一路上，弟弟不断恳求："哥，你千万不要说。"

回到家，张全收正在一楼站着谈事儿。

"河南过来的100多个农民工，明天能安排活儿不？"张全收问身边人。

"人太多了，一时安排不开。"

张全收眉毛拧成了疙瘩。

这时，哥哥上来，把老师说的话实话实说。

张全收一巴掌打弟弟脸上，边打边骂："叫你好好上学你不上，还考了94分。全家没有上过大学的，你能不能争争气？"

这巴掌打得张嘉豪眼冒金星。紧接着，他又被劈头盖脸训斥了一顿。

转眼到了 2002 年。

山鸟群飞，日隐轻霞。段浩明和张嘉豪在家附近的篮球场玩。一群少年在打球，把这哥俩赶了出去。

回家后，郎永知道这事儿，很生气。第二天，他们哥仨去篮球场玩儿。

当时流行听音乐磁带。他们把磁条从废弃的磁带盒子里抽出来玩儿。磁条很细，宽度不到一公分，同时又很长。哥仨一时兴起，把磁条围着篮球架子缠了好几圈。

"嘉豪，以后有哥在，你大胆在篮球场玩儿。不用怕他们。"郎永告诉弟弟。

弟弟抬着眼睛看着哥哥，用力点点头。

不一会儿，昨天那帮少年又来了。他们有五六个人，约莫十一二岁，带头的一见到张嘉豪，冷笑一声，冲上去把磁条拽断了。

郎永不是好惹的。他冲上去，一脚踹到那个带头的少年身上。那个少年一个趔趄，差点倒在地上。

"大纲，你上。"少年让身边最胖的和郎永单挑。

五秒不到，郎永直接把胖子摁地上，脸摁到水坑里。

"你还敢不敢欺负我弟弟了？"

"不，不敢了……"

哥仨兴奋地回家。那天张嘉豪像中了彩票一样兴奋。哥哥走在前面，顺手还摘了路边一个芒果。他转过头，笑着对弟弟说："也别给咱爸说。"

张嘉豪用力点头。

那天，他们的父亲很晚才回家。回到家，看到哥俩很兴奋，没睡。张嘉豪非要缠着张全收讲故事，张全收就讲了一个稻草人的故事。

《稻草人》

当太阳的光线透过田野那头的苦苹果树打在稻草人的脸上时，稻草人终于醒了。他迎着风打了个哈欠，用惺忪的眼看着田野间一条并不宽敞的小路。

太阳即将在金色的摇篮里睡去，一个令人欢畅的傍晚正在来临。低沉的风又压迫了过来，把田野里成熟的稻子的香味带到了更远些的村庄。

一群不大的孩子结伴在小路上走过，稻草人踮起了脚看着他们，希望他们能在路边停留一下，陪他度过生命中最后一个黄昏。

可是，他们中仅有一个稍大些的孩子往田野这边望了一下。可是，那个稍大些的孩子立刻就转过头，嘴里嘟囔着，"稻草人怎么变得这么老，这么破旧，哼——一点都不好玩！"

稻草人听到这句话后，伤心极了，他把头垂下，看到了自己满是伤痕的身子。由于过度的劳累，稻草人年轻时金灿灿的身体如今已经变得黑乎乎的，并且，由于雨水的浸泡，稻草人的身体上还散发着阵阵臭味。

突然，一只贪吃的麻雀从田野外的苦苹果树上俯冲过来。稻草人立马打起精神，高昂着头，张开手臂来驱赶这个偷吃成熟稻谷的家伙。

麻雀这次又没有得逞，它受惊后飞到它曾经待过的苦苹果树枝上，对稻草人奚落道："可怜的稻草人，你在稻田里辛辛苦苦看守了一辈子。可是，明天呢？农夫把稻子收割后，会毫不留情地把你毁掉，拆成碎片。"

年迈的稻草人并不搭理麻雀的奚落。他正抖擞着精神，严密防范麻雀的再次进攻呢！

贪吃的麻雀见无机可乘，便挥挥翅膀，灰溜溜地飞走了。

夕阳将苦苹果树的树影拉得越来越长，稻草人不时地向田野里那条狭窄的小路上张望。可是，没有一个人再次经过那条小路了。

孤单的稻草人非常非常伤心。

"难道，那个小男孩也不来看看我吗？"

稻草人想到的，是一个顶小顶小的小孩。每到黄昏的这个时候，他就会一个人跑出村庄，独自和稻草人玩。有时他会跟稻草人说一下一天中最高兴的事。有时，他会向稻草人倾诉今天被哪个小朋友惹哭了。稻草人最喜欢那个顶小顶小的小孩，因为他是稻草人最忠实的好朋友。有时，那个顶小顶小的小孩还会往稻草人身上插一些那个时节最美丽的鲜花呢！

"可是，今天，我最好最好的朋友也不来看我了，"稻草人伤心地想道，"难道，他也不喜欢我了吗？"

夜幕渐渐地降了下来，遮盖了宁静的村庄和开阔的田野。夜莺的歌也开始唱起来了。

以往的这个时候，正是稻草人入睡的时候。可是，今晚，稻草人却怎么也睡不着了。或许是因为朋友的遗弃，或许，是因为明天，稻草人将真的见不到黄昏的夕阳了。

突然，一阵脚步声打破了田野的寂静。稻草人连忙去听，果然，是他，真的是他，是稻草人顶小顶小的小朋友的脚步声！他正含着笑，冲着稻草人跑过来呢！

稻草人开心极了，张开手臂拥抱这位忠实的朋友。

小孩紧紧地抱住了他，虽然小孩很小，个子也不是很高，尽力踮起脚尖也只能抱住稻草人腰的位置。但稻草人还是像对待真正的朋友一样郑重地和他拥抱。

"我向父亲求了一傍晚的情，求他明天不要把你拆散，"那个顶小顶小的小孩瞪大了清澈的眼睛看着稻草人的眼睛兴奋地说道，"父亲答应了！他答应让你待在仓库，等明年春天的时候再装些新的稻草重新安置在田野边。"

微风吹着浓浓的稻香，几乎使人醉醺醺的。稻草人紧抱着他的朋友，看着月光下的田野——平生第一次用这么温暖的目光和如此舒适的姿势去看。

那天晚上稻草人做了一个梦。梦见了夕阳下成熟的苹果和来年春天，他站在田野边，守望着在稻田里玩耍的朋友……

孩子们睡着了，张全收给孩子们拉上被子，匆匆扒了几口饭，又出去了。

"你去哪儿？"张全收媳妇问。

"去找几个伙计，商量成立人力资源公司的事儿。"张全收头也不回。摩托车抖了一下就发动了，张全收和摩托车消失在深圳平湖明亮的夜色中。

第二十章　柳暗花明，"帮人模式"取得成功

每到傍晚，张嘉豪往往喜欢站在高高的屋顶，眺望深圳的晚霞。

与河南驻马店傍晚见到的景致截然不同，沿海城市深圳的晚霞，是写意的、富有韵味的。远看，晚霞轻浮于连绵不断的群山之上，像彩虹一般分成不同的色彩。最底下，是暗红色的，然后是玫瑰红、浅红。晚霞与蓝天相连的地方，有一道长长的分割线。再往上，便是像罩了一层薄纱的蓝色天空。忽然之间，抬头仰望，天空是纯色的，蓝得惊人。

站在屋顶上，轻吹着微风。这是张嘉豪童年时候不可多得的温暖记忆。

那时的张嘉豪并不完全知道，相比自己的境遇，他的父亲在深圳这个陌生的城市中遇到的问题更多。

过了一段时间，车站的生意不太好了。

很多人问张全收："你干过跑车生意，应该很有经验，怎么干得反而不好？"

这就像问一个经济学家："你经济学方面研究得很深、很透，

获得荣誉无数。为啥你炒股还会赔钱？"

实际上，创业或者投资是一个比起逻辑更看中结果的领域。

数量巨大的事实告诉我们：任你理论体系再完善，计算方式再严谨，只要最终赔钱，大家就认为创业者或投资人水平不够。正所谓："败军之将，何以言勇？"

这些人会辩白：投资决策不仅受经济运行的影响，还受国家对资本市场政策、国际金融环境、投资者情绪等多方面因素影响。

创业或投资失败后，他们往往会自嘲。自嘲的核心就是——即使是对经济领域研究全面、理解透彻的经济学家，在面对市场时，也并不比普通投资者更有优势。反而可能由于一直在假设条件下进行经济研究，导致比普通人更严重地偏离现实。

对于创业者张全收而言，研究经济学模型是一件头疼的事情，想明白也是徒耗精力。最现实的做法是：这眼井掘不出石油了，换一眼井。而不是叫一堆专家出来，分析这眼井为什么掘不出石油，或者论证这眼井掘出石油的概率。

穷帮穷，就像一棵树摇动另一棵树，一朵云推动另一朵云，总是容易让人铭记于心。张全收的事业还未见起色，但他看到农民工活难找、钱难要，他就热心提供帮助。

张全收注意到深圳的老人非常幸福。早上喝着早茶，可以和家人朋友聊天聊到中午，下午散散步、跳跳舞，一天就过去了。深圳的气候不错，冬天不冷。

张全收想："老母亲已经年近六旬，不如接来深圳，看看现代的大都市。"

张全收母亲第一次来到南方，就安家深圳。当时馒头店已经没有了。

"全收天天忙啥呢？"老太太问儿媳吴相宜。

"忙着招工人呢。"儿媳答。

刚来深圳，老太太一百个不习惯。

"全收啊，你还是让我回去吧。"她说。

"咋啦？妈？这里谁对你不好吗？"

"都很好。"她说，"就是不习惯。老家有院子，有老太婆，还可以干活。来到这里，首先一条，就是不能干农活。说话方面，普通话也不会讲，粤语也听不懂。"

张全收说："妈，你踏实住下，别胡思乱想了。时间长了，不就习惯了吗？"

"你的工作怎么样？怎么感觉你从没有遇到什么难事儿？你也从不说公司的事情。"

"我工作很好。"

"你从小是好孩子，没有坏心眼儿。既没啥缺点，也没有啥优点。"张全收母亲说，"你刚来深圳，什么都没有。还是要多接触朋友，朋友间可以相互帮忙。"

张全收用力点点头。

"遇到穷人有难处，你再难也要帮。"她说，"我们家从来没要过村里邻居的钱，一毛也没花过。但是我赞成照顾穷人。村里邻居来了，有困难，你要帮。"

崔无涯家是驻马店上蔡的，见人自来熟，个子一米七多，重一百八九十斤。从那时起，他就对张全收帮助别人的做法很佩服，铁了心跟着张全收干。

那时候，从内地到深圳的打工者特别多。得益于客车制造技术的提高和交通基础设施的便利，从上蔡县到深圳，坐宇通大巴卧铺，时间已经缩短到两至三天，价格是 80—100 元。

很多年以后，当成为全国人大代表的张全收和同为全国人大代表的宇通客车董事长汤玉祥在北京相遇的时候，张全收或许会开玩笑般提起当年开宇通客车、乘坐宇通客车的经历。成功的人所做的事情，往往是成全别人，结果也往往是成就自己。就像张全收的"帮人模式"，为千千万万农民工提供保障，就像宇通客车过硬的质量，成为中国制造走向世界的靓丽名片。当你帮助到别人的时候，你就已经成功了，这和能力高低无关，但和胸襟气度相符。

成堆成堆的人高高兴兴出了车站，但是却心灰意冷——因为找不到工作。

"来来来，查暂住证。"这是很多外地务工者在深圳的集体经历。

有暂住证还好，没有暂住证，警察会说："对不起，走一趟吧。"

张全收开了个加工厂。老乡们找不到工作，他就安排去他的厂里务工。工资也不高，500 元一月。

"老赵，你为啥要跟全收干啊？"

"刚到深圳。他能给咱找个歇脚的地方，给咱吃个馍。这个情，感激不尽。"平湖汽车站里，前来接表弟的老赵这样介绍张全收。

慢慢地，张全收的名声传开了。

"张老板，听说你那里有一百来个人，能不能到我们厂里去工作？"有个香港老板姓曹，给张全收打电话。

张全收感觉有点不明白，但是他也没有拒绝。

"听着可以。工钱咋算啊？"

"说白了，就是把你的人借给我们用。"曹老板说："总共用一个月。按小时一个人一块钱。"

"一块七。"张全收说。

电话那端沉默了一下，"可以。"曹老板说。

"你们管吃管住不管？"

"管。"

"多长时间发一次工资？"

"半年。"

"那你每个月不得给工人个生活费？"

"可以，一个月一个人给五块钱。"

"我们干。"

机遇总是留给有准备的人。关键是，你既要有准备，还得坚持到机遇到的那一天。

张全收领着一帮人，在曹老板的厂里干活儿了。在工厂干活可不是过家家，那是真干！那时候，一个人一天工作18个小时、20个小时，也是常有的事儿。

过了不久，有老乡找到张全收。

"全收啊，现在我们找个活儿真难啊。"

"还有这事儿？"

"那可不。"老乡们说，"有的工厂直接挂出大牌子——'不招河南民工'。"

"他们不要，我要。"张全收斩钉截铁地说。

这话一传十，十传百。找不到活儿的工人都到了张全收工厂。但是他的厂毕竟规模不大，容纳不了这么多人啊。

在深圳，类似曹老板的情况比比皆是。订单多的时候，缺工人，工人们累得休息的时间都没有；订单少的时候，缺活儿，工厂就嫌工人多、开的工资多。

张全收顺势而为：一方面，不断招人；另一方面，把多余工人送到订单多的工厂。

"我曾经立下誓言，帮助更多的人找工作。"张全收隐隐感觉，"自己做一番事业的时机到了。"

说千道万，不如实干。

张全收跑到平湖汽车站，写了一个大牌子："家乡人找工作，张全收与你搞合作，内厂外厂任你挑，不欺不诈信誉高，若是骗了家乡妹，怎对家乡众父老。"

这个牌子，就是和深圳某些工厂"不招河南民工"的牌子叫板。

河南农民工多年来的积怨，在见到这个牌子后，如寒冰消融。这一"暖心"的举动，感动了不少河南老乡。他们心甘情愿来到张全收身边，托这个热心的河南老乡帮忙找工作。

玩具厂被关掉了。用现代经济学的术语，叫专心做好主业。

2002年，张全收成立了一家人力资源公司，有组织、有计划地帮外来务工人员找工作。在这个"大家庭"里，张全收创造了一种独有的经营模式。公司的主要业务是把工人们集中起来，哪个工厂需要人，就把工人们集体派过去，这个厂里的活干完了，再调到另外一个厂。要是没有工厂需要工人，他们就免费吃住在培训基地，照样拿工资。尽管有的年份给不干活照样领工资的"库存工"蒸包子都要花 100 万元，张全收的公司还是因为良好的信誉而发展壮大起来。

公司门口立了个大牌子："河南人，找工作：内厂外厂任你挑，安排工作不要一分钱。"

刚开始，这个公司并不为所有的人认可，还遭遇到各种不公正的待遇。

"一些人天天来查我，查得我没法开门。我没有营业执照，他说我无证经营；我办了营业执照，他说我超范围经营、不合法经营；我让他给我批证，他却不给我批。"很多年后，张全收对当年的事情记忆犹新。

不过，这些曲折历程很快成为历史。张全收创立的"人力资源模式"逐渐被社会认可。

毕竟，在当时的中国，事后原谅比事前许可要简单得多。

逐渐的，通过张全收公司"中转"的工人从几百人发展到几千人，很快达到 1 万多名，公司资产以千万元计。

张全收的公司位于深圳平湖街道大草埔。

"老深圳"都知道，大草埔是深圳有名的城中村。由于大草埔毗邻曾经的布吉农批市场，作为中国最大的农产品集散中心和深圳市"菜篮子"，这里汇聚了大量做生意的小贩。在布吉农批市场搬迁以前，在里面工作的有 1 万多人，他们大都就近租住在大草埔各个村和清水河村。如今，这一片区的城市更新正在紧锣密鼓地推进，聚集在此的仓库和城中村将推倒重建，焕发出全新的生命。

时间倒回过去。

大草埔离平湖车站不远，方便农民工坐着车从全国四面八方赶到这里。大草埔的格局，和内陆城市郑州最有名的陈砦城中村很像。10层左右的高楼林立，街道狭窄，宽的地方勉强过两辆车，窄的地方只能通行一辆。

崔无涯已经成长为张全收的得力帮手。正月里，是张全收他们最忙的时候。

从外表上看，位于大草埔的人力资源公司十分简陋，其貌不扬。走进去，才发现别有洞天。里面，有一个标准篮球场大小的会议室。人多的时候，可以容纳上千人同时培训。

正月初一，张全收就挨家挨户跑用工单位，每天至少跑七八个工厂。他日夜不停，心情很焦虑。他最担心的事情，就是从全国各地赶来的农民工，找不到活儿。

但是这种焦虑并没有持续多久。后来，内地进入高速发展期，厂里倒过来找到张全收。"要赶货，找全收。"成了深圳、东莞不少厂里经理的口头禅。

在外打工，无非是想挣钱。工人们议论："跟着全收有保障。不压工资，还可以垫付。有事儿可以走。实现资源调配。"

就像阴晴不定的天气，劳务市场也是有旱有涝。张全收接的单子，大多是工厂干不完的活儿。

"人家活儿多了，才会给你做。人家能做完，不会给你做。"崔无涯常给张全收说："这种'靠天吃饭'的干法儿，长不了。"

崔无涯所言不虚。活儿多的时候，张全收的事业还顺风顺水。

遇到一点问题，或者工厂遇到淡季，张全收立马发愁农民工们的生计。

这事儿要是一般人，最多干两年就扛不住了。可是张全收已经没有退路。每天一起床，满脑子想的都是帮农民工找活儿干。他不敢懈怠，不敢放弃，不敢惧怕，即便前面是万丈悬崖，他也要咬着牙跳下去。因为，那么多农民工把找工作的希望寄托在他身上。这些希望就像手持利刃的追兵，已经把他逼到悬崖的边缘。跳过去，一切都是光明的，充满希望的。不小心摔倒，就会跌入谷底，再难翻身。除此之外，没有第三条路可走。

一家包装厂找到张全收，一口气要一百多人。张全收带了一百多人去工厂，一看，不得了，光员工就三四千人。张全收和农民工一起，吃住在工厂，人家干啥，他干啥。干了三个月，终于挣到8万元。

这就是张全收首创的被专家称为"新的人力资源模式"，帮助了很多贫困农民工就了业、脱了贫，解决了他们的收入来源，也保证了他们生活的稳定。后来，不单单是河南农民工，还有来自安徽、山西、云南等全国各地的农民工，都愿意跟着张全收找活干。

正所谓："笋因落箨方成竹，鱼为奔波始化龙。"

有了钱，一位多年不联系的远房叔叔来找他了。

在张全收印象中，这位叔叔是位小学老师，不苟言笑，严肃刻板。张全收发自内心敬重他，甚至有点怕他。

"全收，借我10万块钱，家里急用。"

"你干啥用？叔。"

"别提了，在家放了点高利贷，挣了点钱，就想着多放点。没想到借了十多万，放了高利贷后，人家跑了。我这边又反过来欠了人家一堆高利贷。"这个叔叔一边叹气一边说，逻辑十分清晰。

"我手里现金不多。"张全收说。

"那 6000 块钱，你有没有？"

张全收轻叹了一口气，心想：要是叔叔生病了，没钱医治，或者孩子上学没有钱，这钱咋借都好说，甚至白给都中。可是，现在的情况看，这钱，借给叔叔也是打了水漂。

"我只有 3000 元现金，都给你吧。"

叔叔眉开眼笑，"你真是我的好侄子、心肝宝贝，不亏我从小疼你。"

"好侄子""心肝宝贝"……这些词像拔了尖的钢针一样，戳得张全收心里难受。他心想："叔叔一辈子对我严格，从没有像这样夸过我。今天，竟然因为我借给他 3000 元钱就这样对我说……"

张全收想着想着，一股又酸又苦的感受从喉咙深处冒了出来，他感到一阵发自内心的厌恶、失望甚至恶心。但转念一想，他毕竟是自己的叔叔啊。叔叔有难，这 3000 元钱，就当救济一下吧。

第二十一章　暗处点灯，刚挣到八万全捐给小学

点塔七层，不如暗处一灯。

张全收的老家拐子杨村曾经是出了名的贫困村。2004年，村里的小学年久失修，需要重新修整。

村支书在老家筹不到钱，听说在深圳务工的老乡多，有的挣到了钱，他就专门跑到深圳。

"老杨，在深圳咋样？"村支书到了深圳，给混得比较好的老杨打电话。

"还不错。"

"老家小学要修了，能不能捐点钱？"

"你等等啊，信号不好。"

……

村支书找了一大圈，竟然没有人愿意出钱。

有人就指点他去找张全收。

"全收，他行吗？听说他儿子还交不起幼儿园学费。"

"那是以前，现在中啦。"指点村支书的人说。

村支书找到张全收，说明来意。

"我只有8万块钱，先给你，你先盖着学校。"张全收很爽快。

这大出村支书意料。

"你盖学校的时候，盖慢一点。这样，我再挣了钱，可以把钱给你续上。"

建学校还有72万元缺口，张全收一边借、一边挣，陆续寄回家乡建教学楼。

学校落成的那一刻，张全收哭了，教师们哭了，孩子们哭了，村里的很多人都哭了。张全收就是因为交不起两块七毛钱学费辍学的。学校建好后，为不让贫困孩子失学，张全收又捐10万元设立了助学金，此后拐子杨村再没有一个孩子因贫困辍学。

在大草埔，遇到活儿多的时候，张全收不仅带着工人去工厂赶活儿，还在大草埔的空地上支起摊子，在里面赶活儿。

用崔无涯的话，这叫作："两面夹击。"

那时候，在深圳，做劳务派遣的，只有张全收的公司一家。

当夜深人静、万籁俱寂时，张全收会站在大草埔，遥望远处。他心里在琢磨一件事情：为什么他会成功？真的是因为个人努力吗？还是因为碰巧遇到了好的形势？

获得诺贝尔文学奖的美国摇滚歌手鲍勃·迪伦，在其名为《答案在风中飘荡》的歌中问道：需要走过多少路，一个人终能长大成熟？

一个人的成长也是一样，总是要翻山越岭、爬沟过坎，才能柳暗花明又一村。

张全收想到了自己，他失败了几十年，终于遇到一个靠谱点儿的事儿。他决定抓住这个机遇。

2004年，劳动力短缺出现了苗头。当时甚至有经济学家结合人口结构变化趋势，得出中国经济迎来刘易斯转折点，因而人口红利即将消失的判断。

早在1979年，诺贝尔经济学奖获得者阿瑟·刘易斯把发展中国家经济划分为两个性质不同的部门，其中农业的特点是积淀了大量过剩劳动力，因此该部门的劳动边际生产力极其低下，从相对意义上说，远远低于非农产业，而从绝对意义上说，则为零或负数。这样，伴随着资本的积累，工业部门在扩张的过程中，便能够以不变的工资获得源源不断的劳动力供给，一直到劳动力被吸纳殆尽。这整个过程就是所谓的二元经济发展。

有经济学家认为，这个简单的模型很好地解释了中国改革开放期间经济发展的特有现象，如转移劳动力工资的低廉和长期不变、劳动密集型产品的比较优势和国际竞争力，以及超高速经济增长等。

经济学家估算，在改革开放时期，劳动力从低生产率部门向高生产率部门转移创造了资源重新配置效率，并对1978—2015年劳动生产率的提高，做出了高达44%的贡献。

在张全收的眼中，看到的并不是人口红利和二元经济。能直观刺激张全收神经的，还是农民工收入的快速提升。

从20世纪90年代，到2008年金融危机。深圳农民工的工钱，从一个月400元到600元，又到800元、1200元。如今，在深圳，农民工工资最少也要五六千一个月。

20年间，农民工身价涨幅超过十倍。这既说明国家强盛了、发展了，也说明劳动者的价值提升了，更加有尊严了。

每到年关，张全收就扛着麻袋到公司给农民工发钱。实际上，《天下无贼》电影里讲述的傻根带着6万元现金回老家的事情，在农民工群体里非常普遍。

"快过年了，拿着现金放心！"不少农民工就是这样想的。他们不相信银行汇款系统，因为汇款系统看不见、摸不着，汇款的原理对第一代农民工而言过于晦涩难懂。农民工最怕自己辛辛苦苦一年的血汗钱像变魔术一样消失了。

一个有意思的现象是：每逢过年的时候，很多农民工会买一个大的内裤。这些特制的内裤上还有一个拉链，拉开拉链，就是一个隐蔽的口袋。这些平素在商场里不常见到的内裤，在农民工聚集的地方很容易买到，并且深受这个群体的欢迎。农民工戏称："这就是农民工的保险箱。"

你想象一下，厚厚一沓百元大钞被仔细叠好，塞进内裤，然后由农民工穿着这些价值不菲的内裤，乘坐各种低价的交通工具回到故乡。这些带着农民工体温、汗水的钞票，上可以供养老人，下可以让孩子读书。

这，是一副多么真实又多么具有时代意义的景象！

张全收的想法，和寻常人不同。他把农民工的工资分成两部分。一部分，金额不大，一个月有几十块钱，供农民工平时支取。另一部分，是大头，直接寄送给农民工的父母、家人。

平时，张全收常去公司、工厂里，和农民工称兄道弟，唠唠家常。

还有几天就过春节了，老鲁还在工厂里，似乎没有回家的意思。他 50 岁出头，有点谢顶，个子不高，瘦瘦弱弱的。这个人没谈过恋爱，一直单身。每到过年，别人都急着回老家见老婆孩子，唯独他不急不忙，心里却有些失落。

"全收，我今年想留在厂里，看厂子。"老鲁说。

"老鲁啊，你这样不行啊，你得找个对象啊。到了这个年纪了，该有个人陪着了。"

"找对象？谁会愿意跟我？你帮我找吧！最好找个有钱的，能包养我的。"老鲁憨厚地笑着说。

"我们邻居，有个老太太，刚到深圳，给女儿带孩子。她老公去世了。我看人家家庭条件不错，在深圳有好几套房。"张全收一本正经地说："要不我把她介绍给你？"

看老鲁不吭声，张全收卧蚕一样的眉毛往上一扬："你找这个正合适，你们一结婚，你直接儿孙满堂了。"

老鲁有些哭笑不得，他知道，张全收爱和大家开玩笑，他也没有介意。

2005 年，张嘉豪已经十岁。张家在平湖最好的地段之一买了别墅，并逐步装修。

第二十二章　路见不平，对落入卖淫团伙的
少女一帮到底

　　"来自河南信阳的 15 岁女孩王娇，不幸落入专门诱拐少女的黑社会卖淫团伙手中，在度过一段生不如死的非人生活之后，于情急之下从 6 楼跳窗逃跑，摔成高位截瘫无钱救治……"

　　张全收愤怒地把报纸摔到地上。

　　"天下竟然还有这种事情！"张全收并不认识王娇。当时张全收的事业刚刚起步，但一想到这个女孩儿这么可怜，他还是忍不住要帮一把。

　　事情发生在 2006 年。王娇在打工途中，不幸落入了一个犯罪团伙手中，之后的 7 天 6 夜里，王娇经历了惨无人道的折磨。犯罪团伙给她拍裸照、吃毒药、打毒针，强迫她加入卖淫组织。王娇抵死不从，在恐惧和绝望中，她愤怒地从 6 楼跳了下去。

　　醒来时，王娇已经被送到了广州军区医院。王娇知道，家里很贫穷，哪有钱给自己看病？在绝望中，她多次偷偷拔掉针管，一心求死。

　　她得有多么的绝望、多么的无助，才会刚刚从坏人的魔爪

中逃出来，又想终结自己最宝贵的生命啊！

张全收对朋友说："我一定要去看望看望这个小女孩，太可怜了！农村的孩子出来打工不容易。"

张全收说干就干。他开着车和朋友直奔广州。到了广州，见到了王娇。医生说："这孩子伤得太重了，很难医治。即便医治，也要大量的医药费。这笔钱，一般家庭承受不起。"

王娇的母亲一直在哭。张全收安慰她："我给你找个医院，骨伤科很好。"

他转身就去给深圳一家骨伤科医院院长打电话。

"商院长啊，这里有一个河南人，也是个打工的，因为被不法分子骗到卖淫团伙，从楼上跳楼了，现在骨折。能不能帮帮人家？"

商院长是河南人，平素与张全收比较熟悉。

"我考虑考虑。"商院长说。

"别考虑了，你该怎么治就怎么治。先在你那边医院住下，吃住我来管。"张全收知道，王娇的病情，容不得"考虑考虑"。

后来，王娇的事情传开了，社会爱心人士纷纷捐助。她治病花了100多万，经历三次大手术。终于，能拄双拐了。

张全收先后花费18万元给予救助。

帮助王娇看病，只是张全收做的第一件事情。张全收还协助公安机关积极侦破案件，将犯罪团伙9人全部抓获。

2008年8月16日，已经初步康复的王娇，拄着双拐到万顺公司表示感谢，张全收又拿出5000元钱资助她学习计算机课程，并向她承诺学成之后由万顺公司安置就业。

　　过了数年，张全收又特地去了一趟信阳，看望王娇。她已经成家，还有了孩子。孩子长得像妈妈，有一双清澈的眼睛。

　　"我带你去吃饭好不好？"王娇的孩子拉着张全收的手说。

　　张全收站在那里，感觉一股暖流涌向心扉。

　　他从未想过，自己会成为那个能够真正帮助到别人的人。他不由得挺起了胸膛，感觉自己的内心充满了巨大的能量。

第二十三章　赡养"桃姐"，对非亲非故的老人不离不弃

张全收的家乡河南省驻马店市上蔡县，是重阳节的发源地。

在上蔡县城西南，至今保留着蔡侯望河楼，即"重阳登高处"。

这里是当年蔡侯登高眺望汝河和四周风景之处，是汉高祖四年设汝南郡时汝南郡治所所在地，"古蔡八景"之一"芦岗拥翠"典出于此。

重阳节和上蔡县，有何渊源？

据考证，最早记载重阳节起源的当属东汉桓灵时期崔寔的《艺文类聚》，其卷八十一引《四民月令》云："九月九日可采菊花。"

说重阳节起源于河南省上蔡县，其根据是《水经注》卷二十一《汝水》说：汉高祖四年（前203年）置汝南郡，辖豫东南37县的大片土地，治所在今上蔡故城岗山，称芦岗。因此，西汉时的汝南，人们均认为即今上蔡。

此处为什么又是"重阳登高处"呢？南朝吴均《续齐谐记》中记载：东汉时汝南人桓景跟随一个叫费长房的高人游学多年。

有一天，费对桓景说："九月九日你们家有灾，让你的家人缝制布囊，里面装着茱萸，然后把茱萸囊系在手臂上，登山喝菊花酒，此灾可消。"桓景依费长房所言，举家登山。傍晚，桓景一家归来，发现家中饲养的鸡犬牛羊全都死了。费长房知道后说："这些家畜已经代人受灾了。"人们九月九日登高饮酒、戴茱萸囊之习俗即始于此。

如今，大多数专家学者认为桓景登高躲灾避祸是重阳节登高风俗的源头。据说，望河楼就是当年桓景避祸登高的地方，桓景所登的山就是这个芦岗，故而此处又是"重阳登高处"。登上楼台远眺，西面嵯岈山翠峰插云，东面洪河蜿蜒若带，周围数十里的村落、田亩、丘陵、林木、道路、沟渠，星罗棋布，均历历在目。因此，明清以来，经常有人到此登高赋诗。清人冀景隽有《望河楼剧饮》诗，李士英有《重阳偕友登望河楼》诗，均描写在望河楼瞭望景色和佩戴茱萸、饮菊花酒的情况。

尊老、重老，深深刻在张全收的性格之中，决定着他和身边人的命运。

电影《桃姐》，讲述一位生长于大家庭的少爷罗杰（刘德华饰）与自幼照顾自己长大的家佣桃姐（叶德娴饰）之间所发生的一段触动人心的故事。在张全收的家庭里，也有一个这样的小故事。

杨大爷比张全收早到深圳闯荡。起初，他给深圳一家房地产老板做事。后来，他年龄大了，加上脾气倔，人家就不用他了。

杨大爷找到张全收，想让帮忙找工作。

那是 2002 年，张全收父亲也到深圳了。他们一家在深圳平湖火车站附近租了房子。张全收父亲身体不好，杨大爷就在张家院里打扫卫生，推着张全收父亲来回走动。起初，每个月，张全收还给他 1000 元工资。

后来，张家搬到了山上。杨大爷也跟着上了山。

杨大爷脾气倔是有原因的。他年轻的时候，在河南平顶山一带拉煤。那是一个类似于在砖窑厂干苦力的苦差事。拉煤的路不好，是土路，坑坑洼洼。杨大爷咬着牙，一车一车拉煤，养家糊口。时间长了，杨大爷的骨头都拉坏了。身体不好，杨大爷脾气也发生变化。以前是比较开朗的人，慢慢地越来越倔。

上山不久，杨大爷的身体就不能再干活儿了。

他就住在院子里，平时扫扫地，种点菜。

不久，杨大爷回老家一趟。随身带着张全收这些年给他的几万元钱。

再来深圳的时候，杨大爷身无分文。

"你的养老钱呢？"

"让俺侄子弄走了。"杨大爷说。

"没钱不要紧，那你就在深圳住下吧。"张全收说，"我给你养老。深圳就是你的家，吃的、喝的，啥都不缺。"

在深圳待了不久，杨大爷又要回老家。

"你就在深圳养老吧。"张全收诚恳地说，"我们管你。"

"不中。"杨大爷倔强地说："我一定要回去，侄子们说了，他们会管我的。"

"他们不一定会管你。"张全收苦苦劝他，"留在深圳吧。"

杨大爷坚定地摇摇头。

张全收甚至让岳母的保姆劝他，因为他们是同村。但是，杨大爷坚决地回绝了。

过了一段时间，张全收特意回到上蔡县，到了杨大爷家。

那时候是冬天，杨大爷坐在堂屋，缩成一团，两手护着前胸，面容呆滞。他的手指头，都被冻黑了，身旁只有一碗凉水和几个硬邦邦的馒头。

杨大爷精神有点呆滞，一见到张全收，却立即清醒许多，一把拉着张全收的手。

"侄子们就知道找我要钱……我没钱了……他们也不理我了……"杨大爷说话断断续续，声音微弱："我错了……我不应该回来……"

"没事儿，杨大爷。"张全收抱住他，像安慰小孩儿一样说，"我给您看病，我还管您。"

送到医院一检查，杨大爷膝关节已经坏了。换一个好的膝关节，要 20 万。张全收准备给他换，钱都交了。但是杨大爷坚持不让大夫给他换。

杨大爷的身体已经很虚弱了。

在医院里，杨大爷又治疗了 8 个月。算下来，张全收花了 13 万。

后来，张全收又找了杨大爷一趟，要接他去深圳，杨大爷就是不去。

杨大爷的事情，很快在家乡传开了。听说张全收又回来了，还要管杨大爷，杨大爷的三个侄子来了趟医院。

张全收又气又恼。

"你们是来看我,还是来看老人?"张全收毫不客气地说,"你们若是有孝心,当初为啥扔下他一个人不管。你们来医院,到底是为了孝顺老人还是为了钱?"

杨大爷的三个侄子面面相觑,低头默不作声。

张全收叹了口气,说:"年轻人犯错误,可以理解。但是,千万不要犯不孝的错!"

只待了不大一会儿,杨大爷的三个侄子灰溜溜地走了。

张全收要回深圳了。临近分别,杨大爷拉住张全收的手,久久不松开。

"您有啥需要交代我的吗?"

"全收,我这次不是不愿跟着你。"杨大爷精神好多了,他说,"我是怕,人老了,很多事情说不准。我没啥别的想法,我就想叶落归根。"

张全收点点头,泪水滴到了老人的手背上。

后来,张全收把老人送到镇里的敬老院,又找专门的人伺候他。

2016年,在敬老院住了八个月后,杨大爷去世了。

张全收连夜回到上蔡县,为杨大爷买了最好的柏木棺材,给他送了终。

至死,杨大爷念念不忘的三个侄子,都没有露面。

"你图啥?"乡亲们送别杨大爷后,问张全收。

"我能有今天多亏乡亲们的帮助,关键时刻我怎么能不尽全力帮他们一把?"张全收回答。

他是这么说的,也是这么做的。

2006 年，张全收向朱里镇政府捐款 60 万元修建"朱里全收敬老院"。敬老院竣工后，他专程赶回家乡，向入住敬老院的 80 多位老人每人送上一个红包。

从那时起，他成了村里 200 多位孤寡老人的"儿子"，每年为村里孤寡老人发红包。

拐子杨村村民苏记花的丈夫患了重病，家里连买面条的钱都没有了，无奈之下她试着打通了张全收的手机，张全收立即安排人给她送去了面和钱。

苏记花说："那时候张全收一个月给俺家 2000 块钱，花销全靠张全收照顾。"

事业略有小成，张全收做的第一件事情，就是找到自己的恩人。

2006 年 8 月 16 日，渑池县裴鲜草家来了一位一米八的中年男人。

这个人一进门，就赶紧上前拉住老人的手。

"老妈妈，您还认识我吗？我是那个小窑工全收啊。"

裴鲜草老人抓着张全收的手，看了又看，看了又看。

"你真是——全收？"

张全收含泪点点头。

他们坐下来，聊了很久。

张全收回忆："我当年跟着家乡的大人到窑场打工，当时吃住的地方阴暗潮湿，患上了风湿性关节炎。您当年 40 多岁，给我熬药、做饭，一连照顾我很多天，直到病痛有所好转。"

裴鲜草笑得合不拢嘴："这都过去了多少年了？你竟然还

记得。"

"这是大恩啊，可不能忘。"张全收说："在一个大雨滂沱的夜晚，我正在睡觉，被同伴叫醒了。原来窑场主欠了别人的煤钱逃跑了，大伙儿准备趁着雨夜逃跑。因为这事儿，我没有顾上和您告别，就随着大伙儿慌忙离开了。"

裴鲜草点点头，恍然大悟："怪不得你不辞而别呢。"

"找到裴妈妈报恩，成了我的一大心病。经过多方打听，刚知道您的住址后，就直接过来了。"张全收说："您家里需要我帮什么忙吗？"

裴妈妈有点茫然，她说："我们一家都过得不错，孩子们也很争气，不需要报恩。若是有空，常回家看看就中了。"

这是一个很朴实的老人，她的经历也说明了一个很朴实的道理："帮过你的，今后还会再帮你；你帮助过的，未必会帮助你。"

自此，裴鲜草就多了一个儿子，每年的中秋和春节，张全收都要赶到渑池看望裴妈妈。2014年4月，裴妈妈不幸去世。张全收当晚就从深圳赶回河南，和裴妈妈的子女们一起给老人家披麻戴孝、磕头守灵。

2010年，张全收经过朋友帮助，终于找到正阳县汝南埠北街的肖文英老人。老人家日子过得有些拮据，张全收立即拿出两万元，让老人先用着。并且给老人儿子、媳妇、孙子、孙女安排了工作，在深圳上班。

回忆当年，他们感慨万千。张全收刚辍学的时候，还在汝南埠北街干过油漆工。活儿不好找，张全收就在肖妈妈家住下。

老人待他很好，还给他洗衣做饭。这份情，张全收一辈子没敢忘。

……

"张全收用大爱书写了一个顶天立地的河南人，用实际行动告诉所有的读者：我们河南人，自尊自爱更兼自强；我们河南人，个个都是好样的！"

张全收入选"2006感动中原"年度十大人物时，"感动中原"组委会在给他的颁奖词中如是说。

第二十四章 扶危救困，危难之际伸出援手

"恩宜自淡而浓，先浓后淡者，人忘其惠；

威宜自严而宽，先宽后严者，人怨其酷。"

——《菜根谭》

万顺公司人性化、亲情化的"准"军事管理，集中体现在张全收对于公司员工人身安全的切实关爱方面。尽管他每到一处用工企业，都要召集万顺员工讲安全生产，各种各样的轻重伤痛和意外事故依然是防不胜防。几年来，万顺公司为伤病员工报销医药费达数百万元。

2005 年，春节刚过。

河南省平舆县 18 岁女青年吴劝劝，跟着姐姐来到万顺公司并顺利地到工厂上班。

刚工作，就遭遇飞来横祸——下班晾晒衣服时，她不慎摔了一跤，没想到脊椎竟被摔断。

张全收接到电话，急得一下子把嗓门扯得老高："赶紧送医院，啥也别说了，赶快去。"

他拿了 6 万元，跑到医院。手术成功了。

治疗就像马拉松一样漫长。半年后，吴劝劝出院了。张全收找了一辆汽车，送吴劝劝回乡。"孩子，你就躺车上，别动。我和你爸妈都联系过了，他们在驻马店等你。还有我驻马店的朋友也会在那里等你。你一到，立刻会把你送到解放军 153 医院检查治疗的。"

临走，张全收塞给女孩儿 3000 元钱。

女孩儿不要。僵持了一会儿。

"拿着吧，这是给你的，不让你还。"张全收说。

女孩儿的泪流下来了。

这样的事情，不胜枚举。张全收平素工作忙，但是只要员工给他打电话，他宁可放着生意先不做，领导的电话先不回，也要先解决农民工反映的问题。这已经是他多年养成的习惯。

2007 年 5 月 26 日午夜，张全收的电话响起来了。

"咱们的员工刘丽萍患了急性肠穿孔症。"

"快，送医院。"张全收二话不说，让公司的主管赶紧安排救治。

凌晨 4 点，刘丽萍被送到东莞市东华医院急诊室。当天下午，做完了手术。

张全收就像对待亲戚一样，去医院看了她三次，先后付医疗费用 3 万多元。

刘丽萍的父亲从河南赶到医院，见到女儿，老泪纵横。

张全收安慰他："他们都跟我自己的孩子一样，不论有多大的困难我们都会想尽一切办法救治的。"

最终，刘丽萍顺利康复。

　　河南省郸城县务工青年刘龙乾逛街时被打劫，身中 4 刀，公司分几次送去 2 万多元的医疗费。河南省平舆县务工女青年杨秋瑞患大出血生命垂危，张全收亲自派人送到医院抢救，公司为此承担医药费 6000 多元。河南商丘女孩曹岩岩睡觉时不慎从上铺跌落骨折，张全收送去了 2 万多元医疗费。在厦门务工的延津小伙子郑会营，工余时间下海游泳溺水身亡，张全收知道他家的赤贫境况后，一次性捐助 5 万元。

　　张全收关爱的对象并不局限于万顺员工，对于所有打工的农民工，他都会在危难时刻伸出关爱之手。

　　来自河南安阳的 17 岁女孩张越急需换肾以挽救生命，但是却无钱医治。张全收听说后主动捐款 8 万元，解决了张越的换肾费用，挽救了一个年轻的生命。

　　在万顺公司的办公室里挂满了锦旗、贴满了感谢信。其中一封落款时间为 2006 年 10 月 1 日的感谢信，是上蔡县芦岗乡三里店村农民刘珍写的。2005 年 3 月，刘珍的儿子在东莞东城电子厂打工期间患上早期肺癌，在厂方不肯承担医疗费用的情况下，走投无路的刘珍与丈夫慕名找到张全收，张全收当即拿出 8000 元救命钱，随后又多次送去医疗费用。刘珍的儿子病情稳定后，一家人又面临着债主登门逼债的困境，不得不再次求助于张全收。张全收慷慨解囊，又帮助刘珍一家还上了 3 万多元的高利贷。

　　这厢，农民工意外受伤、致死的事情层出不穷；那厢，张全收用尽心力去帮扶救治。张全收亲身体会农民工的不易，也想每个人都帮，可是他毕竟能力有限。

"上班的白领，有疾病、受伤了有保险。咱农民工能不能也有保险？"张全收想到了就去做。他给万顺的农民工买了保险。即便如此，还存在保险不赔、赔付不够等情况。张全收倍感无奈。确实，那么多农民工，一个一个地去帮，太难为他了。

第二十五章　托底保障，农民工才愿意踏踏实实跟你干

早上 7 点，深圳市平湖镇，几百名穿着蓝色厂服的农民工齐刷刷站在空地。

张全收环顾一周，拿着小喇叭，用标准的河南话说："大家跑几千里地，到了这里，就好好干。我们这里，有托底的保障，不会让你干了活儿，挣不到钱。就算没有活儿，我们也按月发钱……"

农民工中，80 后、90 后年轻人较多。第一次出门打工的，听到这番话感触不深。出门打过工的，却深受触动，甚至感觉不可思议。

"真的？假的？会有保障吗？"农民工们窃窃私语。

实际上，农民工没有保障是出了名的难题。

在万顺公司，张全收"包吃住、包月薪包年薪，没有活干也发工资，干满一个月补贴来时车费，重大疾病、意外伤害实行全面负责制"。

时间走到 2006 年底。

"不好了。"一位公司副总跑过来:"塑胶厂老板跑了。"

"什么?"

张全收心里很焦急,他赶紧来到塑胶厂。厂里有不少女工,哭声一片。

"春节快到了,下半年工资没了!"有女工哭着说。

张全收的公司,在这家厂子有 400 多位工人。粗算一下,这个跑路的老板,欠了他们 240 多万元。

张全收说:"大家不用着急,也别难过。这里的老板跑了,可我张全收还在,我跟你们签的是托底合同,你们的工资、福利、医疗保险都由我张全收担着。"

工人们面面相觑,望着张全收,也不知道他说的是真话,还是假话。

"这 240 万我发给大家。"张全收坚定地说。

但是,对于张全收而言,一下子拿出 200 多万现金并不容易,只能找朋友借钱,把现金凑齐。

三天后,领到工资的工人们,买了车票,买了新衣服,给孩子带了新的电子产品,高高兴兴回家了。但是张全收却没有心思过年,他开始了漫长的讨债工作。

万顺公司当时的"权益保全模式"主要内容是:"进厂之前包培训,培训期间包吃住。培训期间每人每天获得补助 25 元。员工患病包治疗,医疗费用全报销。保证月月足额发放工资。待工期间包吃住,并且发放补助金,安排再就业。"

随着经济形势和就业环境的变化,2008 年 1 月 1 日发布的《万顺公司招聘简介》,对于"权益保全模式"中的"待遇和福利"

一项又进行了调整补充："计时工人工资：1200—1500 元 / 月；计件工人工资：1500—2500 元 / 月；包年薪计时工：14000—20000 元；包年薪计件工：15000–25000 元：公司包吃包住，不收任何费用，保证常年有工作，发放工资准时；没活做时，包吃住，每天补助 40 元。"

有人算了一笔账：万顺公司有员工 17000 多人，以平均月工资 1500 元计算，仅 2008 年就可以帮助来自河南等省的农民工增长务工收入 3 亿多元。

据河南省统计局披露，2008 年上半年河南省农民人均现金收入达到 2161.74 元，同比增长 25.5%，扣除物价因素，实际增长 14.4%。其中，工资性收入 812.47 元，增长 26.7%；家庭经营收入 1198.36 元，增长 20.7%。从构成来看，劳务收入仍然是推动农民增收的最重要因素。

应该说，在通过河南农村的剩余劳动力有序转移来增加农民工的劳务收入，进而推动农民收入快速增长方面，张全收和他创办经营的万顺公司发挥了积极作用。

据媒体公开报道，学者于建嵘认为，与用工企业签订合同的过程，实际上是万顺公司代表农民工与用工企业进行集体谈判，可以为农民工在工资和劳动保护方面争取到更为优厚的待遇。这方面可以说万顺公司起到了一种类似工会的作用。如果说万顺是异化的工会，主要原因就在于能满足工人们的利益诉求。

第二十六章 歧视犹存，孤单时候友情做伴

2007 年，张家有两件喜事。一件是搬入位于深圳龙岗区的别墅，一件是张嘉豪以 280 分的高分，考进平湖中学。

即将搬入新家前，张全收开了个家庭会议。

"我要感谢三个女人。"张全收说："我的爱人、我的岳母、我的母亲。"

张全收的眼眶红了。他想道："一家人走到今天，是多么的艰难、不易！"

有很多次，他面临失败的打击、生活的重压，几乎坚持不下去了。但是，他生命中最重要的三个女人，不断给他勇气和力量！

一家人都搬了过去，但是张全收母亲住不惯。一则换了环境，老邻居没了，她喜欢有人唠嗑。二则别墅在山上，她喜欢散步，上上下下麻烦。

一家人也没能说服这个农村老太太。最终，她和女儿住在汽车站旁租来的老房子里。

思及过往，一家人感慨不已——因为张嘉豪的父亲在十岁

那年遭遇的，唯有磨难。

张嘉豪考了高分后，张全收兴冲冲地带着儿子办理报到手续。

"上不了。"学校办公室工作人员说。

张全收眼睛瞪得大大的，"你说啥？"

"上不了。"工作人员头也不抬。

"你搞清楚没有？"

"你搞清楚没有！"

工作人员和张全收杠上了。

"领导，你看，满分300分，我儿子考了280分，还不能上？"张全收换了一种语气，缓缓地说。

"就是不能上。你看，你儿子是河南户口。"

张全收气得直跺脚。面对手足无措的儿子，张全收急得眼泪都想掉下来了。

从祖上迁徙到上蔡县朱里镇拐子杨村，张家就从未出过一个大学生。眼瞅着二儿子成绩出色，张全收是看在眼里，喜在心上。他本想，张家祖坟上终于要冒青烟啦，儿子这么努力，上个大学应该没问题。可不承想，高分考进平湖中学，仅仅因为是河南户口就"不能上"。想到自己这些年在深圳的打拼，张全收感到很不甘心的同时也有些许伤感。

张全收出了校园，立即着手安排把儿子户口转到平湖。上学风波，算是告一段落了。

入学的时候是兴奋的，张嘉豪兴冲冲跑到段浩明家。

连喊了三四遍，都不见段浩明出来。

"叔叔，浩明呢？"张嘉豪问段浩明父亲。

"他回老家了。"

张嘉豪感觉脑袋里嗡了一声。毕竟在深圳最难熬的时候，是这个小伙伴陪着他度过的。

"浩明怎么没给我说一声呢？"

"他去你家找你了，你妈说你去学校报到了。车票买好了，他必须走啊。"段父摸着他的头说。

张嘉豪鼻子一酸，有点想哭的感觉。他感觉，在深圳这个城市里，自己会更孤单。他挥挥手，和段叔叔再见，觉得自己从没有这样的难过。

路上，他见到工人正在伐木。20米高的槭树重重落在地上，工人们把树木用锯子锯成好几段。

"树会死吗？"他问工人。

"当然会啊。砍倒树就死了。"工人说。

张嘉豪心里揪了一下，暗想道："可别让爸爸妈妈去世啊，要不然我会很孤单的。"

在学校，张嘉豪才一米四多，60多斤。刚进校一个多月，他就认识一帮朋友。黄河，是潮州人，还有黄潮楠，都是打篮球认识的。

"你得学习打篮球啊，打篮球长个儿。"黄河对张嘉豪说："每次做广播体操，女同学站前面，男同学站后面。你个子低，站女同学前面，站第一位。丢人不？"

平湖中学有周五下午放学后约架的"传统"。这天周五下午，有个高年级同学喊住张嘉豪。

"嘉豪，你把沈思悦给我叫过来。"高年级同学命令道。

张嘉豪不敢多说话，他点点头。

沈思悦是平湖中学的校花，和张嘉豪同桌。沈思悦的眼睛大，像个洋娃娃，头发像乌鸦的翅膀一样黑，从头顶斜到耳端。

"沈思悦，有人叫你。"张嘉豪跑到操场，对女孩儿说。

"谁？"

张嘉豪指了指那边的高年级同学。

女孩一看，一脸厌恶，"不去。"

"人家不过来。"张嘉豪又跑回去，对高年级同学说。

其中一人二话不说，用两个胳膊夹着张嘉豪的头，拖到草坪上。7个人打他1个人，一个胖子临走还踢他一脚。

"下午放学不要走。"高年级同学说。

放学了，黄河、黄潮楠陪着张嘉豪。

刚出校门，就被那7个人拦住了。他们是本地人，还叫上了他们的哥哥、叔叔。一共20多人，气势汹汹。

"报警吧。"黄河说。

他小跑去报警了。

张嘉豪连忙给家人打电话，是二叔张来收接的。

"你又惹事儿？"二叔说他。

"爸爸呢？"

"在开会。"

"那你赶紧来。"

电话匆匆挂断，二叔带着人急忙赶来。

正是周五下午放学的时候，学校围观的人特别多。

校长也出来了，"这里面有的人是惯犯，赶紧报警。"他悄声对保安说。

"已经报了。"有同学说。

人还没动手，警察到了，把他们带到派出所。对方身上，还藏着刀具。

"你同学说了，是那些人找你的麻烦。你还追究这个事情吗？"

"算了。"张嘉豪想了想说。

派出所把打张嘉豪的学生放了，但是带着刀具的人没有放。

第二天，校长把7个人的家长叫到学校，当面给张嘉豪道歉。

事情过去不久，张嘉豪去黄河家做客。

"你老家是哪里的？"黄河父亲问他。

"河南。"

"河南人不好。"

"您为什么看不起河南人呢？"张嘉豪问。

"爱惹事，爱打架。"

张嘉豪叹了口气，感觉一阵尴尬。自此，他很少去黄河家玩儿了。

大约过了几天，黄河找到张嘉豪。黄河说："父亲后来又跟我们说了，哪里都有好人，哪里都有坏人。只要咱们玩得好就行。"

张嘉豪点点头。仰头北望，正见到一群大雁从北方老家的方向飞来。

第二十七章　功成名就，意外跌入人生低谷

历经半生坎坷，张全收功成名就。

一时间，他风头无限：住豪宅，开豪车，经常喝酒到很晚才回家。

吴相宜本来身体就弱，劝了多次，张全收也不听。索性，吴相宜也就不再苦劝了。慢慢的，吴相宜开始疏远他了。

那一段时间，在网络上，开始不断出现对张全收的质疑。

这样一篇帖子，就很有代表性。内容如下：

我是一名普通的农民孩子、想通过深圳万顺公司找一个好工作，努力挣钱感谢公司、回报父母……可是进了万顺公司后就受到了非人的待遇。

他们是这么承诺的：到了工厂后一天八小时工作制！一月四天休息时间（一星期休息一天），要是加班的话加班费一小时 7 块！一天 50 块！一月发 1500 元。

我们听了之后还心有感激，感激我们的老板给了我们好工作。可是到了工厂以后呢？他的承诺变成了可怕的梦魇！一天

十二个小时，根本没星期天！早上说是6、7点上班，可是5点多万顺的人就把我们给折腾醒说是哪个领导来了要训话或要开会！中午下班就得赶紧吃饭，因为吃完饭上班时间就到了……然后我们就一直上到晚上八九点才下班，吃了饭就要睡了……我们想想也好加班有加班费嘛，多挣点钱回家也好……可是不久就发生了一件事让我们彻底明白了。

那天厂里的一个上司我们把他给惹生气了他给我们说：你们上八小时也是50，上10个小时也是50，上14个小时也是50元！你们的工资是万顺公司发的！我们这时才明白原来万顺公司和合作厂家已经早商量好了，我们是随便干、怎么干也是一天50元，所以厂家就拿我们当畜生使唤！那我们一天八小时和本该休息而没有休息之外的劳动报酬呢？当然是万顺公司给扣了。

后来我们向老万顺公司的人打听情况，没想到老员工说是的！我们想走可就是走不了，一个月万顺公司就给你发三四百块剩下的由公司保管，说是怕你乱花，其实就是压着工资让你走不了。万顺公司说了想走可以不让你带走行李，而且算你违约，工资不会给你！

回到宿舍我们几个老乡商量还是走吧，不敢再越陷越深了，别到了最后工资全在万顺手里不给我们就惨了。（注：帖子中有部分错别字及标点符号使用不规范）

……

类似的问题不断出现。

看到这些帖子不少人很担心张全收。

张全收的精神压力很大，最快乐的人，突然成为了最痛苦的人。

"难道自己辛辛苦苦干一辈子，还要落下骂名？"张全收怎么也想不通。

张全收更没有想到，自己会得上一种叫作抑郁症的怪病。

自他的祖上往上查很多代，他也不曾找到一个叫作抑郁症的病例，也没听说自己家祖上有人"中了邪"，或者是"魔怔了"。

他去了医院。

"医生，我精神恍惚，睡不好，吃不好，精神特别敏感。一看到别人有难事儿，跟自己不相关，眼泪也往下流。说着这句话，心里想着那句话。说着这个事情，马上又转换到那个事情。我自己也不知道是咋回事儿。"张全收眼睛瞪得大大的，像金鱼一样盯着医生说。

医生是个二十岁出头的小伙子。

"从头到尾说说你的故事吧。"医生淡淡地说。

张全收身子前倾，仿佛要把自己的记忆倒进医生的脑袋里一样。

他一张嘴，医生就有点后悔了。因为他完全没有停下来的意思。

"我感觉，是因为我在事业刚刚成功的时候种下的心结。"张全收说，试探性观察了医生的反应。医生就像大理石雕成的塑像一样一动不动。

张全收抿了一口水，继续讲述。

"我是2000年事业开始起步，2003年才开始办了营业执照。刚开始，还办不来。事业在起步的期间，碰到了一个坏人。这个坏人是平湖镇上的。他说，我这里有不稳定的因素。因为我来自河南，河南是个农业大省、人口大省，外出务工人员比较多，所以去同一个地方的人就比较多。他就开始打击我。"

张全收顿了顿，脸色变得潮红。

"你一个外地来的，你还没起步，他就想关你的门，工商、税务等等单位都要查你。那个时候恐惧的核心，就是觉得自己本身从河南农村来的，事业才刚起步，这么多农民工跟着你干，这些人上有老下有小。还有，对自己的家庭而言，我已经失败这么多年了，这才刚刚有起色，又马上面临输光或者又被歼灭的形势，觉得有点输不起了的感觉。"

张全收长叹了一口气，双手紧紧地握着，指关节因为用力过大而发白。

"所以从2002年一直到2008年，一直是潜伏期。今年，我确实有点迷失了，开始放纵自己了。但是，我感觉我的抑郁症加重了。晚上睡不着觉，心里烦躁、焦虑、爱发脾气，并且这一切无缘无故。随便一个事情，都能急得我想爆发。"张全收腾地一声突然站了起来，把年轻大夫吓了一跳。

他的脸像高原红，语速很快，像打机关枪一样。"听人家说，得抑郁症有一个倾向是不想活，对社会对什么都无谓，找不到生活的幸福。脑子一片纷乱，忘性还大，精力不集中、分散。"

说到这里，张全收摸了一下医生衣架上的衣服："唉，这个衣服跟我的一件衣服一样。"

然后他又回过头，对医生说："这就叫作精力分散。你明白是明白，其实你没这个感受，根本没有这个感受！"

张全收脸色酱红，来回踱步。

大夫安排他检查身体，一年检查几遍。张全收开始吃进口药。吃了以后，身体器官各方面发生变化。张全收那时候是三天两头感冒，天天打吊瓶，手被扎了几百针都不止。

但是后来，张全收还是想自己从这个状态中走出来。

"现在你不是想走出来的问题，是想走出来但走不出来的问题。"大夫告诫他："这要看你的毅力有多强。"

老友乔松知道张全收的苦难，专门找到他。

"全收，网上有不少对你的质疑，一个是管理这么多农民工，是不是黑社会？还有一些人发帖子，说受到折磨，一个月工资发得少，最后走了也不给钱。"乔松焦虑地说："全收，我看你做的事情不好干，要是不好干，咱就别干了。安安稳稳多好？"

张全收摇摇头，一本正经地说："确实有人质疑我是黑社会。但是，我不是黑社会。"

张全收清了清嗓子："如果我真的是黑社会，这些农民工还会跟着我干吗？这些农民工早跑完了。因为我给他们找工作，他们心里也会思量思量，这个人是好人，还是坏人。干我们这行的，如果心黑，那是吃了客户的又吃农民工的，还让农民工干了活儿拿不到钱。我给农民工发工资，工厂老板跑了我还垫钱。农民工跟着我们干，就像买了保险一样放心。所以，我是好人还是坏人，需要让农民工们来评价。"

"现在深圳平湖起码有四五十个人想走我这条路，但一般都只有几十个人的规模，小打小闹，没有形成气候。"张全收说。

人怕出名猪怕壮，东莞还出现了冒名的万顺公司。更有甚者，张全收还被人敲诈、勒索。

"张全收，不要再伪装，山西的窑主只害了400人，你害的人上万，论罪当剐，你用榨取员工的血汗钱搞捐款，再买通媒体包装，名利全收。"

"我们向深圳市政府建议，组成严格调查组进驻你公司……"

……

张全收向乔松展示了许多这样的讹诈手机短信息，并给行骗者打电话以证明自己的清白。

"你肥了，就会有人来宰你。我就不明白，为什么我使企业、民工双方得利，可以减少民工群体维权事件的发生，却受到这些人的敲诈。"张全收说。

乔松沉默半晌，最后长叹一口气，轻轻说："人性中最大的恶，就是见不得别人比自己好。"然后，他说了一句意味深长的话："宠辱不惊，看庭前花开花落；去留无意，望天上云卷云舒。"

据了解，学者于建嵘用了近半年的时间，对张全收和他手下的农民工作了大量调研，他把这群体称作"漂移的社会"。他曾说，"勒索可能并不是张全收最害怕的"，张最害怕的还是制度和执法环境，他最担心哪一天"突然没了"！

"真到了那一天，这一万多农民工可咋办？"张全收问乔松。

乔松答不上来。

张全收有点疲倦地说："我不知道公司要做到多大，我现在也在做别的生意——购置厂房来出租。"

一个农民工管上万人不容易，一个农民工管上万个农民工更不容易。他们被认为是涣散的一群，带着巨大的欲望涌向城市，制造了巨大的生产力，却也隐藏着巨大的"不稳定因素"。

在张全收看来："厂房是不动产。购置厂房来出租，比起'漂移的社会'实在很多。"

也许，到了一定阶段之后，张全收会离开他从事多年的事业。也许，随着农民工这个特定群体逐步退出历史舞台，张全收也会淡出。但是，活在当下，他必须承受这些压力，面临这些质疑。他只能做好，不能做坏。做好了，是本分。做坏了，是意外，是不可接受的。

张全收只有打起精神，才有可能度过低谷期。

他又开始充满激情了。几乎每一名工人都有张全收的手机号，员工受到别人欺负，觉得心里不平，可以直接打他的手机。他能解决的，第一时间解决。

张全收认为："员工的事就是老板的事，我会给员工做主。"

张全收有着独特的方式管理庞大的农民工队伍。农民工们对工资有两种选择，一是直接发到他们手上，一是每个月发两三百元的零花钱，剩下的全寄回家。绝大多数的人选了第二种，公司也鼓励这样。

"这些年轻人出来打工，手里有了钱，一个月的工资可能三天就花完了。看到漂亮的女孩子，没钱花也要去借，这样事情就多了。"张全收说，把钱寄回家，家里父母高兴，积攒一个未来盖房子、过好日子的盼头。最重要的是手中钱少，压制了年轻农民工的欲望，人变得"老实"多了。

万顺的农民工大多朴素老实、顾家。考虑到现在农民工多为90后，在这方面，他们确实汲取了父辈农民工身上可贵的品质。而这种品质，也是被社会所认可的。

张全收鼓励工人好好干，一年给家里攒一万。就像很多年前，他自己在外务工时朝思暮想的那样。这样有一个好处：干得久点的农民工家里都盖起了楼房，年纪大点的人觉得自己老了会有着落，年轻的人觉得这是一种保护措施。

有人说这种方式是克扣工资，网上质疑张全收的文章，也是多次提及此事。

"你说我克扣农民工工资，你克扣试试！"张全收继续和乔松讨论这个问题："现在的人都不傻，我克扣工资他们早走了，我又不能限制大家的自由。"

不闹事、不打架，是张全收从自己和伙伴们务工经验中，得到的宝贵教训。

"大家出来务工，是为了自己，为了家人。是求财的，并不是谋财害命的。"张全收说，要跟别人沟通，讲道理。

有人认为，张全收干的这些俨然就是工会的事，只不过是把这种工会的功能从各个工厂抽取出来，将之企业化。

也有人认为，当一个以盈利为目的的企业组织披上过多的道德外衣的时候，由此引发道德质疑也就在所难免。

乔松对网上质疑张全收的事情非常重视，作为挚友，他提醒张全收："聪明不露才华不逞。鹰立如睡，虎行似病，正是它噬人手段处。故君子要聪明不露，才华不逞，才有肩鸿任钜的力量。"

抑郁症的危害，远超张全收的想象。但是吃药的危害更大。

张全收把药停了，头一个星期天昏地暗。但是慢慢的好一些了。

又过了一段时间，张全收明显好转了。

"能不能详细说说，你是怎么好起来的？"大夫问。

"我尽可能去帮助别人。别人有难，我就帮。一个忙接着一个忙地去帮，慢慢的，感觉自己又好起来了。"他回答。

张全收脸色又变得红润了。他坐在座位上，仿佛此前那个急躁不安的人和他无关。

"我现在是一个最快乐的人，我走路都是一蹦三跳的，见谁都是很高兴。"他说。

"我送你两句话：第一句是'触来莫与说，事过心清凉'；第二句是'人贫不语，水平不流'。"大夫说。

"什么意思？"

"第一句的意思是，有感想，觉得烦躁时不要总跟别人说，事情过去之后，自然就轻松、舒坦了。"大夫说："第二句话的意思是，人心平气和就不必诉说，犹如水平了就不流动。你认真记住我说的这句话。静下心，你就不需要吃我开的药了。"

第二十八章　金融危机，下决心培养农民工产业群体

北京时间 2008 年 5 月 12 日（星期一）14 时 28 分零 4 秒，张全收感到一阵眩晕。

很快，就听到外面吵吵闹闹："地震了，快跑啊！"

生在河南、长在河南的张全收对地震并无太大感受，就像没出过远门的河南人对沿海居民畏惧台风感到不可思议一样。

这次地震影响实在太大。根据中华人民共和国地震局的数据，此次地震的里氏震级达 8.0Ms、矩震级达 8.3Mw（根据美国地质调查局的数据，矩震级为 7.9Mw），地震烈度达到 11 度。此次地震的地震波已确认共环绕了地球 6 圈。地震波及大半个中国及亚洲多个国家和地区。

随即，新闻播出："5·12 汶川地震严重破坏地区超过 10 万平方千米，其中，极重灾区共 10 个县（市），较重灾区共 41 个县（市），一般灾区共 186 个县（市）。截至 2008 年 5 月 18 日 12 时，5·12 汶川地震共造成 69227 人死亡，374643 人受伤，17923 人失踪，是中华人民共和国成立以来破坏力最大的地震，也是唐山大地震后伤亡最严重的一次地震。"

　　对于地震的原因，当时是众说纷纭。实际上，此后据专家们认定：由于印度洋板块在以每年约 15 厘米的速度向北移动，使得亚欧板块受到压力，并造成青藏高原快速隆升。又由于受重力影响，青藏高原东面沿龙门山在逐渐下沉，且面临着四川盆地的顽强阻挡，造成构造应力能量的长期积累。最终压力在龙门山北川至映秀地区突然释放。造成了逆冲、右旋、挤压型断层地震。四川特大地震发生在地壳脆韧性转换带，震源深度为 10 千米—20 千米，与地表近，持续时间较长（约 2 分钟），因此破坏性巨大，影响强烈。

　　换言之，地球板块的移动，造成了巨大的自然灾害。这让张全收感到，人类在自然面前的渺小、无助。但是，他又是积极、乐观的人。他在网上看到一首不知名却感人至深的小诗，说的就是对这次地震的感受。张全收感觉，这首诗写到他的心里了。这首小诗全文如下：

《一座玫瑰园的玫瑰同时凋谢》

倘若你因迷路而沮丧，
一座你无意中发现的玫瑰园或许会给你带来喜悦。

你会在清晨或是某一个记不清日子的黄昏，
站在银灰色铁丝的篱笆外向玫瑰园张望，
倘若你真的爱它。

就这样不知过去了多少个年月，

和记不清度过了多少个花开花落的季节。

直到某一个五月的黄昏，

你漫步走在浅草覆盖的小路上，

那条通往铁丝篱笆和玫瑰园的小路上。

直到你看见，

你真的看见，

玫瑰园的玫瑰同时凋谢！

玫瑰花连根被全部拔出！

那时的你，

会是怎样的一种复杂心境！

　　读过这首诗，他仿佛来到地震现场。大地碎裂，尸横遍野。一种痛苦的感情像一把大手，扼住了他的咽喉。看着电视里展现的汶川惨状，张全收的泪不断往下流。

　　他决定，捐款救灾。

　　张全收于第一时间发出《深圳市万顺人力资源开发有限公司抗震救灾捐款倡议书》，带头捐款并呼吁万顺公司全体员工伸出援助之手奉献爱心，为灾区困难群众提供关怀和援助，为灾区生活秩序的重建贡献力量。5月18日，张全收专程回到河南郑州，代表万顺公司的1万余名河南籍农民工，通过河南省红十字会向四川地震灾区捐款100万元，其中包括他自己的个人捐款 30 万元。

玉树地震他又捐款 10 万元。

2008 年，张全收碰到金融危机，3500 名农民工两个月没有工作。

"全收，咋弄？把这些人遣散走吧？"万顺公司的崔无涯说。

"我们从 2000 年到 2008 年，干了这么多年。每年都几万农民工跟着我们干活。现在金融危机了，很多人都回家了，还有的人不想回家，因为想挣点钱，过了年回家好交代。"张全收像是在跟崔无涯说话，又像是在自言自语。

崔无涯不知所措，不知道张全收心里在想啥。

"每年，老百姓都想挣钱。今年碰见金融危机了，找工作不容易。咱们得帮人家把难关渡过去。"张全收说。

深夜返家，家人均已熟睡。张全收无意间翻阅起一本薄薄的书——《老人与海》。

扉页写着：赠全收。落款是：牛草坡。

《老人与海》是海明威的代表作，曾先后获得普利策奖和诺贝尔文学奖。张全收怀着崇敬的心情读了下去。

《老人与海》讲述的是老人桑提亚哥在茫茫大海上与马林鱼和各种鲨鱼搏斗的经历。桑提亚哥是一个硬汉，他与马林鱼的搏斗简直就是一场战争，一场一个人对抗茫茫大海的战斗。他成功了，这个"你尽可以把他消灭掉，可就是打不败他"的硬汉拖回家了一副 18 英尺长的完整的鱼骨架。

不知不觉，东方的天际渐渐透出绯红色的光明。

张全收如同是一株枯萎缺水的小草，经历了劈头盖脸的暴雨。张全收想道："与自然的威力相比，人的力量是渺小的。可是《老人与海》的意义在于，他通过老人面对自然不屈不挠、勇于搏斗的故事，歌颂了人类与困难斗争时迸发出来的伟大精神力量。继而又想到中国 2008 年所遭受的种种自然灾害：南方雪灾，汶川地震。可是，我们没有退缩，而是坚定地与之搏斗。终于，我们战胜了困难。中华民族的不屈、勇敢和团结让世界震撼。一个国家尚且这样，个人更是应该如此。"

张全收进而思忖："老人孤身一人在茫茫大海上，遇到了数目庞大，体型巨大的马林鱼。他夜以继日无暇睡眠和休息，并且遭遇了鲨鱼来袭。可他从未丧失坚持斗争下去的信心！在他身上，一种绝对的自信在支撑着他。作为农民工，更应当在日益残酷的竞争中保持自信。坚信自己不被打倒的信仰，直至激发自己的最大潜力。而自信之源是能力，自信的品质来自平日里辛勤付出的汗水！"

说千道万，不如实干。张全收把 3000 多农民工召集起来，即便没有活儿干，每月也定期给他们发钱，还免费管吃住。三个月下来，张全收支出 800 多万元。

很多农民工很感动，说："张全收遵守了'守望相助，有难必帮'的承诺。"

张全收为众多农民工建造了一个温暖的"家"，当地农民工中流传着这样一句话："有困难，找全收。"

作为一名全国人大代表，张全收急切地呼吁：国家号召各级政府在沿海农民工集中地区建立农民工再就业免费中转场所；改变农民工散兵游勇状态，加快农民工就业的组织化、正规化、有序化进程；引导务工潮回流,在建设新农村中有所作为。

另一方面，他自己开展了这方面的实践。张全收开始着手培养有竞争优势的农民工产业群体，提升农民工就业的组织化、正规化、有序化水平。他向用人单位保证："人是我们的人，你用人，我管人，农民工在用人单位里没有犯罪和治安失控现象。"

有企业老板说：张全收创立的新模式，给企业减少了许多麻烦和负担，农民工也有活儿干，这是"双赢"。

2009 年，在张全收的公司里，仅来自家乡驻马店市各县的贫困农民子女，就有 3100 多人。这些河南来的农民工，每年从深圳拿回家乡的钱有近亿元。

一批批从驻马店、周口、商丘等地招来的河南青年抵达了深圳，张全收每次和新员工见面时都要说："我是你们的老板，也就像是你们的父母。大道理我不会说，但我尝够了出门打工的苦，知道出门在外的难处。大家都是河南老乡，要注意团结，互相关心，互相帮助……出门在外和在自己家不一样，大家要坚持每天洗澡，注意维护自己的形象，过马路、上楼梯、进车间要处处注意安全……特别要记住，不抽烟，不喝酒，不沾染不良习惯，要把自己辛苦挣来的血汗钱用在刀刃上。"

……

工人在万顺的生活不枯燥,工厂有体育活动场所,有文化室、娱乐室，可以读书看报，唱卡拉 OK。

一位名叫李东明的小伙子，作了一首诗《为梦撑起帆》，读来有些味道："既然目标是地平线／就不会让野草／荒芜我

翠绿的心田 / 用行动 / 谱写青春的乐曲 / 让每一个音符都扣人
心弦 / 心中有梦 / 美丽 / 便不会遥远！"

　　一位名叫王东强的小伙子，也写下一首激励人心的诗歌：

《年轻是一条激流》

年轻是一条激流，
它会因雨水的灌溉而溢出堤坝，
也会因两岸的吸吮而遁入尘土。

年轻是一条激流，
在夏雨灌溉后的某个清晨，
它的两岸会绿叶摇摆花团锦簇；
在秋末的某个黄昏，
它的两岸也会铺满黄叶盖满枯枝。

年轻是一条激流，
在盛夏，
它可以随心所欲地冲撞、前进，
无论道路再艰再辛它都毫不在乎。

年轻是一条激流，
在秋末，
它就停下了奔跑的脚步，

连同奔涌的力量和光荣的梦想都被它搁浅在干涸的河道上。

奔涌、跳跃，它傲视命运以雷霆万钧之势在夏季向前冲击，
停止、叹息，它抱怨命运以颓废逃避之态在秋季懊悔自责。

年轻是一条激流，
它开拓了更年轻更为便近的河道，
它是永远禁不止的误入绝崖的殉道者。

年轻是一条激流，
勇往直前，
不曾休止，
直到河道被命运截断的那一刹那。

年轻是一条激流，
无所顾忌，
不曾放弃，
直到目的被现实撕碎的那一瞬间。

年轻是一条激流，
勇气是你奔涌的速度，
智慧是你拓宽河道的河水。

年轻是一条激流，

即使你的航道命中注定会被拦腰截断，

充足的勇气和丰富的智慧却可以带给你一个真正的关于命运的奇迹——

让你的身躯化成豪情万丈的瀑布！

"身先可以率人，律己可以服人，量大可以留人"，这是张全收最深的感悟，当大家的思想聚焦在一个点，出成绩是自然的事。中原的八千子弟兵，从单一性的人才结构到多元化的团队，多年来，万顺如同一个有着巨大磁场的吸铁石，吸引着来自中原大地的青春力量，万顺又如一所锻造人才的学校，培养出大量的技术能手和人才，他们如"破茧而出的蝴蝶"，得到了人生价值的真正实现。

"万顺不仅是一个企业，还是一所学校、一个孵化器，将中原大地的人力资源挖掘出来、培养起来，推向前台，走向成功。"这是打工者对万顺的评价。

危机就是商机。2008 年，对于很多人来说是金融危机，但是对于张全收来说，是一个商机。他打了一个漂亮仗。

第二十九章　逆流而上，直面人生重大考验

　　当张全收在 2008 年面临重压不断奋斗时，同样是农民工出身的乔松，也面临巨大考验。

　　乔松比张全收还要年长十岁。他早年搬过砖、建过房，与张全收交情笃厚。后来娶了一家造鞋厂老板千金，几经波折，竟然把一个濒临破产的小厂子，改造成一家跨行业的集团公司。

　　2008 年 1 月，郑州。

　　下午的阳光明亮而刺眼，船推开河水，艰难地向前行进着。这里的河水灰而浑浊，逆着船行的方向，缓缓地流淌着，河的两岸长满芦苇。

　　岸上的猎狗叫了起来，狩猎人端起了猎枪，枪口迅速向芦苇中一个灰色的点移动。只听见"砰"的一枪，惊飞了芦苇中隐藏的野鸭。可是狩猎人并不在意它们，他心里已经确定了自己的猎物。

　　"快，逆流而上到前面的河口。"狩猎人说，他又重新端起了猎枪。

　　驾船的人奋力地划着桨，船快速地溯流前行，像一条敏捷

的水蛇。

突然，船猛地停了下来，狩猎人的手剧烈抖动了一下，视线中的猎物也消失了。驾船的人忙走到船前查看，原来，是前面的河道上结了冰。冰是昨天夜里新结的，所以他们昨天勘察地形时没有看到。

冰层硬而有韧性，被桨一戳便凹陷下去，接着像一块窗玻璃那样尖利地碎裂开。

"乔总。"有人在旁边轻推了他一下。

故事主人公脑海中的场景迅速从河边切换到晚宴之中。他醒了过来，睁开了那双钢刀似的眼睛。

一个漂亮的女孩站在他的面前。她身穿一身白色晚礼服，头发往后梳，深暗的眉毛衬托着迷人的大眼睛。

"不介意我在晚宴上小憩吧。"他站起来，将手搭在那个女孩戴着真丝手套的手上，"很高兴再次见到你。"

"您见过我？"

"是啊。"他笑了，冲她眨着眼睛，"我拜读过令尊的著作，扉页上有你的照片。"

"可那是我八岁的时候和父亲去海滩上的照片哪。我知道那本书——可我现在都十八了。"

"也许我有从小看到大的本事呢。事实上，我就是凭那张相片认出了你——田菲。"

侍者高举着托盘走了过来，田菲拿了一杯红酒，她喝了一口，脸上显得光彩照人。

"既然我们彼此认识了，不妨省去自我介绍的麻烦。说实话，我认为您不仅是一位成功的企业家。”

他为田菲亲手拉开桌边的椅子，然后他自己在对面坐下。他们在宴会厅的一个角落里坐着，他背靠着墙，心里对主办方特地为他安排的位置很满意。

“乔总。”

“不，叫我乔先生就好，我喜欢别人这么称呼我。”乔松说。

“那好，乔先生，我对您在这次宴会上的发言很感兴趣，您对应对这次金融危机的看法是与众不同的。”

“田菲，恕我直言，你今年多大？”

“十八。”

“你真的对经济感兴趣吗？一个十八岁的女孩。”

“也不全是。说实话，我对您个人更感兴趣。”

“想了解我？”

“是的。”

“并非是仅对今晚的发言？”

“是的。”

乔松突然笑了起来。

“你别见怪，我只是想听一下你的真实想法。因为我本人就很欣赏那些直言不讳的人。和他们在一起，你会听到从别人那里听不到的声音，得到从别人那里收获不到的益处。”

一个男人匆匆走到乔松跟前，他俯身对乔松耳语了一阵。乔松略微沉默了一下，对他说：

“告诉林启，如果正龙最近回过老家看望长眠于此的母亲的话，就把钱拆借给他。”

　　林启经历了英国留学的深造，又加上乔松悉心调教，如今已经痛改前非，成为振东集团最出色的会计，还兼任集团总会计师。乔松私下里叫林启"小吕蒙"，公司上下对林启的印象可谓"士别三日，当刮目相看"。

　　那个男人匆匆地走了。

　　"什么事啊？"田菲问。

　　"商业上的事，你不会感兴趣的。"

　　"是啊。"田菲说，身子陷在了柔软的垫子里。

　　一个个子很高的男人走了过来，他脸上带着笑，走路一摇一摆的。

　　"乔先生。"他说，"晚宴进行得愉快吗？"

　　"很不错，我很高兴今晚认识这位漂亮的女士。"

　　田菲和那个男人握了手。田菲以前见过这个男人，姓赵，是业内一名很著名的金融分析师。

　　"是这样，乔先生。"赵先生犹豫不安地说。

　　"没关系，你直说就可以了。"

　　"事情比较紧迫，我的同行前一阵买进了一批股票，业内都看好的那种。最近，你知道的，受金融风暴的影响，他支撑不住了。所以，我想……"

　　"你想获得我资金上的支持。"

　　"这阵危机过后，您的投入将变成一笔很大的数目。"

　　"你想说的，是我刚才说的意思吗？"

　　"是的。"

　　乔松挥了挥手，旁边的人给了男人一杯红酒，他接住了。

“年轻人。我之所以和你交谈是因为我听说你很正直，而且在业界有一定名声。但是，我的答案是，不行。现在让我来告诉你原因。”乔松站起来，走到他跟前，“我们都坚信金融危机会结束，我也不否认你所说的股票可能会帮我挣一大笔钱。但我从不插手股票，这点你应该知道。”

“乔先生……”

可是乔松已经转身去拿挂钩上的大衣了，然后头也不回地向门口走去。

街道上的风呼呼地刮着，树叶在枝头上打着哆嗦。几个女人走在街道上，她们很美，没戴帽子，穿着苏格兰粗呢子裙和高筒靴，迈着轻捷的步子，风吹动着她们的长发。

“乔先生。”

田菲从后面跑到乔松跟前，风从她的背后吹来，吹散了她的长发。

“还有什么事吗？”乔松说。

“他是我父亲的学生，我很抱歉刚才……”

“你不用向我道歉。据我所知，他虽然是你父亲带的学生，可是，毕业之后却从未拜访过你父亲。所以，我不认为他从你父亲身上学到了什么真正有用的东西。”

司机把车开到乔松跟前就停下了。

“宴会也结束了吧。”乔松说，“要不，先把你送回家？”

“您呢？”

“我想在街上走走。”

“两个人总比一个人好些吧，我是说，总得有一个人陪您吧。"

乔松抬起头，田菲看到了他眼角的笑纹。

"你会感到闷的。"

"恰恰相反。"她说，"我认为很有趣。"

"和一个可以做你父辈的人，夜晚漫步在大街上。你能不能让我明白，你心里的真实想法？"

"和您这样的人在一起能学到很多从别的地方学不到的东西。再说，这很浪漫啊。"田菲翘起了嘴唇，眨着眼睛说。

她挽住了乔松的手臂。

乔松的心动了一下，他很久没有这样的感觉了。在某个时刻，他承认，他有点喜欢田菲。他也怀疑，田菲是爱慕他的。但是，这个情感的小火苗还没来得及在他心里燃烧，就被熄灭了。他想到了舒湘，那个不顾一切要跟他在一起的女人，那个英年早逝的爱妻。他的泪水忍不住流了下来。

"我们像父女一样，行吗？"乔松说出了口。"可是没人认为我是一个好父亲。"他在心里对自己说。

"像父女那样。"田菲重复了一遍，语气既兴奋，又失落。她接着说："能不能让车先走，车灯一直照着我们，很刺眼。"

乔松点点头，走到车窗前，温和地跟司机说了一句话，司机摇摇头，乔松又说了一句话，司机就点点头，掉转方向走了。

"嘿，"田菲说，"您对他说了什么？"

"我对他说，"乔松笑了一下，脸上一副古怪的表情，"如果他不听我的话，我就会换一个听我的话的人做我的司机。"

"我一直很想有像您这样的朋友。"田菲不甘心，把父女的话题转移到朋友的范畴。

"朋友？我可一直想叫你干女儿呢。"乔松坚持自己的说辞。

乔松看到了田菲冻得微红的脸，把手上拿的大衣展开，披在了田菲身上。

"很怪的打扮呢。"田菲说，用手把大衣裹紧，"黑色呢子大衣配白色晚礼裙，真奇怪的搭配呢。不过我敢说，全城都找不出第二个。"

"这个我确定，你是唯一适合穿我大衣的姑娘，确实找不出第二个了呢。"

他们停在路灯下，彼此看着对方。

"有时候，我想，生命中多一些非同一般的经历才好呢。"田菲说。

"比如呢。"

"比如，就像今晚，我躺在'父亲'的怀里听他讲一下创业的故事。"

她靠近他的身子，把头埋在他的胸口，像一只小猫。

"我不是一个善于表达的人，我喜欢去做而不是去说。所以很多人认为我不善于与人交往，觉得我难以亲近。我平常，也只和朋友保持亲近。"

"那我呢？算得上朋友的级别吗？"

"你是我的干女儿，比朋友更亲近。"

她很自然地咧开嘴笑了，风把她的头发吹散，又飘飞到她脸上。

"首先，我是一个狩猎者，然后，才算得上一个企业家。"

"您现在还狩猎吗？"

"当然！我可以端着猎枪跟熊瞎子对着干，只要法律允许。"

"天哪，是森林中的那种猛兽吗？我是说，区别于动物园里的困兽吗？"

"是的。"他的眼里泛着光，"我曾经有一段时间是在东北度过的，那里的森林经常有熊的足迹。我们平时打猎的对象并不是熊，而是一些较小的动物。因为猎熊很难，而且法律也不允许。"

田菲不作声，乔松低头看了她一眼，她正睁大眼睛看着他，他从未见过这么长的睫毛。

"你不愿听的话，就说出来，我身边有很多人都觉得这很乏味。"

"不，我喜欢听。"她说。

"那儿有一条小河，两岸是芦苇。很多人一到冬天就乘船顺流而下，在船上狩猎，那样比较容易。可我从来都是逆流而上，为此，甚至没有人愿意和我搭伙。直到有一天，他们发现两岸的猎物都打尽了，可我总能满载而归。"

"我坦白自己的想法，当很多船都顺流而下打猎时，两岸的猎物在不自觉中就形成了往上游奔跑的本能，以至于渐渐摆脱了乘船顺流而下猎人的威胁。猎人们记住了我的话，我把自己逆流而上打猎的经验教会了他们。"

"那么，这对您有什么益处呢？您无意中培养了自己的竞争对手啊。"

"从经济学上看，这是没什么道理的。一个企业把自己的核心机密告知给同行，同行们就会纷起蚕食原企业的市场份额，最终导致企业产生危机。你说是吗？"

田菲微微地点点头。

"可那是生意。跟我在一起狩猎的，是我的朋友，我的伙伴，我帮助他们是无私的。"

"后来，我们下了海，很多人都留在了我的身边，成为公司的骨干或是生意上忠实的合伙人。"

他们向街道边的树下走去，旁边有一条小河，树枝从岸边伸出，笼罩在水面上。河面上一片漆黑，开过来一艘灯火通明的河上小客轮，向上游驶去，消失在桥洞底下。城市的地标——古琴台蹲伏在河下游的星空下。

"嘿，"田菲指了指对岸的一栋建筑，"去那儿好吗？"

"我知道有一个更好的地方。"

"去喝一杯不行吗？"

田菲用微醉的口气小声地说道，她太困了，靠在了乔松的肩上。

乔松抱起她，她的头发像瀑布一样泻了下来。

他路过田菲所指的那栋建筑，里面冷清清的，没有什么人。他抱着她继续往前走，走到长江饭店时停了下来。

一个侍者走上来，帮助他把这个女孩弄到房间里。乔松把经理叫来，给了他一张名片。

"我知道您，"经理说，"我们大学里有一栋楼是以您的名字命名的。"

"可能是重名。"乔松笑了笑说："我可以信任你在姑娘醒后把她送回家吗？"

"当然，为顾客服务是我们的工作。"

"这是她家的住址。记住，一定要把她亲自送回家，就在她醒来之后，她应该很快会醒来的。"他又问那个经理：你叫什么名字？

"李文博。"

"好好干，我关注你很久了。"

乔松预付了房钱和车费，临走前又转过身匆匆地看了一眼田菲。她的睫毛很长，睡觉时嘴角往上翘，像是在做一个甜美的梦。

乔松推开家门的时候，已经是午夜了。

他把公文包扔到沙发上，解了领带，一脸疲惫地坐在了沙发上。他注意到桌上放着一份文件，他的目光一下子就被文件的标题抓住了，他抓起电话说，快把林启找来。

十五分钟之后，林启神色匆匆地走进了客厅。乔松把文件递到了他的手上。

"这件事你知道吗？"

"我知道。"

"为什么不通知我！"乔松脖子上的青筋像绳子一样绷直了。

"那些位于三门峡义马的商铺产权已经从集团划出去，交给正龙公司去做了，正龙完全有权利决定是否转让，没必要向集团汇报。"

乔松站在那儿，一言不发，像一座沉默的灯塔。他的眼睛变得浑浊起来，无力地陷在了沙发上，手哆哆嗦嗦地从贴身口袋里取出一个白色的药瓶。他用手捂着心脏，眼圆睁着几乎要挣破眼眶，药瓶掉到了地上。林启连忙捡起药瓶，取出药喂到他嘴里。

窗外打着雷，闪电直直地劈了下来，宁静的别墅变得慌乱起来。

数日后。

"听着，那些商铺是我转让出去的，我他妈的老早就想把它们转掉了。"一个个子很高、长得很壮实的年轻人站在大厅里说道。

"正龙，没有人因为你把那些商铺转让而指责你。可是，那是你父亲的意思，谁都无法更改。"林启说。

"1.5亿。妈的！我转让出去的时候才收了两千万！老头是不是老糊涂了！当初我开办公司时，他一分钱都没有给过我！他当我什么？傻子吗！把那些经营不好的商铺让我打点，让我当众出丑，最后我迫不得已转掉。他却毫不犹豫拿出1.5亿又买回来。他在戏耍我，侮辱我吗？"

"你不能这么评价你的父亲。"林启说，"我跟你父亲共事很多年，我深知他的为人。他不会刁难任何人，反而会倾其力量帮助那些该帮助的人。"

乔正龙看了他一眼，冷冷地说，"是因为他资助你上学才这么说的吗？"

林启站了起来，走到乔正龙跟前。他想狠狠地揍眼前这个无礼的年轻人，可他忍住了，他松了松领带。

"我毕业后选择这个公司，完全是因为这个公司本身。我通过自己的努力一步步走到今天，和他资助我毫无关系。事实是，他在我面前从未提过资助过我的事。你忘记了你父亲看到你从伦敦留学归来的高兴劲吗？你开办自己的公司，他真的就无动于衷吗？他把他起家的那些商铺都无偿划到你公司的旗下，你还不知道他对你寄予的厚望吗？"

"别提那些商铺了。"他端起桌上的酒杯，一饮而尽，"那简直就是累赘。长江食品城？一个多么可笑的名字！天知道那些商铺是用来做批发生意的！我转出去，别人就可以在那个地段建一个豪华的商业街。"

"你把商铺转掉，是为了偿还你股票投机的亏空吧。"林启冷不防地说道。

"什么？"

"股票投机，钱生钱的梦想，你在伦敦学会的就是这些吗？"

"不……你怎么……"乔正龙语塞了。

"一位姓赵的金融分析师向你推荐的股票，不是吗？"

乔正龙紧闭着嘴巴，瞪大了眼睛，瘫坐在沙发上，一句话也说不出来了。

"让我来告诉你我为什么花去 1.5 亿买下那些商铺。"乔松在护理医师的搀扶下走进了客厅。他行动迟缓，头发花白，嘴唇没有血色。他的眼睛闪着光亮，直直地平视前方，他推开了护理医师的手，站在了客厅中央。

"乔先生。"

乔松冲林启摆摆手，示意林启不要再说下去了。

"交什么样的朋友，你就会成为什么样的人。我小时候对你管教很严，是因为我期望你能成为一个正直的人，因为只有一个正直的人才能交到正直的朋友，而不会与品德不端的朋友为伍。"

乔松感到自己的体力不支，他坐了下去，可他的眼睛依旧炯炯有神。

"那些商铺中有一间是我和你母亲曾经劳作过的地方。她很美丽、纯洁、善良，符合我心目中所有好女孩的品质。她的父亲虽然只是一个小厂的老板，可是她天资聪颖，气质修养在女子中均是一流的。"

林启走过来，为他斟满了杯中的酒，他喝了一口。

"可她嫁给我之后，却不得不用那双钢琴家的手帮我打点店铺。我对她有愧，发誓要攒够钱给她买心仪的那架钢琴。可是，她却早逝了。"

"那些商铺，你很小的时候也在那儿待过。难道，你就对那里一点感情也没有吗？"

"说实话，我长大后还一次没去过那个破地方呢。"乔正龙心里想道，喉咙像被鱼刺卡住了，哽咽着说不出话。

"那么，我送你的那架白色的钢琴呢？"乔松说。

"我整天忙着应酬，哪有空闲去理会它呢。"他想道，"我只知道，那些商铺不能为我挣几个钱。我只知道，转出去自己就会获得利益。"

乔松站了起来，背着身朝里面走去。从他的背影看，他就像一个行将就木的老人。

又过了数日后。

"乔先生。"林启拿着一份报表，轻轻地说，"我们集团的危机度过了！自从您用 1.5 亿从名利达集团买回商铺的所有权之后，报纸和媒介纷纷报道，称我们是逆势而上的先锋。我们的股票正在稳步增长……"

"田教授呢，经济学家田教授，他有什么观点？"乔松打断他问道。

"田教授倒没发表自己的观点。不过倒有一个叫田时文的人在报上发表了一篇独树一帜的文章，说您的此举同以往一样，并不是因为利益，而是出于自己的价值观。他还披露了一条内幕，说那些商铺的经营者多是曾和您在河南初创事业时的朋友。"

"乔先生，这个田时文的文章很怪，要不要核实一下？"

"不用，"乔松挥了挥手，眼角出现了细细长长的笑纹。他知道，田时文就是田教授的笔名，"他和我才应该是真正亲密的朋友。"

乔松拿起水杯，从床上坐起来，冲下了两片药。他看到林启还站在那儿，没有要走的意思。

"还有什么事吗？"

"还有一件事……"

"直说吧。"

"是这样，正龙公司要申请破产了，你看……"

乔松躺在那儿，陷到了天鹅绒的被子里，他的眼被天花板抓住了，一句话也不说。

下午的时候，门被敲响了。有一个人探过头，乔松一看见她就笑了。

"快过来。"乔松说。

她穿了一件羊毛衫，苏格兰粗呢裙子，头发往上梳。她飞快地跑过来，手里拿着一本书。她的眼眶是指甲红的颜色。

"你病了，怎么会突然生病呢？啊，是不是因为那晚你把外套给了我，自己着了凉？"

"是不是每一个单纯的女孩儿都爱把错误往自己身上揽。"乔松想道。

"不是因为着凉。"

她稍稍平静了一点，"严重吗？"

"不，很快就会康复。过一段时间，我还要出一趟远门呢。"

"去哪儿？远吗？可以带上我吗？"

"亲爱的。你对一个躺在病床上的老人问了这么多的问题，他该从哪个答起呢？"

田菲笑了，她递给乔松一本书。

"这是父亲最新的书，主要是关于应对当今金融风暴的最新论断，上面还引用了您那个著名的理论呢。"

乔松接过了书，"一定要代我向你父亲致敬。我一向很喜欢读他的著作。噢——上面有你的照片！是最新的吗？"

"是啊。"田菲脸微红地说道，"书是我跟父亲合写的。我把您告诉我的故事写了下来，没想到，父亲竟然大加赞赏。"

"是逆流而上的故事吗？"

"是啊，"田菲抓住了他的手，"就是那个故事！"

"生活中到处都是道理。"乔松说，"有时，我真想有个你这样的女儿。"

"是啊,我也为有您这样的'父亲'而骄傲呢。"

乔松感到眼眶潮湿了,"是因为听到了刚才的话吗?"他想道,笑了起来,"那晚呢?你过得怎么样?"

"挺好,一个男子把我送回了家,他温文尔雅,我们聊得很开心,他竟然被父亲当作我男朋友了!不过,我没料到,我们是同校。"

"是啊,他是你父亲的学生。我知道你所上的那所大学,那所大学的经济学专业是很不错的。"

"您怎么知道?您特地调查过吗?"

"那倒不是,"乔松喝了一口水,笑了出来,"我当时只是随口一问,没想到竟记得如此清楚。"

"您真是个有心人。"田菲说。

"对于田教授的弟了,我都非常有心。"

"天哪,"田菲指着卧室中央,"那儿有一架钢琴。"

"你喜欢吗?"

"做梦都想呢!我可以弹吗?"

"当然,只要你愿意。"

她走到钢琴旁,打开了琴盖,坐在了白色的皮椅上,伸出了十指,乔松这才注意到她的十指非常美。她的指尖在琴键上划过,白色的琴键像激在鹅卵石上的白色浪花一样跳动着,她闭上眼,十指如精灵般交替,一道道音符宛如流水壁挂在白色的钢琴边,又像是白天鹅引吭歌唱王者之声。

曲终的时候,田菲回过头,看到乔松的泪簌簌地落了下来。

乔松等待这一曲响起,竟等了二十六年。

田菲用不解的眼光看着他。

"不怪你，人活得老了，就该用泪水洗一洗衰老的心，好让它跳动得更久些。"

田菲走过来，手里拿着一张纸，递给了乔松。

"在琴盖下夹着，我想，是你落下了吧。"

"孩子。"乔松抱住了她，吻着她的脸颊，"你很正直，这是一张两千万的支票。我专门放在那儿等一个孩子去拿，可是他却错过了。"

"那么，您的心意没有被发现，您一定很伤心吧。"

"没有啊，孩子。它被我的另一个孩子发现了，我也是同样开心的。当哪天你有了心上人的时候，我就把它送给你做嫁妆吧。"

数日后，振东集团总部。

"您找我吗，父亲。"乔正龙站在门口，迟疑地问。

"是的，你先过来。"

乔正龙穿着一身破旧的西装，头发微乱，脸上的胡子还没刮干净。他走进来，在座位上坐下，低着头，避过乔松的眼光。

"公司破产后，你一度很消沉？"

他不作声，眼睛盯着地板。

"赵先生呢，离开你了吗？"

"他不辞而别，带走了公司最后的两千万。"他嘟囔着说。

乔松走到他面前，抓住了他的衣领，把他从位子上提了起来。

"你现在像什么！看你现在的样子！一次决策失误就可能使一生积累的财富毁于一旦，一个奸诈的朋友就可以将你整个人的名誉败坏！你懂吗！"

他垂下了眼睛，默不作声。

乔松感到胸很闷，最近他感到胸闷的次数太频繁了。他松开抓着衣领的手，坐在座位上，把胳膊肘放在桌子上，从桌上抓起一个白色的药瓶，他试图打开它。可是，药瓶掉了下去。

一只手抓住了药瓶，他为乔松打开瓶盖。

"李文博。"乔松说，"谢谢你。"

乔松把药吞下后，李文博拿出了一叠文件。

"不用，"乔松挥挥手，"你处理就好了。"

李文博退了出去。

李文博刚刚被乔松提升为集团总经理。此前，他是饭店经理。

等李文博关上办公室的门后，乔松说，"你不会还想整天开着摩托车在街上闲逛吧？"

"我弄不懂，"乔正龙说，"我是您的亲生儿子，您却眼睁睁地看着我负债累累而见死不救，把总经理的位置给一个我从未见过的外人。而且，我听说，这个李文博不久前还是一个饭店的经理。"

"我可以向你介绍他。"乔松拿起酒杯，喝了一口，"他是田教授的弟子，金融学硕士。我资助了他七年，观察了他七年，我信任他。"

"凭哪一点？"

"正直。这是我最欣赏的一个优点。他或许干不好一个饭店的经理，可如果说管理一个庞大的集团，我信任他。"

乔正龙坐在椅子上，黑丧着脸。

"你应该感谢他。他帮你追回了赵先生卷走的两千万。他们是大学同窗，是不错的朋友。赵先生请李文博把钱洗掉，可是他把这事告诉了我。因为他是一个正直的人。"

"天哪。"

"这两千万支票，仍然是你的。我希望你能让它有真正的价值。"

乔正龙注视着眼前的老人，这是他的父亲，他想到自己从未让父亲骄傲过，哪怕只一次。他想，是什么原因致使他从来就得不到父亲的信任呢？

乔松缓缓地走到了那架白色的钢琴边，坐下，用被时间的流水冲蚀的粗糙的手摩挲着白色的光滑琴盖，像是一个小孩，在摩挲着口袋里珍爱的石头。

"乔先生。"

乔松缓缓地转过头，林启看到了一张沟壑般沧桑的脸。

"来，坐下。"乔松拉着林启的手，让他在椅子旁坐下。

"说吧，孩子。"

他知道，林启的手里拿着他最新的医疗报告单。

"乔先生，您不该远行的，您不该去新县的。"

乔松拍了拍林启的背，像安慰自己的孩子一样，"那里，是咱们的老家啊，总是要回去的。"

"今天晚上动手术吗？"他预测道。

"是的。"

他打开琴盖，手指贴在白色的键盘上。他感受到了另一个世界的温度。

他闭上眼，想到了李文博和田菲，是红色的记忆。

他闭上眼，想到了儿子远赴伦敦前复杂的眼神，是灰色的记忆。

一个父亲的愧疚，他想到了这句话，泪簌簌地流了下来。

他坐在那儿，睁开了眼睛。他听得到自己微弱的心跳，感受到了心被剜去后的空荡。他感受到了死亡，却没有半分恐惧。

他抚摸着白色的键盘，耳旁恍然响起肖邦的《小夜曲》，浪漫而凄美，只觉得时光倒流，回到了上个世纪，他和妻子并肩坐在一起。

2008 年 3 月，乔松如约回到了新县。所有的人都欢迎他，在他叫得出名字的乡镇，所有的教学楼上都篆刻着一行很醒目的字：

"做一个正直的人。做一个逆流而上的人。"

人们看到他，就会指着他对自己的孩子说，他就是那个逆流而上的狩猎者。

"这就是对我的最高评价。"他在心里默默地对自己说。

下午的阳光明亮而刺眼，船推开河水，艰难地向前行进着。今年是暖春，坚固的冰层一早就化成了流动的河水，河的两岸长满芦苇。

"仍然是逆流而上吗？"

田菲拿着桨问道。她的脸上带着笑，穿着和白云的颜色一样的衣服。

"逆流而上！"

乔松坚定地说，目光直视着远方。

第三十章 齐心协力，改变汶川冬天的颜色

2008 年 6 月。乔松站在办公室高大的落地窗前，窗外的法桐树叶正在凋谢，在空中打着卷儿。阳光被乌云遮没了，天空看起来像灰鹰的背。

"汶川的天空，现在会是什么颜色呢？"他说。

"我不在乎汶川的天空是什么颜色。"在法国桃木雕花的办公桌对面，站着一个身材魁梧的年轻人，他脖子上的筋绷得像绳子一样直，"这是一场巨大的金融风暴，它甚至波及到了世界，您真应该多为集团想一想。"

乔松转过身，年轻人看到了他钢刀似的眼睛。

"正龙，你先坐。"

乔正龙站在那儿，一动不动。

"父亲，"他说，"您的集团正面临着一场空前的考验，稍有不慎，考验就会变化为危机。您要知道，这不仅是一个地区的金融危机，全世界的经济都能感受到它地震的余波！"

"是的，我承认。"乔松说，"这就是你来的原因吗？"

"父亲。"乔正龙的声音有一丝含而不露的怨恨，"您一

直不信任我。"

他沮丧地说，"我手头上的资料显示，集团的融资将遇到空前的困难。请您一定要记住我这句话。"

他站起身，径直往门外走去了。

乔松靠在了椅背上，他的胸又开始痛了起来，他抓起了桌上的白色药瓶，吞下了两粒药丸。

林启走了进来，他手里拿着一叠文件，乔松看都没看就把它放到了桌边。"李文博从汶川回来了，是吗？"他问。

"是的，"林启说，"他马上就过来。"

果然，不一会儿，一个男人推开了门，他个子很高，走起路来一摇一摆的。

乔松的眼光变得柔和起来，眼角露出了细细长长的笑纹。

"李文博，"乔松站起来，握住了他的手，"辛苦了。"

李文博挤了一下脸，疲惫的脸上总算露出来了一点笑容。

"那儿的情况怎么样？"乔松关切地问。

"安置工作做得很好。可是，我们应该做的，本应该更多。比如，医疗，卫生，还有教育……"

"需要大量的资金吗？"

"是的。"

"你不用担心。"乔松拍了拍他的肩膀。"对于向汶川投资的项目，振东集团会全力支持的！"

下午，临近下班。

"乔先生。"

林启轻推了他一下，打断了他躺在皮椅上的小憩。

"这份文件，董事们都无法通过。"

乔松睁开了他钢刀似的眼睛。"不是交代过了吗，李总经理不在时，集团的大小事务都交给你处理。"

"可是，"林启面露难色，"这次恐怕不行。"

乔松打开文件夹，他的眼一下子就被文件标题的几个字抓住了。

"名利达集团拟定并购振东集团？"

"是的。"林启说，"意向书已经送到我的办公室了。"

"你怎么看待呢？"

"并非没有可能。就当前的形势来说，我们尚可以与之分庭抗礼。可是，倘若金融危机继续下去的话，形势就会发生变化。名利达集团在金融危机前抛空了它所持存的股票，又凭借卖给我们那片商业街，净赚了我们1.15亿。而我们的情况恰恰相反，我们的融资，正遭遇着空前的困难。"

乔松坐在椅子上，手里握着一只腾起水雾的白色瓷杯，直到瓷杯开始冷却，他才站起来，对林启说，"走走吧。"

林启连忙去搀扶他，与往常相反，他没有严厉地拒绝。因为他刚做过了一次心脏移植手术，他明显感到自己的身体一天比一天虚弱了。

乔松披上了他黑色的呢子大衣，在林启的搀扶下，向门外走去。

他们并排在路旁的树下走着，旁边有一条护城河，瘦骨嶙峋的树枝延伸到了河的上面。几个穿苏格兰粗呢裙的女孩在河的那一岸走着，她们的身材很好，迈着轻捷的步子，从身旁的"长江饭店"走过。

"乔先生——"

"你直说吧。"乔松目视前方，眼睛炯炯有神。

"恕我直言，振东集团将面临着一场史无前例的危机。"风吹乱了林启的头发，"这次金融风暴非比寻常，集团将面临空前的融资危机。"

"你跟银行交涉过了吗？"

"银行？现在没有一家银行热衷于借贷了。"他把胳膊肘放在了护城河边上的护栏上，注视着对岸的"长江饭店"，"连以前经营很好的长江饭店也首次出现增长率下滑危机。我们集团要想在金融风暴中生存，首先要保住固定资金不会流失。"

"林启。"乔松柔和地说，"你跟我说这些，是要我放弃'汶川冬天的颜色'计划吗？"

"乔先生，我尊敬您，相信您的判断。可是即使伟人也有偶尔出错的时候。"他的眉蹙了一下，不去直视乔松的眼睛。"并非仅我一个人，集团的董事们也认为在金融风暴的危机下，做出向汶川投资十个亿的计划是缺乏考虑的。"

"当我们在冬天里感到寒冷的时候，你难道不应该去想一下，刚受过8级地震的汶川的冬天是什么颜色？我决定投十个亿。绝非一时冲动。我的计划包括卫生、医疗、教育。这些基础设施的进一步完善，可以改变整个汶川的面貌，甚至能改变汶川冬天的颜色！"

林启不敢直视乔松的眼睛，他失去了往日在董事们面前雄辩的风采，他低着头，看着花砖石铺就的路面。

"可是，董事们是不会通过这项庞大的财政开支计划的。更重要的是，振东集团现今的状况，一下子拿出这笔钱就意味着集团断掉了流动资金这条链，振东集团将面临着多米诺骨牌效应，甚者可能全盘崩溃。"

"这就是今天上午你递辞呈的理由吗？"乔松说。

"也不全是。"林启转过头，他的目光和乔松的目光触了一下就移开了，"李总经理从汶川回来了，他比我更有才干，担当总经理的职务非常胜任。而我，一事无成。"

"可我却把你的辞职书放到了办公桌的一旁。"乔松笑了，语调柔和，"你在职期间，并非是一事无成。我从不因一时一事就判定某个人的能力，像长江饭店首次出现营业额增长率下滑的问题，没有人会责怪你，因为大家都明白，你在任期间刚好遇到了全球性的金融危机。你努力将振东集团的损失降到最小，和李文博在职期间将振东集团的效益扩展到最大的功勋是相当的。我甚至还不得不承认，在应对危机方面你更胜他一筹。你具备很多人不具备的品质：正直，谨慎，负责。现在公司需要的正是你这样的人。"

"乔先生——"

乔松挥了挥手，打断了他，"工作上的事到办公室再说，你现在先送我到李文博家，我想先去看一下自己的干女儿。"

乔松走进客厅的时候，田菲刚好迎了过来。她看起很美，红润的脸颊，褐色的眉毛衬托着幽深的大眼睛。她往上梳的发型改成了披散的卷发，穿了一件白色的睡袍，正和客厅的颜色相搭配。

"父亲，"田菲兴奋地抓住了乔松的手，"您来了！"

乔松笑了，眼角露出细细长长的笑纹，"我是来看你的。李文博呢？他在忙什么？"

"他呀——去见他的导师了，在我父亲家。他每次出差回来都这样，一定要去拜访他的导师。"

"那是一个很好的习惯，是现在的年轻人中不多见的品质。"

时候不大，李文博也来了，"乔先生，"他说，"我事先不知道您来田菲家。"

"没关系。"乔松冲他挥挥手，脸上还带着微笑的表情，"你刚从田教授家来吧？"

"是的。"

乔松不再说什么了。他背过手，径自向客厅里走去。

"乔先生——"李文博突然喊道。

"什么？"乔松回过了头。

"乔先生，"李文博说，"我真不知道公司正面临着融资困难。关于在汶川投资的方案，我想……"

"你不要顾虑太多。"乔松说，"在汶川的投资方案具体由你全权负责，振东集团会全力支持的。"

"可是——"

乔松挥挥手打断了他，"我一直都很欣赏你敢作敢为的气魄。你今天的犹豫，会影响当初你清晰的判断。投资方案你本来已经下决心去做了，是谁又游说你了？迫使你改变主意？"

"是正龙，他今天刚找过我。"

乔松闭上了眼，轻叹了一口气。乔正龙是他的儿子，可是他从未获得过自己的赏识，他们的意见经常相左，以至父子关系闹得很僵。留学归来后，乔正龙自立门户，却因为投机股票而破产，合伙人也离他而去。最后是乔松索回了他被合伙人卷走的两千万。现在，他对自己的儿子感到更失望了。

林启也来到了书房，他们一起看着乔松。

乔松睁开了他那钢刀似的眼睛。

"汶川的校舍都建好了吗？孩子们会有一个温暖的地方过冬吗？"

林启和李文博面面相觑，他们说不出话来。

"在我们看到自己的天空因为金融风暴而变成灰色的时候，我们不能把它当作理由去视而不见，汶川冬天天空的颜色！"

乔松的手握得太紧，以至他的指关节都发疼，他的脸因为太激动而被激成了酱红色。他的左手捂着心脏，像石像一样摔倒在了地板上。

在英皇 KTV 舞厅里，舞灯像机关枪似的向地面猛烈开火。

有一个男人，独自坐在舞厅的角落。他没戴帽子，穿着一件横排纽扣的黑大衣，脸色苍白，紧绷着嘴，对舞池里像鱼一样翻动的人们漠不关心。

一个高个子男人走到他的对面坐下，竖着衣领，两只小眼睛不停地看着四周。

"正龙，"高个子男人说，"今天有心情来这儿玩啊？"

一个穿着很裸露的女孩从他们的桌边走过，高个子男人冲她吹了长长地一声口哨，那女孩就在他们那桌坐下了，她穿着一条红色的皮裙。

"会喝酒吗？"高个子男人问道。

"会啊。"她咧嘴一笑，接过高个子男人递给她的酒。

"她很不错，"高个子男人走到乔正龙跟前，为他斟满杯中的酒，"够你今天晚上消受的。"

乔正龙绷着嘴一句话都不说，他挥手打翻了桌上的杯子，红酒洒得满桌子都是。

"乔正龙，你怎么了？吃火药了吗？"

"赵先生。"乔正龙冷冷地说，"你真是个势利小人。"

"你别说得这么直接。你别忘了，是谁当初肯跟你合伙做生意的。"

"合伙做生意？你是个骗子。骗我投机股票破产后，又卷走了我两千万！"乔正龙跳了起来，一把抓住了他的衣领，"现在，你还将振东集团融资困难的消息告诉名利达集团，怂恿他们并购振东集团！"

那个穿红皮裙的女孩吓得连手提包都顾不得，一声不吭地溜走了。舞池里的人都沉醉在摇摆的世界里，没有一个人闲得发慌往舞厅偏僻的角落多看一眼。

"你骂我？"赵先生生气地说，脸上立刻就变了一种脸色，挥起拳头击到乔正龙的脸颊上，这一拳击得不轻，乔正龙的牙缝里都淌出了血，"当初是谁决定买那些股票的？是你！不是我！"

赵先生指着乔正龙的鼻子骂道，"最可恶的是你的父亲！因为那两千万，他差点把我送到监狱！我做梦都想报复他！"

"你是一个混蛋！"乔正龙擦了一下嘴角的血痕，勉强直立起来，"怪不得我回国后，你拼命地讨好我，原来，你是为了获取振东集团的情报。"

"是又怎么样？"赵先生笑着说，"乔松一病不起，振东集团破产的日子指日可待。"

"最可恨的是李文博。"赵先生咬着牙说，"他是我大学同窗。没想到，他居然不仅不帮我，还把我要洗掉那两千万的消息告诉了乔松。不过，等乔松死了之后，振东集团内部立刻就会出现分裂，振东集团会像乔松的身体一样垮掉的！"

"不，振东集团不会垮掉。该垮掉的是你，赵先生。你迟早会被警方抓到的。"

"你为什么还不明白。你像一个白痴似的为你的敌人说话！你的父亲对你从不信任，他甚至都看不起你！"赵先生用手擦着溅在自己身上的红酒，奚落他说道，"你的父亲对你一直都是：深感失望。"

乔正龙难受得喉咙都发疼了。他冷眼看着曾和他称兄道弟的朋友——那个在他父亲一病不起后幸灾乐祸的小人，心里想到了父亲的一句话："做一个正直的人。因为只有一个正直的人才能交到正直的朋友，而不会与品行不端的朋友为伍。"

他转过身，悔恨自己当初未能听从父亲的劝告。他扣上横排纽扣黑大衣的第一个扣子，向门口走去。他知道，这个动作意味着埋伏在舞厅的警察冲出来，逮捕潜逃的赵先生。

他站在冷风里了。他看到了街上的人们裹着厚厚的大衣，匆匆地在街道上走着，他喃喃地说：

"汶川的冬天，也会这么冷吗？"

数日后。

乔正龙走过通向振东集团董事会办公室的通道时，振东集团没有一个人欢迎他。

他坐在振东集团董事们的面前，解开了横排纽扣大衣的第一个纽扣。

"向汶川投资十亿元的计划搁浅了？"他开门见山。

"这个，"兼任集团总会计师的林启犹豫地说，"你已经自立门户，你并非是振东集团的一员。"

"这个我来操心，"乔正龙拿出了一个文件夹，"我作为正龙公司的经理，现在就决定把正龙划归振东集团旗下。"

林启感到很意外，他不自然地挪了挪椅子。

"那么……"

"我只有一个要求——向汶川投资的'汶川冬天的颜色'计划，必须要执行下去！"

"这个恐怕有问题。"林启把胳膊肘放在桌子上，"董事会这里表决没有通过。"

"这只是表象吧。"乔正龙站了起来，用力将椅子向后推开，"恐怕，是父亲躺在病床上的缘故吧。"

林启嘴唇颤抖着，一时间他不知道该说什么好。乔正龙态度的逆转和他的所作所为都出乎他的意料，这些，让一向小心谨慎的林启感到不安。

"交给我来做。"乔正龙说，"交给我来做这个项目，我愿意去完成父亲的这项心愿。"

林启被对面年轻人的诚恳打动了，他不由得对乔正龙刮目相看。因为站在他眼前的乔正龙，是一个勇于承担沉重责任，坚定地完成父亲未完成的夙愿的人。

"我支持你。"林启说，"虽然，仅代表我个人。"

李文博家的客厅里，乔正龙在不安地等待着。他预先知道田菲也在李文博家做客。一方面，他不知如何面对替自己讨回两千万的李文博，另一方面，他深知田菲对自己的印象不佳。

"正龙，你好。"

李文博诚恳地向他伸出了右手。

田菲则径自走到沙发旁，坐下，脸上面无表情。

"情况怎么样了？"李文博关切地问，"我听说你一直守在他的病床旁。"

"还是昏迷不醒。"乔正龙说。"可是，我坚信，他能好起来的，我在他身旁，甚至能感受得到他最强烈的心跳。"

"你改进的'汶川冬天的颜色'的方案很完美，简直是无懈可击。说实话，我认为你很有才华。我听说你加入了振东集团，并承接下了这项庞大的计划。你要知道，你这样做意味着什么？"李文博递给了乔正龙一杯热水，继续说道，"现在的融资空前困难，即使像'汶川冬天的颜色'这样好的方案，也不一定能够得到银行的资金支持。"

"是啊，'汶川冬天的颜色'，是一个非常好的方案。当地震发生时，汶川天空的颜色是灰色的，阴森寒冷。但是，当人们纷纷向汶川伸出援助之手的时候，甚至在寒冷的冬天，汶川冬天天空的颜色也会是粉色的，温暖如春。我想，父亲如果知道我这么说的话，也会认同的。"

"是啊，这是一项很好的方案。"田菲说。从她不冷不热的语气看来，她脑海中仍抹不去乔正龙曾让他父亲失望的记忆。

"可是，关键是，资金呢？我知道，振东集团是不会拿出那么多钱的。"

"银行会借贷给我们的。"

田菲和李文博都张圆了嘴巴。

"不可能。"李文博坚决地说，"在全球金融风暴的影响下，没有一家银行愿意借贷，稍有经济常识的人都知道这一点。"

"这是一项公益性的计划。可一次性投资，超远期的回报，必须在冬天之前完成一部分，却让从不吝啬向信誉好的企业借贷的银行为难。振东集团的信誉是有目共睹的，只不过是全球金融风暴使银行举棋不定。但我相信，银行会支持'汶川冬天的颜色'这个方案的。"

"这不是一个小数目，"李文博说，"他们不会轻易答应，再说，林启也曾经和银行交涉过——"

"那是因为他缺乏诚意。"乔正龙毫不客气地打断他。

"诚意？"

"对，诚意。"乔正龙说，"之前，我一直未能领悟父亲的心意，我们的意见经常相左，以至常常不欢而散。那是因为，我不理解父亲。"他端起桌上的酒，喝了一口，他看了一眼田菲，她的目光变得柔和起来。"他是一个伟人。做一个正直的人，做一个逆流而上的人。他的人生哲学注定要使他成为一个伟人。"

没有人打断他，他稍停了一下，好像是极力从极度的悔恨中挣脱出来。他继续说道，"我将正龙公司划归到振东集团旗下，这是我的诚意，所以大家能够顺利接受我。同样——把那片商业街和长江饭店抵押给银行，银行就会慷慨解囊。"

"天哪。"田菲说。

"绝对不行。"李文博说，"那都是振东集团的老本，你父亲苦心经营的心血，他如果在场，会阻止你这么做的。"

"恰恰相反，"乔正龙站了起来，田菲这才注意到他穿着他父亲的黑呢子大衣，"以前我认为他太谨慎，甚至到了顽固的地步。可是，现在我才发现，父亲做起事来要比我们都要大胆得多。他的魄力，非常人可及。"

他拿出一份文件，"这是父亲亲手签订的抵押合同，就压在琴盖下面。他真的是一个伟人，他在决定实施'汶川冬天的颜色'方案时，就下定了最大的决心，做好了最后的准备。"他接着说，"作为他的儿子，我只是接替父亲，把他未完成的事做下去而已。"

"琴盖下？是白色钢琴的琴盖下吗？"田菲问。

"是的。那架白色的钢琴，是父亲怀着歉意买给逝去的母亲的，她是一个钢琴家。我留学回国后，自立门户，父亲仅送了我那架钢琴和一些效益不好的商铺，我认为父亲这样做是因为对我心存成见，以至我一次也没碰过那架钢琴。后来，我破产后，父亲又把它放到自己的卧室，那时，我才明白，父亲对那架钢琴有多么的珍爱！"

"我和赵先生闹翻的那一刻，我才幡然醒悟，明白了父亲长久以来的良苦用心。"

他的嘴唇突然颤动了，眼眶变得潮红，他极力扭过头不想让他们看到自己的表情，可是泪却忍不住簌簌地落了下来。

"我的卧室，他一直为我保留着。一切都是老样子，甚至连我小时候玩的足球都未沾染灰尘。我体会到了一个父亲的艰辛，流着泪走进他的卧室，看到了父亲怀着歉意买给我逝去母亲的钢琴。我打开了琴盖，看到了那份父亲亲笔签字的抵押合同。"

"是的。"田菲的眼眶里也滚满了泪水，"他曾经以同样的方式在琴盖的下面放了一张两千万的支票给自己的孩子，可是他却错过了。如果他能知道你做了今天的事情，该是多么地欣慰啊。"

她拿出那张支票，递到了乔正龙的手上，"把它算入'汶川冬天的颜色'的一部分吧，让汶川的冬天，更加暖和些吧。"

"是啊。"乔正龙心里默默地想道，他透过窗子往外看，外面的阳光明亮而刺眼，天空蔚蓝而高远。

"汶川冬天的颜色，也应该是这样吧。"他喃喃地说道。

第三十一章 重返乡里，再次找到人生价值

乔松家族的故事，告一段落。

"要吃还是家乡饭，要穿还是粗布衣"。重返乡里后，张全收才算是从人生的低谷中慢慢爬出来。

2008 年，张全收当选为拐子杨村村支部书记、村委主任。

回家后，他发现，当年种植的枇杷树，已亭亭如盖。想起过往的艰难，想起曾对爱人许诺的誓言，张全收感慨不已。

上任后，他自掏腰包为村里建桥修路、建村室、建文化大院、安路灯和健身器材，并为全村人购买医保。

为了让村民们找到致富的路子，张全收出资 10 万元挑选了50 名村民代表到深圳参观考察农业产业项目。开阔视野后的村民回到拐子杨村流转了上千亩土地，通过种土豆提高效益、增加收入。

这些年来，在支持家乡发展上，张全收先后捐了数百万元。"村村通"工程、"户户通"工程不让群众掏腰包，建设"生态宜居乡村"处理垃圾、栽种花草等大事小事都是张全收负责张罗，出钱出力。不少昔日的贫困户都在他的直接或间接帮助

下盖了新房、买了新车、娶了媳妇。

每逢过年，张全收会给村里的老人发红包。全村 70 岁以上老人 100 多位，每人 500 元，并且给贫困户送去米面油等物品共计 10 万余元。这样的活动张全收已经坚持了 10 多年。

"百善孝为先，我们不仅要孝敬父母，而且要孝敬所有的老人，这是我们每个人做人的本分！也是我一辈子无论走到哪里都要做的事情。"张全收说："让每个老年人尤其是更弱势的农村孤寡老人幸福、安康、祥和地颐养天年，是社会行为的应有之义。回报社会，回报家乡，是我的心愿，更是我义不容辞的责任！"

张全收戒了酒。他感觉，回到故乡，自己又重新回到了当初靠着一腔热血闯荡四方的状态。他又找回了自己。

张全收学会了喝茶。不承想，他的这一爱好，被精明的商人留意到了。

有商人主动约张全收，请他投资普洱。

"普洱有药性。"这个商人一口苏北口音："你要是投资，定发大财！"

"我是个农民工，对茶生意不太懂，但是对茶懂一点。"张全收说："中国有三千年饮茶史。自神农氏尝百草发现可解百毒的嫩叶'查'到陆羽时正式命名为'茶'。若真去盘点历史上流传下来的对茶的颂言，怕是够编本集子的了。"

商人没想到张全收这么懂茶，一时间不知道如何去说了。

"河南信阳毛尖，具有'细、圆、光、直、多白毫、香高、味浓、汤色绿'的独特风格，具有生津解渴、清心明目、提神醒脑、去腻消食等多种功效。1915 年在巴拿马万国博览会上与贵州茅台同获金质奖。"张全收顿了顿："但即便如此，信阳毛尖也不敢说自己有药性。"

商人的脸一下子就红了。

"喝茶对人体的好处的确有很多，但不能把这些好处归为药性。"张全收说："照您这般说来，任何一种蔬菜水果都有药性了。行业内有句话，不知您听过没有？"

"什么话？"

"靠茶之药性来售茶，皆可盖棺定论打上一个'骗'字。"张全收微笑着看他，向前倾了一下身子，缓缓地说。

商人脸色都变了，连忙借故告辞。

与很多商人成功后对家乡不管不问不同，张全收就像一棵根植于泥土的茶树，时刻不忘自己来自哪里，不忘回报乡亲。

在中国历史上，茶是为数不多的可以冲破阶级限制的文化载体。上至王侯将相，下至贩夫走卒，解渴提神之余，一茶已成一世界。近代历史上，茶叶也扮演了重要角色。且不说晚清时期，茶叶输入英国，造成贸易逆差。单说美国波士顿倾茶事件，直接导致了美国独立战争的爆发，最终英国承认了美国的独立。

可以说，一片叶子在世界历史传承和文化血液里承担太多的功能。然而，时至今日，商业文明大行其道。拿文化说事的，拿健康说事的比比皆是，唯独聊茶本身者少之又少。

何故？

实际上，西汉著名史学家、文学家司马迁在《史记》的第一百二十九章"货殖列传"中，已经给了历经千年仍可适用的解释："天下熙熙，皆为利来；天下攘攘，皆为利往。"

很多人评价："张全收是个厚道人。"

张全收通过搭建全国农民工劳务输出平台，帮助贫困家庭劳动力实现转移就业脱贫致富。这些年，他先后帮200多万农民工转移就业，累计为贫困劳动力实现创收100多亿元。

有不少人请张全收喝酒。张全收不爱饮酒，他常说："清清之水，为土所防。济济之士，为酒所伤。"以此规劝大家少饮酒。

有很多贫困农民工不但脱了贫，还成了小老板，在深圳买了房、有了车，把孩子接过去上学，老人们到城里享清闲。

和他们在一起的时候，张全收常劝他们："莫饮卯时酒，昏昏醉到酉。莫骂酉时妻，一夜受孤凄。"

还有的农民工返乡创业很有成就，成了当地的农场主、企业家，当上了村支书、致富带头人，生活也越来越有奔头。

重回故乡，张全收重新找到了朴实的自己，告别了虚伪和做作。

2008年，张全收的儿子张嘉豪，疯狂迷上了火箭队。

休斯敦火箭队，相信大家都不会陌生，也许张嘉豪关注它最大的原因是中国最棒的篮球中锋姚明在火箭队打球。

2008年的NBA赛季里火箭队无疑成了联盟里最受人关注的球队。受人关注的原因不再仅仅是火箭队的新任主帅阿德尔曼和举世闻名的"姚麦组合"，而是火箭队超越历史的19连胜。

张嘉豪总是不厌其烦和黄河、黄潮楠讲起火箭队的历史并常常跟同伴争论火箭队的防守体系。

实际上，在 2008 年，不论是学校课堂，还是工地，年轻人最热衷的话题之一，便是火箭队。

新闻报道中不断出现滚动字幕："火箭队的核心球员麦蒂也更倾向于季后赛的价值。这位得过两届 NBA 得分王的超级球星至今还抱着未拿过 NBA 总冠军戒指的遗憾。麦迪甚至还向球迷们承诺，会在季后赛有更精彩的表现。确实，以火箭队目前的状态，他们不冲击总决赛是不现实的。"

那些年，他们哥儿仨一边约着看球，一边讨论火箭队，日子过得单纯而美好。很多年后，想起当年，三人感慨不已，又约着去学校打球。可惜学校已经改扩建，老球场不复存在。在新球场的塑胶地上打球，总是找不到在光滑的水泥地上打球的那种漂移的感觉。

以后的事情，大家都知道了。从 2008 年 1 月 30 日火箭 111-107 击败勇士开始，到 3 月 11 号火箭队破网，阿德尔曼带领的火箭队一路高歌猛进，创下了 19 连胜的不败战绩。

"阿德尔曼带领的火箭队是否能延续历史，这仍是一个未知的谜。但至少我们现在可以有充分的理由相信，火箭队具备了冲击季后赛问鼎总冠军的能力。我们所能做的，仍然是一如既往地关注火箭、支持火箭，为火箭加油！祝福姚明的伤会好得更快，也祝愿姚明早日归队，早日挑起火箭队内线的大梁，和兄弟们一起并肩战斗，向着总冠军的方向冲击！"张嘉豪说。

……

　　那年，火箭队的话题，可以随意将两个毫不相干的年轻人联系到一起。实际上，即便过了很多年，还是如此。这就是篮球的魅力。

　　一边在工地搬砖，一边操着身价千万篮球巨星们的心，为"绝杀"而欣喜若狂。这就是当下不少农民工群体的爱好。

第三十二章 经历叛逆，儿子成为全家首个大学生

长得大一些了，张嘉豪开始对父亲有很多不理解。其中，最让他心结难开的事就是："父亲对外面陌生人的态度很好，很热心，能帮忙就帮忙。但是对自己的孩子却很严厉，经常批评、说教，态度很差。"

世界上再没有比处于青春期的孩子远离严厉父亲这样更顺其自然的事情了。

2010 年夏天，张嘉豪初中毕业，如愿以偿进入名校——龙城高级中学。

也是那一年，国家出台新农合政策。

很多老家的村民对个人缴费不理解、不积极。

张全收急了，他直接为全村村民交医疗保险 8 万多，解决了村民医保问题。

拐子杨村村卫生室主任吴彦林说："张全收为全村每户每人交 30 块钱，2010 年总共交了 8 万多块钱。村民以后有病报销的问题解决了，可是全收确实是吃了亏。"

"助人为乐要雪中送炭，不要锦上添花。扶危济困要抓铁

有痕，不要水过地皮干。"张全收回答。

视线拉回深圳。

正当全家人为儿子升学庆祝的时候，张全收发话了。

"你的头发太长了，剃头去吧。剃个板寸，显得精神。"

"你年轻时候就烫头发，我为啥不能弄个头发？"青春期的儿子一句话顶了回去。

张全收狠狠批评了儿子一顿，然后拉着儿子去剃头。

理发店师傅剃得很慢。

"你下不去手，是吧？"张全收拿着推子，直接从张嘉豪头皮中间剃过去。

张嘉豪的内心非常崩溃。他感觉，自己的爸爸很奇葩。

因为这件小事儿，他们又吵了起来。张全收动手打了儿子。

挨了打，张嘉豪准备离家出走。那时候他住的地方附近很破，周围是很深的杂草。

张嘉豪背个书包，戴着棒球帽子，就往山上跑。当然，手机关机。

他跑到山上，往下一看，山下被包围了——足足停了五六辆车，全是找他的人。

一看不对劲，张嘉豪就往回走。草很高，张嘉豪瘦小的身子一下就钻了进去。

"嘉豪刚关机，走不远。"张全收坐镇指挥。所有亲朋好友都拿着棍子，拨开半人高的杂草，仔细寻找张嘉豪。其间，看到一个收破烂的铁皮房。有人进去看了一下，也没找到人。

见到人们走远了，张嘉豪从铁皮房里藏身的地方出来了。

不一会儿，张全收又来了，一眼就看见张嘉豪。

"你下来。"张全收掂着大铁棍，嗓门很大："你还敢给我玩儿这一出。"

张嘉豪拔腿就跑。

张全收的司机赶紧追，追了几条街。张嘉豪快，他也快；张嘉豪慢，他也慢。

直到张嘉豪跑到死胡同，司机才说："嘉豪，跟我走吧。"

这时候，张嘉豪才恍然大悟：司机是退伍军人，情商高。人家是故意离他几步远，他根本甩不掉。跑到死胡同，这场人为导演的追逐戏才告一段落。

回到家，张全收把张嘉豪结结实实打了一顿。

张嘉豪的爷爷半身瘫痪，知道这事儿后，老人家气得要拿拐杖打张全收。

"还这小，就这么调皮，是该管束一下了。"张全收说："我把你送到玩具厂。我跟厂长说了，让你去最烂、最臭、蚊子最多的车间好好锻炼。"

"效伯高不得，犹为谨敕之士，所谓刻鹄不成尚类鹜也。效季良不得，陷为天下轻薄子，所谓画虎不成反类狗也"。这是名篇《马援诫兄子严敦书》中警句。作为父亲，张全收对儿子严厉的背后，更多的是期望儿子成材。

被送到玩具厂，张嘉豪竟然还挺高兴。开心的是，可以离爸爸远远的。不开心的是，要跟好朋友分开。

这个玩具厂，专门做3D眼镜。张嘉豪又黑又瘦又小。张全收故意不给厂里说他的身份，也不让儿子自己说。

　　玩具厂里一半人是工厂自己招的，另一半是劳务派遣的。青春期的张嘉豪，尝到了务工的艰辛。从早上8点工作到12点。下午1点工作到6点。到了晚上，更是难熬，要从7点工作到12点。

　　张嘉豪活泼，在工位上坐了一天，坐得屁股疼，但却跟周围的工友聊熟了。他的工作很简单，和如今富士康流水线上的工人非常相似：组装货物，然后放盆子里。他新来，干得慢，人家盆子里的货物摞得老高了，他只有小小一盆。

　　周冷，人长得黑瘦，其貌不扬，家是河南新乡的。每次，张嘉豪他们在前面干活，他就在后面躺着睡觉。

　　张嘉豪剃了光头，厂里的小混混就盯上他了。

　　"小光头哪里来的？"一个小混混问。

　　"不知道，可能从农村刚来。"有人回答。

　　"这个人看着这么牛哄哄的，咱们修理修理他。"厂长儿子说，"找个人过去，吃饭时插他队。"

　　张嘉豪在餐厅排队，有人插队。

　　张嘉豪不理他，旁边几个人不愿意了。

　　厂长儿子派的人用粤语骂他们。

　　周冷来了，用河南话骂道："妈的，还有人敢插我少爷的队。"

　　周冷个不高，不穿上衣，黑瘦。上去就骂了一通，那人悻悻离开了。

　　就这样，周冷和张嘉豪混成了狗皮膏药兄弟。

　　张嘉豪在工厂做了一个月，挣了2000多元。临走时，还请周冷吃了饭。

　　进入高中，张嘉豪继续叛逆，成绩一落千丈。

　　如果有那么一款游戏值得张嘉豪永远铭记的话，那一定是 CS。

　　CS 是张嘉豪所见到过的最容易上手的档次稍高的游戏。记得家里刚装了电脑，让学长推荐一款游戏，学长不假思索就把他保存的珍贵的 CS 游戏光盘借给了张嘉豪。学长叮嘱他：好好练习，争取超越 Danny 的境界。

　　之后，张嘉豪才得知，Danny 便是那个传说中的平湖镇骨灰级玩家。据说，他的家里有一个专门的 CS 作战室，里面装了 5.1 的音响，即 5 个音响安置在屋子的各个方位，这样，在作战中，他便仅凭听到你拉枪栓的声音就能准确判断你所处的方位。

　　第一次与真人单挑是在"雪地"，那个和"圈地"一样经典的地形。四百多盘，张嘉豪与他恶战到凌晨三点。张嘉豪的化名叫"Summer"，他在雪地中一次次地倒下，那个骄横的对手赢了张嘉豪三百多次，并且，那个无良的名字叫"It's me"的反恐精英，每次都要用狙击步枪把张嘉豪击倒后，再用手枪在他的尸体上开枪。

　　这种侮辱在 CS 中是难以忍受的。Summer 要复仇，所以他一次又一次地拿起了 AK47。Summer 不会认输，即使"It's me"击倒了 Summer 三百六十七次，Summer 也要爬起来三百六十七次。

　　那次恶战告诉 Summer，在 CS 中，能活下来的就是老大。哪怕你只剩下一滴血，你仍然可以端着 AK47，冲羞辱过你的人疯狂地开枪，将他击倒在你的脚下。

　　一次偶然的机会，张嘉豪加入了一个战队。他学会了买防弹衣和头盔，还学会了用 AK47 的时候手要稳，并且绝对不能连射，必须点射敌人的头部。并且，最重要的是，要打一枪换一个地方。这是 CS 实际作战中他学到的最有用的生存规则。这样做，不仅可以使你有效地躲避敌人的追击，而且，还常常能出其不意，绕到敌人的背后给他们以重创。

再次在网上遇到"It's me"的时候，他正在和另一支战队在"沙漠一"地形中激战。通过观察者的视角，张嘉豪发现，要击败"It's me"，是件不可能的事情。因为他身后有着一支训练有素的、精通战术的战队。他们之间的有效配合，使他们每个人的力量发挥到了极致。

张嘉豪突然明白了，在 CS 中，仅练好自己的技术是远远不够的，若想战胜强敌，就必须有一支自己的战队，或是成为强大的战队的一员。

高二下学期，Danny 兴奋地告诉张嘉豪说，平湖镇一个网吧要组织一场 CS 挑战赛，他要帮张嘉豪报名，征求张嘉豪的意见要加入哪一方。

"恐怖分子啊，"张嘉豪不假思索地说，"Summer 怎么能离开 AK47 呢？"

"恐怖分子？"Danny 愣了一下，但立刻就恢复了平静，换作了平日的调侃口吻，"听说你 AK47 练得不错，我可要见识一下哈。"

张嘉豪知道，对于 Danny 来说，反恐精英是他不二的选择。

高中校园里，平时看起来最文弱的人，在 CS 战场上，也许就是那个让对方不寒而栗的最凶狠的杀手。在激烈的对抗中，稍有不慎就会一世英名付诸东流，成为 CS 战场上填充黄沙的弃尸。

在反恐精英战队中"It's me"是首恶。在"沙漠一"地形中，无论张嘉豪他们如何冲锋，都难以逃脱"It's me"狙击步枪里射出来的子弹的惩罚。恐怖分子只好去走另一条路，可是，他们突然发现，另一条路上有重兵把守，他们寡不敌众，九名队员损失了四名。剩余的五个勉强逃过了一劫，但身上均有负伤。

"It's me"太狂妄了，他一个人把守了一条恐怖分子们必经的道路。这种羞辱，对于恐怖分子来说，是无法忍受的。

时间只剩下一分零八秒了。

张嘉豪他们决定，要不惜代价全力攻下"It's me"把守的那条要道。

"It's me"像狐狸一样聪明得近乎狡诈。他从不露头，但是，只要他的枪口瞄准了蠢蠢欲动的恐怖分子，就一定是爆头。

队长 Tom 换了轻便的双枪在前面打头，张嘉豪紧跟了过去。一声巨响，Tom 被"It's me"的狙击步枪一枪爆头。无线电里 Tom 催促进攻的声音戛然而止，这让张嘉豪的心里感到一阵恐惧。

Summer 借着"It's me"换子弹的空当，敏捷地捡起炸弹，蹲在了"It's me"藏身的大箱子的另一面。Summer 心中十分清楚，炸弹的安置地点就在"It's me"的后面，而"It's me"此刻正蹲在去炸弹安置点必经之路的箱子后面，像死神一样等待着 Summer。

Summer 贴着箱子，明白自己要面对的敌人就在箱子后面。Summer 心里也清楚，"It's me"也一定知道 Summer 就在箱子后面。队友催促 Summer 进攻，但是，犹豫了。

Summer 背着炸弹，时间只剩下 35 秒了。

Summer 的另外三名队友，Jack，Peak 和 "Kill you" 正组队往 Summer 的方向移动，支援 Summer。

突然，Summer 看到烟雾弹在他的队友中间爆炸，紧接着是一阵枪响。Summer 连忙摁下 Tab 查看人数，他绝望地发现，恐怖分子阵营里，只剩下自己一个活人了。与此同时，他听到了大队人马向他走来的脚步声和令人窒息的一整片换子弹的声音。

Summer 将手雷向箱子右边扔去，但没有扔远。手雷炸响，Summer 只剩下 12 滴血了。Summer 果断地沿箱子的左边绕过去，看到了一个背影，当 Summer 的枪口指向他的时候，瞄准星旁显示的名字为 "It's me"。Summer 将枪口对准他的头，平稳地开枪，只一枪，他就像任何 Summer 遇到过的寻常玩家一样倒下了。

Summer 迅速进入安置点，安置了炸弹。然后将烟雾弹扔到路上作为掩饰。Summer 快速跑到了可以藏身的箱子后面，等待着一场更激烈的恶战。

敌人走近炸弹了，粗略观察了一下四周就急不可待地准备拆掉它。AK47 一声脆响，敌人倒在了炸弹的上面。Summer 迅速改变位置，在他蹲在下一个木箱后的时候，他听到了敌人疯狂地射击他刚才藏身的地方的声音。

还有五个敌人。Summer 听到了炸弹倒计时发出的 "滴……滴……" 的声音。敌人听到预示他们失败的倒计时声后更是急不可待，不顾一切地冲了过来。Summer 耐心等待，突然，他扣响了扳机，两次相隔时间极短的连发，两个反恐精英应声倒下。

这是一次 Summer 表现最勇敢的战斗，但是，敌人已经发现他了。Summer 的耳边听到了一阵猛烈的枪响，然后他的名字，就像每一个战死的恐怖分子那样用红色的字体写上，标在了屏幕的右上角。

……

"祝贺你，"Danny 伸出手，将一只高仿的 AK47 步枪模型递到了张嘉豪的手上。

"只是运气好罢了，"张嘉豪微微一笑，平静地说道，"谁也没有料到炸弹在 Summer 死后突然爆炸，摧毁了反恐精英把守的基地。"

"这不仅是运气，"Tom 拍着他的肩膀，笑着对张嘉豪说道，"你正是我要找的那个搭档，我们一块组建一支战队，你看行吗？"

"当然，"张嘉豪声音激动，伸出手，和 Tom 像兄弟一般把手紧握到一起，"组建一支战队——那是我的梦想。其实，我做梦都想和 Danny 这样真正的高手较量呢。"

"可是你已经和 Danny 较量过了啊，"Tom 指着张嘉豪的 AK47 对他说道，"Danny 就是 'It's me' 啊。"

就这样，张嘉豪深陷 CS 游戏，一发不可收拾。

"校长，我儿子成绩咋样？"高二下学期期末家长会上，张全收问。

"很贪玩，平时考试才 200 多分，学美术吧。"校长说："你儿子想上大学，就学美术。"

提起画画，张嘉豪起初并不喜欢。

进了美术班，张嘉豪发现，自己是这块料子，以至于搁浅了 CS，放弃了 Summer 的头衔，也和 "It's me" 说了再见。

最后三个月，他一路冲刺，终于考上一本——武汉纺织大学。当年，他还是广东省美术专业第一名（文化+综合分数）。

很多同学感慨：班上最坏的学生，考上好的大学。

感慨声很快烟消云散。张家第一个大学生，就这样出现了。

为何张家祖祖辈辈在田间辛勤劳作，还是很贫穷。张全收厌恶种地，"不务正业"去打工，功成名就，如今儿子竟然考上大学？

这难道是因为张全收比较幸运，或者比祖宗们更加努力吗？未必。这就是选择的意义，这就是视野的价值。倘若张全收选择屈从传统，一心种地，倘若张全收看不到深圳的机遇，这一切的一切，或许根本不会发生。

这既是张全收的家事，又折射出整个农民群体意识的改变历程。田地被撂荒、空心村……这样的新闻已不具备冲击力。农民数千年来根深蒂固的传统观念在工业化、城镇化齿轮的强大碾压下，土崩瓦解。

第三十三章　重心转移，从沿海城市到河南

机缘巧合，张全收在外地转了一大圈，又回到河南。时间，选择了 2013 年。

实际上，早在几年前，他就察觉到，农民工务工规律发生了变化。其中，最重要的，还是人心。

深圳机遇很多，很多务工者赚了钱。但是，更多的人只能赚取微薄工资。想要在深圳有品质地生活谈何容易！

房地产巨头万科有句标语：让建筑赞美生命。然而，农民工是在用自己的生命建筑别人的家。"遍身罗绮者，不是养蚕人"的感受，让在外务工的农民工愈发感觉：远方，并不是自己的家。现实更是加深这一印象：天价房子，农民工根本买不起，住上的机会和股票新股抽签概率差不多。或许，农民工想要在超级大的城市扎根，需要几代人的辛苦付出。

农民工务工的历史洪流，在 2013 年这个节点，发生了巨大的变化。

这个波涛滚滚的巨变中一个不容忽视的小浪花，就是张全收的一个决定。

2013 年，张全收正带着家人在深圳修整小院，电话响了，来电是区号为郑州的座机。

"你是张全收吗？"

"我是。"

"富士康总裁邀请您来河南一下。"

张全收一听，精气神来了。

"好啊。"张全收说："现在是下午 4 点，我订晚上 7 点的航班去郑州。"

路上，张全收心里一直打鼓，不知具体是什么事情。2013 年，张全收在深圳发展顺利，已经很少回河南老家。到了郑州的新郑国际机场，已经是晚上 11 点多了。

第二天，张全收就被安排去富士康。

富士康创始人郭台铭开门见山：让他管富士康郑州工厂区的几万名工人。

张全收说，我先管 1 万人，管好了，再管 2 万、3 万、5 万人。

就这样，他的重心，从沿海城市，转移到河南。根据他的判断：这些年出去务工的人一半都留在家乡、留在内地发展，他相信这个数字将来一定会越来越大。

河南是全国外出务工第一大省。20 多年来，在外务工的农民工累计有 200 多万人。

2013 年，农民工务工发生很大变化。过去农民工都是到经济发达的沿海去务工，现在回到了内地。"过去都是孔雀东南飞，现在是凤凰还巢。"张全收说："更多的企业落户到河南，比如富士康，创造了 30 多万个就业岗位。"

张全收关注到，在国家支持农民工返乡创业的鼓励下，一部分农民工回到了家乡发展。这些人不仅在沿海学到了技术，还有人挣到了钱，有人在家乡已经当上了小老板。

为更好地服务家乡经济建设，2014年，他将公司总部迁至郑州，成立200余人的扶贫志愿团队，先后培训并帮助5万多名农民工就业。而张全收和他的公司，从2002年起，已经累计为农民工带来100多亿元劳务收入。

刚来郑州，各方面还不太熟悉。他接到乔松的电话，说会派两个得力的人帮助他。

他们约在郑州航空港一家高档宾馆见面。

见面一聊，才发现，原来是乔松的干女儿田菲和乔松手下得力干将李文博刚刚在法国一个古堡完婚，度完蜜月，直奔郑州。

"你们在郑州做什么生意？"

"房地产和教育。"李文博说。

"那田菲呢？"

"她有身孕了。"李文博一脸幸福。

离开宾馆，张全收把酒店的一次性牙膏牙刷还有拖鞋，连带纸巾一起塞进包里。

"你说生气不生气？我跟司机一起住酒店。我经常把宾馆的一次性用品拿走，我的司机从来不拿。我说他，你比我还有钱吗？司机也不吭气，但是还是不拿。"张全收有些气愤地说："这些一次性用品，都包含在宾馆的费用里。我拿回家，家里来了客人，还可以使用，多好！"

李文博点点头，说："这或许，就是您比您的司机有钱的原因。"

自此，李文博非常认同张全收。在郑州，李文博在事业上给予张全收不少帮助。

正如亚历山大的马其顿帝国突然崛起，阿育王皈依宗教，历史的转折、变化看似不可预见，实则早有端倪。然而，不变的是人们向往美好的一颗真心。"追求卓越，成功自然随之而来"。在历史的洪流中，不断去努力，不断去尝试，即便呛几口水，即便被淹得半死，但是却能够收获满足，得到心灵的宁静。

人们评价历史人物往往很苛刻，但是对自己却很宽容。实则，"太阳底下无新事"，一切历史都是当代史。贸易的往来、城市的振兴、技术的演变，这一切，都让地球变得更小，人与人、国家与国家之间距离更近。人们无法预见未来，更无力改变过去，唯有抓住现在。活在当下，不徒耗光阴，就能抓住机会，实现价值和理想。有时候，一个抱着远大理想并不断努力的人，缺失一个绝佳的机遇。这样的人，人们会为之可惜。但是更多的时候，一个绝佳的机遇到临，大多数人却视而不见。这样的事情，屡见不鲜，人们已经见怪不怪了。这就是一个悖论：如何在困境中不断努力并抓住看似渺茫的机遇？

这个问题，读过本书，或许对您会有所启迪。

农民工有千千万万，为何张全收能够找到自我价值，又实现自我价值，最终名利双收？

很多人看到了表面现象：他努力、他幸运、他会来事儿……

实则，真正支撑他平稳走下去的，正是那数不清的、长达几十年的失败。

失败是一位严师，能教出最好的成功者。

张全收的不同之处在于，他从失败中吸取了足够的勇气和经验。这让他承受了别人承受不了的压力，抓住了很多人都看得到，但是无力把握的时机。

实际上，成功，并不意味着你要超越所有人。你只需要比你的同行者、竞争者快半步即可。保持成功的秘诀，就是当别人发力赶超时，你依旧能够比别人快哪怕半步。

不多不少，半步足够。

第三十四章　悲喜冤家，山里人讨来城市媳妇

　　把总部迁到郑州没多久，张全收就接到一通电话。是一位老朋友，焦作张庄的张明远。当年，张全收还为他打抱不平要过工钱。

　　"告诉你一个喜事，我儿子要结婚了，还讨了个城市来的媳妇。"张明远嗓门很高，身边的人还以为张全收的手机开了免提。

　　"好！好！啥时候？"

　　"2014 年 3 月 9 日。"

　　"好是好，可是我过不去啊，我得去北京开会。"张全收说："这样吧，我让你嫂子去，中不？"

　　"中！"

　　寒暄几句，电话挂断。

　　3 月 9 日，焦作下了一夜的雪。张明远家要娶进一位城市媳妇的消息，像纸片一样传得整个小山村都是。

　　吴相宜一来到山村，就被张明远迎接到村口。张明远才 47 岁，但是因为在农村劳作，风吹日晒，头发白了一大半，背也驼了，

像极了城市里七八十岁的老头。

张家媳妇娶进家门时，张家做了三十八桌大席。

从城里特地请来的师傅，也没有给张家丢脸，菜还没上一轮，十里八乡的老少爷们儿就赞不绝口。用农村的话说，这叫作："钱花到哪儿，哪儿得劲儿。"

"咳，张老爷子，"村里小卖部的老板张诚端着酒站了起来，对张明远说道，"听说你儿子娶进来的可是从城里来的媳妇——"

人们"轰"地一声议论了开来。

"咋的，还真是从城里来的？"村长张质理瞪大了眼睛问道。

"那可不是！"张诚说，语气中略带着骄傲的语气。

"那你儿子和邻村老白家自小定下的那门亲事儿？"村长用老迈年高的人特有的语气说道。

"吃菜，吃菜！"张明远急忙岔开话题。

"黄了呗，"张诚接过村长的话茬，小声对他说道，"现在往城里跑的青年都流行自由恋爱了。再说，老一套的东西总得换，你说是不？"

村长嘿嘿一笑，露出两排被烟熏黄的牙齿，没有说话。

吴相宜心里一乐，但是她什么话也没说。她了解农村的事儿：越复杂的事儿越简单，越简单的事儿越复杂。还有最重要的：多一句不如少一句。

村长也自然明白张诚话里有话：自己年近六十了，在村长这个位置上一坐就是三十年，而搞小卖部发财后的张诚，心中一直惦记着村长这个位置。

张诚见村长不搭话，也不以为意。他摸出时髦的电子打火机，火苗与香烟一碰，香烟尽头就冒起了缕缕青烟，他得意地长吸了一口，脸上露出了笑容。

邻桌，突然响起了一阵叫好声。

张诚连忙转过身扭着脖子去看，一看可不得了：从城里来的姑娘，同样是卷发，可就是比农村的姑娘洋气。按说，婚纱张诚是见得够多了，可婚纱穿在张家新媳妇的身上，分外美丽。连吴相宜也觉得，张家新媳妇确实俊俏：细白的皮肤，高鼻梁，大眼睛，个头一米六五，身材苗条，真是挑不出毛病。她心里暗想："张明远真是积德行善了，儿子摊上这么好的媳妇。"

酒席刚开始，吴相宜就接到驻马店亲戚电话，亲戚家因为找工作的事情要找她。她就急急忙忙告辞回驻马店了。

张诚看着看着眼睛就发直了，正忘乎所间，两张桌子开外老婆警惕的眼神扫了过来，他连忙扭转身子狼狈地避开了。

"张诚大哥，"新娘低着头带着微笑将酒放到胸口，"妹子给您敬酒。"

"妹子？"张诚一愣，竟没有反应过来。

旁边，哗哗地响起一阵笑声。

好在，张诚也是见过些世面的人。

他站起来，不急不躁地接过了女人递过来的酒。他望着她，巴望着看到女人含羞带臊的表情，可是，女人脸上的表情是那么的坦然，让他感到微微失望。

"城里找工作了吗？"张诚突然问了一句。

"没有，"女人倒落落大方，"城里的就业形势不是很好。再说，城里有没有工作，跟我和张铮结婚并没有多大关系啊！"

"关系大了，"张诚一本正经地说道，"没有工作，就没有充足的钱，没有钱，两个人的小日子也不会幸福嘛。"

"那可不见得，"新娘仰首将杯中的酒一饮而尽。

张诚不愿在女人面前落下风，急忙将杯中的酒喝干了。当他放下酒杯时，新娘已经去别的酒桌上作陪了。

酒席上，张诚显得很不高兴，没有在新娘那里找到"面子"对他来说，比在村长那里斗嘴吃亏更让他难受。

酒席结束的时候，张诚仍然耿耿于怀。客人散尽后，他找到张明远的儿子张铮。

"你爹呢？"

"送村长去了，啥事？"

张铮是一个个子很高、身材魁梧的人，这几年在城市打工的经历使他原本憨厚的脸上增添了几分毅力。

说实话，张诚不喜欢他这种很自信的感觉，故意损张铮："这事儿你管不了，快去把你老子找来。"

张铮二话没说当真去了。旁边，新娘不解地望着他，她那显得不那么大方且面带忧色的神情，却让张诚感到打心眼里的兴奋。

"诚子，"张明远一路小跑，热情地冲张诚问道，"今天的酒席还好吧？"

"好，"张诚故意做出三分醉意说，"好得紧！"

"快，"张明远忙招呼新郎官，"去扶你诚哥，他醉了。"

"不用你扶！"张诚粗暴地对张铮呵斥道。

张明远脸上一阵尴尬。

张铮伸出手，手臂像树枝那样，既没有伸出去，也没有收回来。

张诚瞥了一眼新媳妇，她双眉同时竖了起来，嘴唇有些不安地往上翘着。他的心里感到有几分得意：

"借债的事儿……"

张明远的身子抖动了一下，眼睛飞快地瞟了一眼新娘，忙赔着笑脸上前对张诚说道：

"当然，会及早还的……"

"不急，"张诚大方地说道，却又故意把声调提得很高，"我只是随便问问，毕竟，那可是一笔大数目啊。"

"那是，那是……"张明远头压得很低，有些紧张地附和道。

"那好，"张诚心满意足地笑了，刚才的这一幕让他感到很满意，"我先走了，其实那笔钱我不急用，晚一点还，也是可以的，谁让咱们是同村的亲戚呢？"

张诚转过身，迈着大步往前方走去了，嘴里哼着不成调的曲子。

被娶进农村的城市女人的故事自然不会到此结束。她叫海莹，二十一岁的她出落成了一位美人。至于她为什么选择来自穷山村的青年张铮，对于张庄的妇女，这是一个街头巷尾常议的话题。

往常，张庄谁家娶了外来的新媳妇，女人们照例是要好好奚落一番的，这叫作"杀威"。杀过威后，外来的媳妇会变得更懂事，更容易相处。

可是，破天荒的，张家媳妇不仅没有被"杀威"，而且还成了女人们羡慕的对象。

她身材很好，脸长得十分精致，穿衣服几乎从不重样。仅这几点，就让张庄的女人们艳羡不已。

"衣服材质真好，城里买的吧。"二狗他妈谨慎地问道。

"对，城里。"海莹语气平和，脸上带着笑容说道，"隆庆祥的。"

"项链也很好看。"有人赞叹道。

"还有头饰——"有人说。

"这个啊，"海莹取下头饰，笑着对大家说道，"在城里有很多花样呢。下次回去我可以给你们带一些。"

一片沉默。

海莹感到很奇怪，她忍不住说了出来：

"这是怎么了？"

"怎么了？"张诚媳妇粗壮黝黑的手臂里抱着满盆的衣服，从远处奔了过来，尖声冲海莹说道，"你自己心知肚明！"

海莹嘴唇半启，但最终忍住了没有跟她理论。

"你说话啊你——"

张诚媳妇不依不饶。

一刹那间海莹感到世界都乱了，她感觉从没有像此刻这样过得艰难——自己在跟一个泼妇对峙。

她的脸立即就红了，静静地转过身，准备独自离开。

"你站住！"张诚媳妇索性放下满盆衣服，双手叉腰叫骂了出来：

"你根本不是一个正经的女人！"

有几个女人看不下去了，试图劝她停嘴，但效果相当于用油去熄灭火。

"我一早就看出你不是一个正经的女人了——肯定是在外面惹了乱子，来我们这个偏僻的穷山村避难，等风声过去了就立即拍拍屁股离开。"张诚媳妇晒得黑红的脸绷得过分之紧，几乎要把肉都涨破了。

"你说，你是不是看上我家张诚的钱了，想跟他好——"

终于，张诚媳妇说出了她的心底话。

"我不知道你在说什么，"海莹欲哭无泪，只想早点离开。

张诚媳妇一堵墙似的挡在她的面前。

"话不交代清楚，就不许走！"她蛮横地说道。

"啪"地一声，一个巴掌，响亮地打到了张诚女人的脸上。

在农村，男人当街打女人，不论对女人还是男人来说，都不是一件光彩的事情。可是，这又是唯一制止像张诚媳妇这样的女人当街撒泼的有效方式。

"回家，"张诚厉声说道，精瘦的双手死死抓住女人肥大的身躯往回拖。慌忙中，盆子掉到了地上，洗净的衣服粘得满是尘土。

人们的脸上，是强忍着笑的表情。

"张家媳妇呢？"有人喊了一句。

人们纷纷回过神来，但是，在人群中，已经见不到她了。

村里一连数日见不到张家媳妇的身影。大家的脸上都面露忧色，只有张诚媳妇嘿嘿地笑着，仿佛是自己亲手赶走了一个情敌那样得意扬扬。

　　自然，最着急的，是新郎官张铮。

　　"十里八村都找了，都问了，就是没有消息。"张铮低着头，声音小得可怜。

　　张明远不说话，蹲在石凳上一根接一根地吧嗒吧嗒抽着旱烟。

　　第二天，张家媳妇海莹竟然穿过村头那条池塘间的小路，慢悠悠地独自回来了。

　　"我回家了。"海莹说，脸晒得通红，"父亲仍然不同意我们的婚事，我是偷偷跑回来的。"

　　"都怪我！"张铮突然抱住她，像女人那样哭出了声，"怪我没出息，才让你受了委屈！"

　　女人没有说话，她望着张铮，这个外表俊朗的男人。

　　"真没出息！快起来！"张老爷子大声训斥道，"女人受点委屈怎么了？谁一辈子不受点委屈？"

　　听到这句话后，海莹感到自己的泪水像潮水一样漫上了眼睛。

　　自从下定决心跟了这个男人后，她第一次感到如此的委屈。先前，她一直小心谨慎，唯恐怠慢了村里的人，唯恐让村里的人以为自己是高傲的，而今，她突然意识到，被蔑视的，一直是她自己。

　　她望着张老爷子，他黝黑的脸紧绷着，没有一点表情。

　　海莹突然从低矮的石凳上站了起来，疾步往门外走去。

　　"你去哪儿？"张铮追问道。

　　她不搭理。

標 標 標 標 標

经过院子时，张铮抓住了她的手臂。

"不要怪父亲，他其实很关心你——"张铮低声说道。

海莹甚至都没有回头，脚下大步往前走着。

"海莹，你嫁给我前答应过不会离开的！"张铮不顾一切地大声说道。

海莹停下了脚步，嘴唇却没有动。

"因为我们家欠张诚家钱，所以，我们才对张诚家忍气吞声的——"

"欠钱？"海莹转过身，大声说道，"结婚前你怎么不告诉我这些？"

张铮叹了一口气。

"是结婚时欠的钱。我答应过你，要给你置办一个配得上你的像样的婚礼。"

"到底多少钱呢？"

张铮凝视着眼前的女人好大一会儿，眼睛半带忧色。

他抱住了她，感觉她的身体柔软、温暖。

"那是一大笔的钱。本来，我是不想告诉你的。"

海莹趴在张铮的肩膀上，张铮感到女人在发抖。他慌忙抱着她的头察看，却发现，她竟然在哭泣。

"那我们说好的，承包山林的事儿呢？"她说，声音凄切，"我们讲好的啊，那可是我们共同的梦想啊！"

"得先还债，"男人声音低沉，手臂抱得更紧了，"张诚催得更紧了。"

"你要像你爸爸一样，一辈子窝在山村里吗？"海莹推开了张铮："你爸爸一辈子没出息，你也要一辈子没出息吗？"

张铮愣住了，他的手像电一样冲到海莹的面颊前，又像被速冻的冰雕那样不动了。

海莹的泪像两条细长的小溪一样穿过脸颊。

"你要打我吗？"

"我妈死得早，是我爸受尽委屈把我养大，我不许你说他。"张铮狠狠打了自己一巴掌："我没出息，留不住你。你走吧。"

海莹愣了一下，头也不回地走了。海莹去找父亲，这个一直很倔强、一直很独立的女儿平生第一次，恳请父亲帮助自己。

父亲只提出一个条件：和那个农村的男人离婚。

她当着父亲的面笑出了声，最后一次，让自己的父亲了解了自己的叛逆。

没有人在得知她嫁给一位农民身陷债务后慷慨地给予她帮助。事实是，心高气傲的她，过去从不曾求助于他们。

但是，在债务面前，她不得不选择了妥协。

她去打工，她拼命工作，为了省钱，她几乎过着最简易的生活。结婚前她无论如何也意料不到：自己竟会因为买菜省下几角钱而兴奋不已，在别的同事都休息时，她会因为有微薄的加班报酬而继续在电脑前。

甚至，为了还债，她不得不选择深夜加班，在方便面和白水煮菜中艰难度日。

她抹过眼泪，后悔过当初自己做出的嫁给张铮的决定。

她给张铮打过电话。但是，无论如何，他都不同意出来打工，而是坚决地围着地里的几亩地转个不停，将他刚认识她时为她勾勒的开辟荒山、种植香橙的蓝图忘得一干二净。而那片他为她描绘的自由乐土，才是真正吸引她的地方。

一个月后，她带着预支的 5 万元钱回到焦作张庄。还有，一张离婚协议书。

一个月不见，张铮显得苍老了好几岁，让她感到陌生得几乎都认不出来了。

"因为父亲的缘故，"他说，"我答应留在病重的父亲身边，所以，迟迟不能去陪你。"

海莹低下了头，没有说话。她甚至不想让眼前这个男人碰到她的衣角。

"对不起，"张铮声音苍老地说，"我没有履行我的承诺——"

"你不用道歉，"海莹飞快地说，"欠张诚家的债务呢？还有多少？"

"父亲病重，住了两次院……"

"到底欠多少啊？"海莹不耐烦地问道。

"很多——"男人垂下了头。

她深吸了一口气，拿出了一沓钱。她迅速地看了它们一眼，感觉它们就像整齐发红的树叶一样可爱。

"可是，这些还远不够呢！"她绝望地想道。

她从内心深处热爱自由，热爱无拘无束。她宁愿因为一句"我们承包荒山，种植香橙，这座山，就是属于我们的幸福世界"而毫不犹豫地选择嫁给一位农民，也不愿意在小小的办公室中虚度一生的光阴。

"这是 5 万，"她说，看着自己费尽磨难拿到的钱，只感觉嗓子发干，"还差多少？"

"天哪，"男人喊了一声，抱住她，她感到好像有一头大象压向了她的身体。

"还差得很远吗？"

"不，足够了，亲爱的。"他说，"我们欠了张诚 2 万啊。"

"那足够了。"

"是的。"

"那父亲治病呢？"

"也够了。"

"钱从哪儿来的？"

"张全收。"

"谁？"

"父亲的一位 20 多年的老朋友。"

"那我们得还啊。"

"张全收说，不用还。"张铮说。

张铮看着女人的眼睛："我已经借到钱，把后面荒山承包了。如果你不嫌弃，我愿意信守承诺。"

海莹的泪水默默流了出来，她流着泪笑着说："这是你欠我的。"

转身，她把离婚协议撕得粉碎。

第三十五章　远渡重洋，嘉豪去悉尼留学

大学期间的张嘉豪，和一般富裕家庭的孩子并没有什么不同。你很难想象，他的父亲是地地道道的农民工。

大一，张嘉豪学了半年雅思，还拿到英国圣马丁学院服装设计的 OFFER。

张全收有个朋友，女儿在澳大利亚。受到他们的影响，张全收决定让儿子去悉尼大学读商科。最终，张嘉豪还是没能拗过父亲。心不甘情不愿放弃英国服装设计专业的求学机会，从上海飞了 12 个小时，来到澳大利亚悉尼。

时间来到 2014 年 5 月。张嘉豪已经长成 180 公分的大小伙子。

张嘉豪扛着一个比自己还大的行李包，一个人来到异国他乡。

那年 3 月，在全国两会上，已经是全国人大代表的张全收专门提了一个建议："将老年节（重阳节）升格为法定假日，多给年轻人一个探望父母的机会，让'重阳敬老'名副其实。"

根据第六次全国人口普查，河南老龄化程度位列全国第四。同时作为劳务输出大省，河南农村留守老人问题尤为突出。除

张全收外，河南还有多位全国人大代表也带来了有关重视留守老人问题的建议和议案。

张全收告诉记者："根据 2012 年新修订的《老年人权益保障法》，每年农历九月初九被定为老年节。将重阳节明确为老年节，关键是要让现代人特别是年轻一代明白，重阳节是一个敬老的节日，以此促进全社会形成敬老的优良风尚。"

他说，老龄化问题尤其是农村留守老人问题，已引起社会广泛关注，应充分挖掘重阳节在孝、亲、尊、敬老人等方面的历史文化内涵。"尊敬老人是公民道德的重要内容，除国家出台相关政策外，还要继承和发扬重阳敬老的传统，形成尊老、敬老、爱老、助老的良好社会风尚。"

传统的更加传统，现代的更加现代。与张全收第一次务工，直接住窑洞的经历截然不同，张嘉豪刚开始去澳大利亚，就住了 homestay。房东是香港人，房子在悉尼郊区。

这栋位于悉尼郊区的房子只有一层，住两三个留学生。张嘉豪住的是最小的房间，冬天没有暖气。他的屋子下面，原来是地窖，后来填充了一下。每到深夜，张嘉豪的每根汗毛都能感受到来自地底的凉意。

香港夫妇才 30 岁出头，女主人是房地产公司会计，男主人是蓝领。看得出来，俩人过得很幸福。他们比较节俭，房间里有硬性规定——洗澡不能超过十分钟。

悉尼火车站人很少，与国内春运返乡农民工涌入火车站的壮观景象截然不同。

张嘉豪他们早上起来坐火车，要坐两个小时，还要走两公里才能到学校。第一次报到，老师问他："Are you Janpannes？"（你是日本人吗？）

张嘉豪摇摇头。

张嘉豪第一次参加悉尼大学本科生厨艺大赛比赛，正发愁不知道做什么。

他回到住处，想到香港人喜欢吃甜点，就问香港房东："你会做提拉米苏吗？"

"当然。提拉米苏是二战时著名的甜点，还有一段感人至深的爱情故事呢。"香港房东很热心，和张嘉豪一起忙乎了一个晚上，提拉米苏做好了。

大学生做的饭真是五花八门：酸菜鱼、可乐鸡翅……

评委试吃后，感觉不可思议。最后，张嘉豪的提拉米苏得了第一。

澳大利亚的英语与英国、美国不同，当地土话、方言很多。在留学期间，爱情不期而遇。她是一个日本人，1990年生，父亲是福建人，母亲是东京人。他们是在PARTY上认识的。

她染的黄色头发，有一双狐狸一样的眼睛，惹人喜爱。活像徐志摩在《沙扬娜拉》中描写的日本女孩儿："最是那一低头的温柔，像一朵水莲花，不胜凉风的娇羞……"

女孩叫瑟琳娜，她家在悉尼的另一头。她已经研究生毕业，在悉尼歌剧院工作，做会计。

女孩很热心，带着张嘉豪去银行申请银行业务、租赁房子、签合同。他们住的地方刚好在城市两端。为了见他一面，瑟琳娜每天下班后坐半个多小时公交去学校门口接他。然后他们一起去火车站，再坐方向相反的火车各自回家。

他们申请了情侣卡。她每个月存 1000 元，他每个月也存 1000 元。平时不用情侣卡的钱，一到假期，就一起去旅游。

梨花，注定了他们在即将到来的四月时的宿命，他将终日看着他的激情与青春如三月盛开的梨花般在四月的天空下落尽。微雨与轻烟，绿柳与飞燕，都在他季节与命运的转化中消失殆尽，只剩下关于承受与责任的无奈与空旷。

悉尼歌剧院（Sydney Opera House），位于悉尼市区北部，是悉尼市地标建筑物，由丹麦建筑设计大师约恩·乌松（Jorn Utzon）设计，一座贝壳形屋顶下结合剧院和厅室的水上综合建筑。

张嘉豪只看了一眼，就喜欢上了这个建筑。

"怎样？"瑟琳娜用中文问他。

"外表看像白色帆船。装修很规矩，复古。带着英国及欧洲的国家的建筑特色。"

"这不是全部。"瑟琳娜说。

他们牵着手，一起听歌剧。观众们素质很高，没有人玩手机，也没有人发出噪音。

悉尼歌剧院主要由两个主厅、一些小型剧院、演出厅以及其他附属设施组成。其中最大的主厅是音乐厅，最多可容纳 2679 人。

在音乐厅，他们听了很多欧洲文艺复兴时期的歌剧。

《Turandot（图兰朵）》，是他们听的最后一个歌剧。

这是意大利著名作曲家贾科莫·普契尼根据童话剧改编的

三幕歌剧，是普契尼最伟大的作品之一，也是他一生中最后一部作品。《图兰朵》为人们讲述了一个西方人想象中的中国传奇故事。

《柳儿，你别哭泣》一段唱道："柳儿，你别悲伤。如果我曾向你微笑，在那过去的时光，就为了这一笑，可爱的姑娘请你听我讲：或许老国王，他将在明天独自留在这世上，请别把他遗忘，请伴他一起流浪！在放逐的路上减少他的悲伤，可怜的柳儿，请你一定记牢。 你的心是多么坚贞，不屈不挠， 我向你恳求，替我照顾年老的父王！"

"我想结婚。"瑟琳娜轻声说。

"等我先把学业完成吧。我觉得现在结婚不切实际。"张嘉豪小声答。

有观众回过头，冲他们做了静音的手势。

他们彼此无言。

歌剧结束了。他们在悉尼歌剧院分手，从此再也没有见过对方。

他们的爱情是露水，在阳光初起的时候烟消云散了。

过了很多天，在一个 PARTY 上，有朋友说："Stefan（吸血鬼日记主角，张嘉豪英文名字），你一个男的，来澳大利亚居然只谈了一个女朋友，还谈了这么久。我们都经常换女朋友，从没想到你们会分手。现在，我们都不相信爱情了。"

不久，因为学业的原因，张嘉豪离开澳大利亚，返回武汉纺织大学继续读书。

偶然间，他在一本杂志上，看到一首情诗。

《致惠鸟》

爱到恨处最痛，情到分时方专。

惠鸟衔玉，越过天心，歇息岩石。

山下，水末蓝桥。

惠鸟在岩石缝隙里搭巢，她围绕着岩石的肩膀叽叽喳喳欢
笑……

可惜，经历了亿万年孤寂的岩石，并不懂得这份缘分的珍贵。

也许，轻易得到的，往往并不珍惜。岩石冷峻，一如亘古
不变的大河奔流。

一条柔软的藤蔓缠腰而过，封住了惠鸟的爱巢。

岩石无语。沉默间，惠鸟青春无邪的爱恋，变成了刻骨铭
心的仇恨。

惠鸟远去。蓝桥梦断。时间过去千年。

青藤早已枯断，跌落深渊不见。

岩石沉默寂寥，心中所思，唯有当年惠鸟的一片羽毛。

翻看作者的姓名，是那个眼熟的名字：牛草坡。

第三十六章　情花短暂，只是当时已惘然

回国后，张嘉豪一度沉寂。回到武汉纺织大学，他发现，自己连缝纫机线都不会插，更别说做衣服了。

每到周末，同学们出去玩儿，都喜欢坐轻轨。但是，每次同学阿黄硬要拉着张嘉豪同去，都被他一口回绝了。

他急了，硬说张嘉豪是不舍得那几块钱。张嘉豪当然矢口否认。阿黄说那你为什么还抱着公交车不放，要知道，轻轨是多么先进多么时尚的交通工具哪。

张嘉豪摇头，告诉阿黄他从内心深处讨厌公交车，其实他是非常想要去坐轻轨的。

阿黄更加迷茫地望着张嘉豪，一副探寻的眼神中，饱含着这个理科生要对这个问题追究下去的决心。

"好吧，"张嘉豪说，"因为我一直在注意一个长发垂肩的女孩儿——坐公交车，是我'邂逅'她的唯一方式。"

"你小子有病吗？"阿黄说，用一副张嘉豪早就预料到的不屑的眼神望着他，"长发垂肩的女孩儿满大街都是，再说，你们专业缺过女生吗？"

"我对她的感觉和其他人都不同。"张嘉豪竭力地分辩道。

可是,从阿黄爱莫能助的眼神来看,张嘉豪的分辩是徒劳的。

"跟她搭过话吗?"阿黄问。

张嘉豪只感觉到,这个城市的影像,像秋天的树叶一样,在他的脑海里飞荡。张嘉豪想道:"下雨天,在这个城市的公交车站台上,她穿着纯棉的白衬衣和耐看的短裙,独自在雨中等车。我抚摸着挎包里的雨伞犹豫了良久,看到雨水一滴滴地湿透她的衬衫,我没有给自己打伞,更不敢贸然将伞打开在浑身湿透的她的头顶。因为我担心,贸然送伞后会触碰到她尴尬的眼神。很多次我只是望着她的侧影出神。我常常因为在这个城市里,一个陌生的女孩让我有了这样的感觉而心动不已。只有一次,她回过了头。她的眼睛是那么美,以至我忘记了自己仍然在毫无顾忌地看着她。我冲她微笑,她没有回应——只是专注地捡被风吹落的蝴蝶结。在拥挤不堪的公交车中,我们之间有时候被隔绝得不留一丝缝隙。我不得不掂起脚尖,远远地去看她的侧影——这就是我们生命中交集的全部了。"

"没有。"张嘉豪回答道,声音低得接近于沮丧的程度。阿黄好心地拍了拍他的背,然后在同学们的招呼下,离开他去体会轻轨带给这个城市的时尚与便利了。

"轻轨。"张嘉豪站在冰冷的公交车站台上固执地想道:"这个城市中,应该不止我一个人,因为某种特殊的原因,而无缘体验这种便捷的交通工具吧。"

当第三辆公交车开过的时候,张嘉豪内心深处仍坚信着她会出现。为此他下定决心,等到她出现在公交站台为止。

事实是，那天上课他迟到了。

那一段时间，张嘉豪站在公交车站台上，不住地责怪自己，后悔当初没有勇气去问清楚她的地址。

坚持着坐了一周的公交后，等待未果的张嘉豪，终于下定决心彻底放弃拥挤不堪的公交，投奔成为朋友们新宠的轻轨。

轻轨载着他，毫无声息地奔驰到了解放大道一公里外的地方。轻轨在专门铺设的，类似于天桥的专线上闪电般地前行，感觉如同坐在低空飞行的飞行器中一般刺激。

车厢里绝没有公交车上熟悉的汗味儿和摩肩接踵的窘迫。事实是，在轻轨车厢内，任何一个淑女都有足够的空间保持一种优雅的姿态，直到旅程结束。

朋友们为有幸感受到这个城市陆地上最先进的公共交通工具而兴奋不已。而张嘉豪的眼睛，则更多的是被上学高峰期身着粉色淑女装的女孩儿们抓住了。在这儿，他突然间有一种误入了"阿依莲"专卖店的错觉。

"学长。"张嘉豪抬起头，目光遇到的，是一个长发垂肩的可人女孩儿。

她望着张嘉豪，一身粉色的学生装，头发整齐地落在肩头，显得清新可爱。

"我们遇见过的。"她说，露齿一笑，"只是一直没有合适的机会认识。"

张嘉豪咧开嘴，露出一个大大的微笑，"其实我一直都在注意你。"但是话一出口，就感到自己失态了。

"你总是先我下车，从你下车的方向看，你是纺织大学的。"

她说。离她是如此之近，以至他注意到了她胸前的校徽。

"你也是纺织大学的？"张嘉豪忍不住喊了出来。

她点点头，脸上一抹浅浅的微笑。

"本来，我们应该熟识的。"

"是啊，"张嘉豪说，两人心照不宣，同时笑了出来。

"张佳琪——"她说出了自己的名字，友好地将手伸向了他。

张嘉豪感到自己的心都要被这句话和这个动作融化了，因为，在这个夏季无比闷热的城市里，他的等待是如此之久。

他感到，轻轨就像一道白色的线一样，将两人在这个偌大的城市里神奇般的联结在了一起。

张嘉豪生命中一直期待的，那个曾经得到又失去的东西，在轻轨带给这个城市时尚与便利的同时，也慷慨地给予了他。张嘉豪感谢轻轨，让他对武汉这个城市，有了如此不同的感受。

此后，张佳琪教他做衣服，他学得很快。但是还没来得及毕业，2016年3月，张佳琪就突然去了法国读书。当年5月，她给张嘉豪的电子信箱里发了一条信息：

"想你了，你过来吧，我们一块去普罗旺斯。"

普罗旺斯是每个女孩心中的圣地，在以浪漫著称的时尚之都巴黎求学的女友，竟然念念不忘大学时代经常提起的普罗旺斯，这一点，多少有些让张嘉豪感动。并且，从法国传来的那句，"我们一块去普罗旺斯。"更让他对这次欧洲之行充满了期待。

张嘉豪的到来给女友带来了无限的惊喜，可是，当他说出第二天就要回国的消息时，女友的眼神刹那间变得无比黯淡。

因为两个月不见的缘故，他们彼此还有一些生分。正当张嘉豪为开场白头痛不已的时候，女友却已经小鸟依人般扑入他的怀中了。

那天，他们没有去法国最美的埃菲尔铁塔，没有去壮伟的凯旋门，他们的目的地只有一个——普罗旺斯。

从巴黎到普罗旺斯走高速有四个小时的车程。当汽车缓缓驶入普罗旺斯时，已经是傍晚了。

两人把行李扔入预订好的旅馆，然后一起向后山的山顶上跑。其实，所谓的山，不过是稍大些的丘陵，上面铺满了绿草和那个时节好看的花儿。傍晚的夕阳又把那些草染成了可爱的红棕色。

他和女友手牵着手发疯似的大声地喊叫着对方的名字往山坡上跑。终于他们都累了，停下来，睡倒在山坡上。既然爬到山顶的愿望实现不了，那么，他们就索性躺在山坡上看夕阳吧！

普罗旺斯的傍晚慷慨地向他们呈现了一幅令人心动的美景：丘陵在远处缓缓延伸，上面铺满了绿草和时令的花儿，高大的阔叶树像女王手里的花束一样插在丘陵的低洼处。远处，是普罗旺斯的太阳用温情的目光柔和地注视着这一切。

没有看见修剪得整齐的高尔夫球场的草坪，没有看到被水泥沙石铺就的生硬的路。一切都是那么的自然，连远处农夫家小院的古井都像是一种生命一样融入这景色中。山谷是那么的安静，夜莺的歌声突然响起，让人想起了牛羊在山坡上觅食、稻草人站在麦田里守望。一切都是那么的从容、自然，让人在普罗旺斯真正地感受到返璞归真。

温情的太阳暂别了普罗旺斯，沉入了金色的摇篮。一天的好事也开始睡去……

他和女友并肩躺在温暖的草地上，感受着微风吹送满山花香，耳畔听着夜莺唱起"令古老的君王和农夫喜悦"的歌。

本来，他以为，女友是会向他倾吐相思之苦的。可是，在普罗旺斯，因为他们并肩躺在这片梦想中憧憬了无数次的"圣地"上，因为他们当时离得足够近，女友竟然饶有兴致地向他介绍起普罗旺斯一年一度的"溜狗大赛"以及普罗旺斯几万人和帕瓦罗蒂一起共进晚餐的故事。

不知到了何时，他突然想起，还有在酒店里订的房间，200欧呢！

可是，当他睁开眼睛看躺在怀里的很长时间没有开口的女友时，他惊奇地发现，她竟然已经睡熟了。

他轻轻地转动身子，第一次，在法国，在如梦如幻的普罗旺斯，轻轻地吻着她柔软的额头。

突然，她紧紧地抱住张嘉豪，梦呓般说了一句：

"永远都不要分开，我们一直留在这儿，好吗？"

张嘉豪动情了，用温暖的目光看着她，她的眼睛一直是闭着的，温良的月光打在了她白净的脸庞上，她的鼻翼，正在有节奏地微微翕动呢！或许，她正在做着一个甜美的梦！

他不忍叫醒她，打破她美丽的梦。而是对着星空，祈祷时间能够定格在这一刻，永远都停留在这个能让他记住一生的，最美丽的，普罗旺斯的一夜。

……

青春易逝。青年人和老年人说同样的四个字，感受完全不同。

如果青年人说出这四个字，大家多半感觉他是"为赋新词强说愁"。如果从一个老人口中说出，那意义就截然不同，大家可以感受到那种穿越时间的厚重和凄凉。

毕业后，他没有去父亲公司，而是自主创业，做警用服饰、警用装备。他觉得，这个行业很酷。

慢慢地，两个恋人中有一个改变了当初的约定。女孩儿想要定居法国，男孩儿不想离开故土。他们日渐疏远，但是彼此却不心痛。他们还是微信好友，还能看到彼此朋友圈，彼此经常点赞。

在深圳，每到朋友聚会，他不让司机送，也不开自己的车，而是滴滴打车过去。

"因为不清楚，别人是因为你的家庭跟你玩儿，还是因为你自己。"张嘉豪在一次电话中，对张佳琪提起此事，解释了一句。

"那你喜欢什么样的女孩子呢？"

"我和父亲的审美有很大区别。父亲喜欢有福相的，最好是圆饼脸。我是服装设计出身，搞的是时尚行业。别的不说，最少也得是瓜子脸吧。"

张佳琪就是圆饼脸。她呆了片刻，讪讪一笑。

张嘉豪去郑东新区游园，在朋友圈发了一张照片，百草丰茂、百花盛开。

张佳琪在这条朋友圈下留言，是一首小诗：

繁星落地，闻雀声清悦；木立如石，恰风掩老枝。

一片寒幕遮避，梨花尽缀层云；白头易老匆促，片蕊谁裁出？

可怜此景不应时，雾霾娟素此春枝。更何堪，新花插旧枝。

张嘉豪看后回复：

霎时间黄红白紫，闹翻了草尖柔枝。寒川冰澌，虫鸟吟啼，都是东君收拾。 雾含土粒，水蕴污泥，更有利心充斥。纵然天白风也浊，群英不肯误花期。春桃悄绽蕾，恐惊读书人。

过了一段时间，张佳琪朋友圈发了一首小诗，是法文写的。张嘉豪找了学法语的同学，翻译出来：

《致它》

木叶疏脱了三次，
我才再次走近你。

抚摸你高傲的灵魂，
像英雄石像下巴一样，
硬硬坚冷。

凝视你草灰色的眼睛，
像看穿千万年历史般，
切切无声。

手上，还留冻伤三次的疤；
鼻尖，轻嗅香彻京城的风。

怨我急心惊扰你，
又误亲朋。

这捧幼稚单纯的心，
不屈地指向你。
像夜莹趋向明灯，
像红花缠紧枯藤。

直到它被碾成尘土、碎成片梦，
在地下熔岩中重生。

张嘉豪没有在这首诗下面点赞。

自此，他们便极少联系。

作为父亲，张全收几乎从不过问儿子的婚姻大事，更不会催婚。

在张全收看来：世界上只有该结婚的感情，没有该结婚的年龄。催婚也好，逼婚也罢，孩子真正感到幸福，才是父母最大的安慰，毕竟幸福不是一纸婚约能定义的。

第三十七章　奉子成婚，年轻一代体验双面人生

2016 年，夏。

武汉的夏天，非常湿热。张嘉豪正在抱怨酷暑的时候，电话响了，是郎永。

"来一趟雁荡山吧？"郎永用一种捉摸不定的语气说。

"好久没你消息了，啥事儿？"

"来了你就知道了。"郎永说，他们又彼此同步了近况。

高中毕业后，郎永没有再上大学。他的第一份工作，是在华强北做电子行业。

他没有外来客户资源。去华强北，只是因为他看到商机——深圳、东莞工厂的工人多。

华强北能拿到全国最低价。每到正月初五到十一，全国农民工集中来深圳、东莞务工。郎永挨个跑工厂，统计工人需求。

那时候，中国正流行第三代手机。诺基亚如日中天，但是工人用不起。

农民工们用什么呢？他们爱用一款步步高音乐手机。

郎永进一部，底价 300 元，卖 500 元。好的时候，可以售

出 1000 台。

后来，一部手机的市场价涨到 800 元到 1000 元。两三年后，他赚了 300 万。

2010 年，万顺公司财务出现问题。郎永专职在万顺干财务，干了 3 年。

与同龄人一样，他从内心深处，还是喜欢其他的行业。这些行业里有个特点——每年的正月里，不用和成千上万名农民工打交道。

2013 年到 2016 年，郎永离开万顺。他做过股票配资、融资，做过资金过桥拆借。他最大的感受是："金融离开实体，一切都是虚的。"

2016 年夏天，张嘉豪到了雁荡山。郎永已经提前帮他预订好了房间。

从窗户往外眺望，雁荡山绿得像一桶黏稠的绿色油漆从山顶泼下，缓缓流入山脚。

时候已经是晚上 7 点，窗外绿色涂鸦般夸张、鲜明的山体轮廓正在隐去，咿咿呀呀的黄梅戏唱调绵绵而至。

不一会儿，郎永推门而入。他个子很高，有一米八五，国字脸，肩膀很宽，咧着嘴冲张嘉豪笑。

"到底什么事情？这么神秘。"

郎永缓缓说："我要结婚了。"

张嘉豪惊得要从椅子上跌落下来了。

"新娘在哪儿？"

郎永笑了笑，走到酒店窗户口，叹了一口气。"你想不想听听我这几年的故事？”

“当然。”

“事情要从 2014 年 7 月 18 日驶往杭州的火车说起。”郎永让自己的身体躺在床上，面无表情地看着天花板，仿佛在讲述别人的故事。

一个卧铺包厢内的气氛怪异得要命。女孩儿很漂亮，22 岁的样子，乌黑的双眸，精巧的鼻梁，笑得发甜的嘴唇。男孩儿年龄与女孩儿相当，是一个长相端正但面带严肃的年轻人。男孩儿望了女孩儿一眼，“记住咋说了吗？”

“记住了。”她说，脸上没有一点表情。

“跟爸妈也交代一下。别一见到赵总紧张，话说岔了。”男孩儿郑重其事。

短暂的沉默。

“记住了，郎永。”女孩儿父亲缓缓地说。

紧接着车厢内又是一阵安静，没有人说话。男孩儿不停地看表。女孩儿则躺在下铺把脸对着墙。女孩儿的父母坐在走廊可以翻起的座位上，像两座雕塑。

第二天早上 6 点，杭州一个国企附近的快捷酒店。男孩儿、女孩儿、女孩儿的父亲母亲横躺在一张大床上。闹钟响了，男孩儿从床上跳起来。

“起床了。”他喊道，“今天曾鸽的老板，就是招聘咱的赵总，会来公司。”

两位老人默默地起床，女儿躺在床上没有动，但没有人催促她。

"一会儿见到赵总怎么说？"男孩儿有些急切地问女孩儿的父亲。

"嗯。"他停顿了一下，两只眼睛下垂，过了大概几秒钟，又缓缓抬起头望着男孩，"就说……曾鸽生病了。"

"什么病？"男孩儿追问。

"胃炎。"

"如果他不相信咋办？"男孩儿穷追不舍。

"我们有医院诊断证明。"女孩儿父亲眨了眨眼睛，"对了，诊断证明在哪里啊？"

一阵儿忙活，其间夹杂着埋怨，有对女孩儿父亲的，有对男孩儿的。

诊断证明找到了。男孩儿拿过来，仔细检查，翻开诊断证明的白色单子，看到"胃炎"，他长吁了一口气。

时候还早，他和女孩儿父亲商量出去买一些早点。

早餐点在杭州市一条主干道东边的家属院栏杆里。照例是杭州小笼包、热豆浆——这是他过去一年来看望在杭州工作的女友时必点的早餐。煎饼果子还需要一些时间，他把豆浆递给女孩儿的父亲。豆浆装法与内地截然不同，是用薄薄的一层塑料袋装的。女孩儿父亲稍一用力，豆浆洒了一地。

他们的表情都显得有些尴尬。

"毕竟他都64岁了。"男孩儿想，这一瞬间的想法，促使他直接走到女孩儿父亲面前和他聊天。开口的时候他为自己的这个大胆想法震惊不已。

　　"听说您年轻的时候在内蒙古待过？"男孩漫不经心地问一句。

　　"是啊，在内蒙古好多年。"女孩儿父亲有些动容，接下来说了一些话，但男孩儿一句都没有听进去。

　　"你觉得赵总会相信吗？"男孩儿突然说了一句。

　　"什么？"女孩儿父亲显然还沉浸在刚才的回忆中。

　　"我们编造的理由——胃炎。她的老板，会相信吗？"男孩儿说话有些急切。

　　"这个，一般情况下没有啥问题。可是……"女孩儿父亲话还没有说完，煎饼果子已经做好。他们草草结束谈话，沉默着往快捷酒店走去。

　　女孩儿正在梳头。她很美，长长的睫毛下是一对澄澈的大眼睛。她抬头扫了他一眼，"回来了？"

　　"嗯。"

　　"等到8点，我们去找赵总。今天是周二，他会来公司的。"女孩儿说。

　　"好。"

　　时间像一辆老式木质车辆的轮子，咯吱咯吱地轧着，压得每个人都透不过气来。

　　7点45分，女孩儿决定先给老板打个电话。

　　"赵总，我是曾鸽——"

　　"哦，你这几天去哪里了？"

　　快捷酒店内，三双眼睛紧紧盯住女孩，仿佛一不小心她就会凭空消失。

"我回老家了。"女孩儿声音放低、放缓，"我在老家医院检查出了胃炎。"

不待老板回话，女孩儿抢着说，"我的爸爸妈妈也来杭州了。他们拿着诊断证明、住院单，想当面见见您，跟您说明情况。"

电话那头说了一番话，女孩儿连连点头。终于，她说了一句，"赵总，我们知道了，谢谢您。"就挂了电话。

"说了啥？"确认女孩儿挂过电话后，女孩母亲忍不住抢先问。

"赵总说治病要紧，要我赶紧去医院治病。"

"那我们准备的诊断证明呢？赵总不亲眼看看吗？"男孩儿问。

"赵总说不用。"

"那父母呢？老板不需要见吗？还有茶叶呢？不见咋给他？他愿意批准你的假期吗？"

一连串问题，女孩儿甚至不知道从何作答。

"赵总说不需要见父母，茶叶托人给他吧。"眨着眼睛想了想，女孩儿答。

张嘉豪还沉浸在故事中，郎永递给他一杯温水。

"那一天，我和曾鸽以及曾鸽的父母，连夜坐车来到杭州。表面上是因为胃炎，尽管这是一个很靠谱的理由，更何况我们手持内地省份某三甲医院诊断证明和住院单。但是，实际上我们是为了隐藏，并延长一个秘密的保质期。曾鸽，我5年的女友，一个刚刚在杭州国企上班的行政人员，怀孕了。因为还没有转正，如果据实告知单位，很可能丢工作，我们只能请病假。"郎永说。
"那天通话结束后，所有人都长吁一口气。我们把两盒包装并
不精美但分量十足的信阳茶叶托人交给他们共同的老板——只
为了图个安心。因为，我们已经决定要这个孩子。诊断证明是
我的父母帮助开的。我记得很清楚，那天大家都很轻松——这
个词将在之后很长一段时间里成为低频词汇。我们还很大胆地
游览了杭州西湖，并合影留念。当天下午我们就坐上卧铺返回
老家。"

"你说你要结婚了，那新娘在哪儿？"张嘉豪迫不及待地问。

"我是快结婚了。新娘在老家，武汉。这次是我们公司派
我来浙江学习考察的。我闷得慌，心事儿很多，所以把你叫来了。"
郎永怯怯地说，有点不好意思。

"咱们是兄弟啊。你叫我，我肯定要来的。"张嘉豪拍拍
他的肩膀。

雁荡山雨后蛐鸣的长夜，张嘉豪、郎永决定夜游。同行14
人，唯有4人同意夜游雁荡。导游和其他10人逐一签了"自愿
放弃夜游雁荡"声明后，才带领夜游雁荡。

"双乳峰""牧童偷望"……这些唯有在夜色下才能看到
的雁荡山景色，让他们大饱眼福。

雨后，夜幕像锅底一样黑。雁荡山体时而像一块荧光白玉，
时而像一道蜿蜒的细线缝在天际。在笔直的镭射灯指点下，夜
中雁荡"移步换景"，过目难忘。

第二天中午11点，他们到了横店，一座贴满影视明星签名
的"影星酒店"成了他们的下榻之处。

横店之中，除去大大小小影视基地外，街道风貌与内陆县城无异。

午饭，照例 8 人桌，7 菜 1 汤，有鱼有鸡。2 个未接电话把郎永从饭桌上拉到"影星酒店"巨大的招牌下。郎永先给曾鸽回，"孩子拉肚子，上午拉了四次。"她急促地说，语气有些埋怨。

"啥原因？"郎永问。刚满 1 岁的孩子，在过去 1 个半月已经因为拉肚子进了一次医院。

"说不清。"曾鸽的回答冷冰冰，"给你妈妈打电话，问孩子拉肚子怎么办？她的态度很不积极！我问，那郎永小时候拉肚子呢？她竟然说，你小时候根本就不拉！"电话那头，曾鸽碎碎地说。

没有心思回第二个电话。

下午横店之旅有些漫不经心。《步步惊心》《甄嬛传》取景之处，如一片无所谓的白云从眼前飘过。下午 4 点，宾馆休息。郎永漫不经心打开邮箱里公司客户发来的链接，全是一些供货的请求，他没有回复。

"这种感觉很奇怪。有一个人在远处，却紧紧地抓住了你的心，你的世界，全部向他一个人倾斜了。这个人，就是孩子。"郎永说。

张嘉豪一愣，郎永笑了，"你不会懂的。"

郎永的故事继续。

孩子在曾鸽肚子里刚 4 个月的时候。身高 168 公分，体型偏瘦的小姑娘，此时才刚过 100 斤。

有一天晚上郎永回到家，曾鸽照例跑到门口迎他。他们回到卧室，"看哪，他今天踢得好欢腾呢。"她笑着说。把衣服撩起来让郎永看她的腹部。郎永抚摸了一下，里面一点动静没有。

她笑着眨着眼睛说，"他是在跟你玩呢，你要跟他说话，这样他才会理你。"

郎永刚结束冗长的一天和繁杂的工作，身体累得要命，但心里充满兴奋。他轻轻用右手指尖拂过她的小腹，大脑一片空白。

"你好，孩子。我是你的爸爸。我下班了，现在跟你玩。"郎永说，看了一眼曾鸽。她正在低着头，专注地看着自己的腹部。"你要努力成长，不要让妈妈难受。好，今天就到这里。你是最棒的！你一定会成为有用的人！"

"哈哈，还不错。"曾鸽的眼睛笑成两道弯月，"但是最后说的也太僵硬了，是从胎教书上看来的吧？"

郎永点点头，双臂环抱住她。她把头贴到郎永的肩膀上。郎永感觉到她在使劲，想搂紧他。

郎永扫了一下表，晚上9点。他突然想到一件事——"你吃饭了吗？"

她点点头，又摇摇头，"吃了一碗妈妈带的浆面条。她说要给我做饭，但是除了榨油馍就是熬粥，我真的吃不下。"

"你太瘦了，这样子会没有营养的。"郎永说，"我给你做吧？你想吃什么？"

她想了想，"家里有什么？"

"白菜。"郎永说："我看到厨房有白菜，我给你做辣椒炒白菜。"

半个月后，在曾鸽的坚持下，曾鸽的爸爸和妈妈来到郎永家，同郎永的爸爸妈妈住在一起。

眨眼就临近生产，但曾鸽父母却提出回家。

临走时，曾鸽的母亲说了一句，郎永的爸妈咋啥都不管。

的确，过去共处的 4 个月，郎永和曾鸽得到双方父母经济上和生活上的帮助。但双方父母想法截然相反，郎永父母年轻，年龄在 48 岁上下，负责房贷。曾鸽父母在 60 岁左右，负责用退休金补贴家用以及做饭。

中国有句古话，"亲家之间少来往"。这句话的深意郎永算是搞明白了。

岳母走了，无人做饭。郎永母亲中午偶尔回家一次，带些饭菜，晚上回家更是 8 点以后。曾鸽急，郎永更急。

彼时，他们最担心的，不是吃饭，而是单位。赵总的一个电话，都能让全家集体紧张一阵子。好在曾鸽平素表现良好，赵总从未疑心，除了催促快快返回单位外，就是叮嘱安心养病之类。

那一段时间注定是一个艰苦的阶段。单位换了领导，对郎永工作不满意，让他写检查。

交完检查，他胡乱编了一个理由匆匆回家。曾鸽在吐，"他越发不听话了。"这个女人说，我感觉自己的小肚子已经容不下他了。

"别说傻话。"郎永忙拦话，"你一定会顺利的。"

他想说几句话让她宽心，可是站着耗了半天，肚子里一句像样的话都没有捞上来。他只好哄她高兴，"我给你买漂亮衣服怎么样？"

"真的——"她眼睛放着光芒，但很快黯淡下去，"你骗人"。

"真的。"郎永辩解，真的给你买。

她抬起眼睛望了他好大一会儿，脸露喜色。"算了，咱家现在正紧张。"她说。他明白她指的是因为买那套 129 平方米的房子所欠下的外债。

"用妈妈新给我们买的床单。"她突然兴奋地说了一句，"我要拍孕妇照。"

郎永鼻子一酸。他眼前这个 25 岁的女孩儿，从 20 岁开始就一直和他在一起，为他付出一个女人一生最好的时光，如今，又要为他放弃事业生儿育女的女孩儿，正在等着他，求他满足一个小小的、毫不过分的请求。

他的心里像推倒一个醋瓶一样酸楚。当晚，他们照了孕妇照。

郎永鼻子抽动了一下。

他对着张嘉豪说："我一直以为，让我们疏远的是别人，没想到，是我们自己。我们那天紧紧抱在一起，拿整个世界来换我们都不放弃。"

横店秦王宫，一个曾拍摄《英雄》的取景点。红色的木梁，高高的台阶，富有张力的宫殿。游客置身其中，仿佛身处公元前 221 年的咸阳秦宫。而这一切，不过是当年拍摄一部《荆轲刺秦王》的想法罢了。想法落地，10 个月后秦王宫落户浙江横店。

置身其间，孰真，孰假，世人早已经难辨清楚。

而郎永，却要将这真真假假分得清清楚楚。一不小心，两个迥异的平行世界就会相撞。

孩子顺利出生了，曾鸽也回到杭州的国企，保住了工作。

然而，郎永父母和曾鸽父母之间的分歧愈甚。

郎永送曾鸽上杭州的火车。她脸庞有一些圆润，穿着几年前他买的米色 PRICH 风衣。她坐在火车靠窗的位子上，郎永站在月台上，相隔只有一米，可是心里却难过得好像她离他有一万公里。

他朝她笑，朝她挥手，甚至朝她扮鬼脸，她都没有搭理他。只是坐在那里，静静地睁大眼睛望着他。郎永有些好奇，但表情没有变化。火车动了一下，他看到她的嘴唇似乎也在动。火车移动，他追过去，终于看清她在对他说——我爱你。

郎永的心突然颤抖起来。他意识到，他这辈子除了她不会再爱上别的女人。他发誓，他会照顾她一辈子。火车开走了，她自然没有听到他的海誓山盟。可是，那天的情景就像摩崖石刻一样保存在郎永的脑海里，字体粗大而清晰，仿佛刚刚有人擦拭过。

正常上班了。可是，他们的生活已经完全改变。

周一到周五是工作时间。郎永发疯拜访客户，在供货商和零售商之间飞速奔跑。所有人都对他客客气气。生意做成，一杯小酒坦诚相待；生意不成，下次见面依旧是好朋友。

回到家，母亲会早早给郎永备好饭菜，哪怕晚上 11 点回家母亲也会起来做饭，父亲则不时询问他工作近况。

"那后来呢？"张嘉豪问。

"后来，我给曾鸽发了一条短信。上面说，'找到工作、举办一场婚礼。做到这两件事情，我们这个小家庭才能走出阴影'。"

张嘉豪重重点点头。

"你们这婚结得真是不容易。啥时候？我一定去。"

"今年阳历年底，在武汉。"郎永说："和那一段时间的心理压力比起来，现在的心情仿佛在雁荡山缥缈的云间漫游般轻快。一个阴暗，让别人难堪的我，以及我的家庭；一个阳光，充满希望和朝气的我。哪个才是真正的我？我至今无法分清。它们同时存在，但是没有交集，甚至彼此不知道彼此的存在，这种方式也许是最好的。定下目标，只差努力。我们全力以赴，把小家庭的船，尽量开往有阳光的码头。或许，我是什么人，就取决于我想成为什么样的人。"

张嘉豪张大了嘴巴，惊愕地一句话也说不出来。这些年来，他只是装模作样地谈了几次恋爱，而他眼前的这个亲人，像是已经吃尽了婚姻的苦辣酸甜。

他们分手，约定年底见。

第三十八章 草坪婚礼，山盟海誓背后暗藏隐忧

张全收在公司见到周冷，他正在给弟弟张来收当司机。

"你开车怎么样？"张全收问他。

周冷不想给大老板开车，感觉会受拘束。他故意说："开的水平一般。"

或许是因为见他和儿子玩儿的缘故，张全收对周冷平白无故间多了几分好感。

"你给我开车吧。"张全收说。

周冷聪明伶俐，在张全收面前从不犯错。张全收口渴，周冷递过来的水杯里永远是温水。张全收对他也很信任，经常带他见各种朋友。

2016 年 12 月 31 日，郎永大婚，地点在武汉。

张全收、张嘉豪还有很多很多人都去了。婚礼办得很隆重，还是时尚的草坪婚礼。

当天早上 6 点，武汉万达公馆，郎永和家人举行出发仪式。

"出发前，我想对爸妈说几句。爸、妈，您的儿子长大了，以后要自己当家了。谢谢二老！"郎永说。郎永的弟兄们还现

场吹起萨克斯，拍照、摄影。

郎永自然地走到镜头前。

"Hello! 大家好！今天是 12 月 31 号，马上我就要去迎娶我美丽的新娘！出发之前呢，我要先感谢我的父母！"郎永说："来，镜头对着我爸妈。爸、妈，今天我要为二老娶来一位漂亮的新娘！感谢你们二十多年来对我的养育，你们有什么叮嘱我的吗？"

"祝一切顺利。"郎永爸妈齐声说。

"你们放心，我记住了！"郎永说："兄弟们！咱们出发！"

9 点，龟蛇农庄酒店，新娘子和闺蜜、亲友在酒店房间等候。

郎永单膝跪地："5 年前，我在杭州西子湖畔邂逅了一位美丽的姑娘；5 年后，我跪在这里，向你发出我的爱情宣言。我爱你，爱你的清新可爱，爱你的浪漫天真；我希望，有一天我们老得哪里也去不了，还能够牵着彼此的手含情脉脉相望；我希望，当我们老得牙齿都没有，还能够牵手坐在院子里数星星。我想陪着你，看你哭，看你笑。你哭的时候，我会哄你开心；你笑的时候，我会把这些记忆永久保存。以后我们每 2 年要去一个国家旅行，每个季度要全家出游一次，每周要吃一次大餐。把你的心借给我吧，我会帮你保管一辈子。"

屋子里热闹起来。

曾鸽闺蜜莹莹隔着门说："我要问三个问题，你答得好，我才答应开门；答错了，我和姐妹们可要罚你。"

"好的。"

"你们第一次见面什么时候？"

郎永正想回答，只听见莹莹提高了腔调："嗯，这个太简单了。我问个难的。我的生日是什么时候？"

"这……我确实不知道啊。"

"发红包！"

郎永伙计们赶紧把红包塞进门缝。

门开了，曾鸽父母都在。

"来来来，曾鸽，带我给伯父伯母请安。伯父、伯母，谢谢你们把曾鸽培养得这么好，曾鸽聪明美丽、活泼大方、清新可爱、善解人意、上得厅堂、下得厨房，有如出水芙蓉的娇美，赛过五彩的金凤凰。这都是二老悉心教诲的结果。"郎永声音活泼："能够融入这个大家庭我觉得非常幸福也非常荣幸，前20年曾鸽由爸爸妈妈照顾着关爱着，以后请伯父伯母就把这个任务放心地交给我吧，请大家一同见证我们的幸福。"

献花的环节也很有趣，有胸花、腕花、手捧花等，还有有趣的找鞋环节。

他们接到了新娘，一起往草坪走。

"今天是个好日子！大家跟我一起唱歌，好不好？咱们唱歌词里带有爱字的歌，男童鞋跟女童鞋们比赛，哪一队赢了有奖品候着！"

"赢的那一队一人一块巧克力；输的那一队一人一个气球。"

一路上，欢歌笑语。

草坪上，人潮涌动。

乐队朋友宣布："婚礼开始！"

婚礼进行曲响起。

主持人竟然就是郎永。

"大家好，我是今天的新郎，也是今天的主持人。我很荣幸大家能够前来捧场。请允许我介绍各位来宾，这边，是单位的领导和同事。这边，是家人和朋友。请大家以热烈的掌声，欢迎我的新娘入场。"

曾鸽父亲牵着她的手，走上前台。郎永当场求婚。

"曾鸽，我喜欢你面临大事不乱，喜欢你在小的生活细节上充满创意，喜欢你包容我的木讷，喜欢你每次吵完架总能够原谅我。我喜欢你的素面朝天，喜欢你高兴的时候像个小孩子一样。我希望每天睁开眼睛，就能看见最喜欢最喜欢的你。曾鸽，嫁给我。"

曾鸽点点头，一脸幸福的微笑。

在曾鸽父亲把女儿交给郎永的时候，突然拿起话筒说了一段话："曾鸽，是我的掌上明珠。我把她交给你，你一定要好好待她。"

听到这句话，曾鸽的闺蜜们都哭了。她们知道，曾鸽父亲对曾鸽非常宠爱，从小到大没舍得打一下。

曾鸽的泪水簌簌而下，把妆哭花了，她也不管。

求婚成功，曾鸽和郎永拥吻。他给她戴上钻戒。

"我一直是个抠门儿的人，就连带你去买衣服，都要掂量半天。你也曾说过，钻戒这个东西太贵，华而不实。可是我依然为你选了一颗钻戒，因为我想让你像所有幸福的女人那样受到宠爱，也想让你跟着我不受委屈。"

香槟塔、交杯酒、拜父母、照全家福。

"来，一二三，茄子！"

记忆就此定格。

婚礼仪式上，郎永的一位高中同学还现场作了一首小诗，送给他们。

《幸福是春天里蝴蝶的翅膀》

幸福是春天里蝴蝶的翅膀，
总在三月的春光中渐渐展露，
翻飞在香甜的花蕾近旁。

幸福是春天里蝴蝶的翅膀，
总在三月末的风雨中静静隐藏，
栖落在凌乱的玉兰花下。

幸福是春天里蝴蝶的翅膀，
你可以看到它们在海棠花间翻舞的美丽。
可是你却永远无法靠近，
将它们揽入怀中。

你见过蝴蝶始终栖息在一朵花的花蕊上吗？
你见过幸福始终停留在一个人的心房里吗？
没有，

一个都不曾见过。

幸福是春天里蝴蝶的翅膀，
当你在不经意间见到它时，
它或许都已经想要飞往别处了。

三月春光的美丽，
三月花儿的芬芳，
都不能将它永远留在身旁。

从当日看，这场婚礼与张嘉豪所参加的其他婚礼并无不同。可是，婚礼的最后他看到郎永小心翼翼和曾鸽的家人说话时，他突然觉得，这场婚礼与其他的婚礼有着那么大的不同。

郎永那天喝了很多的酒。最后是张嘉豪背着他回到了他们的婚房，那个市中心129平方米的婚房。

张嘉豪待了一会儿，就找了个理由连夜离开了武汉。张全收的扶贫攻坚工作在如火如荼地进行着。

从2016年开始，张全收主动融入脱贫攻坚大决战，搭建脱贫平台。他设立的培训机构，可以对所有符合条件的贫困家庭劳动力进行免费技能培训，包吃包住并保证就业。

张全收的公司已与驻马店、三门峡等地10多个县区建立劳务脱贫合作关系。未来几年，他计划在河南省每个县转移就业培训1万人，预计每年可为每个农民工增收4万元。

"劳务脱贫平台很好地解决了贫困户劳动力就业问题。我要让每一个贫困家庭劳动力都拿到满意的工资，真正实现一人就业全家脱贫、两人就业全面小康的目标。"张全收在公开场合，多次这样说。

实际上，早在2014年，张全收就把公司总部从深圳迁到郑州，组建了200多人的扶贫志愿团队，在河南各地设立16个就业扶贫基地，把就业机会送到贫困户家门口，打通农村劳动力转移就业"最后一公里"。深入到三门峡市卢氏县和驻马店的上蔡、确山、正阳、泌阳、汝南、平舆等贫困地区，先后帮扶5万多名农民工转移就业，其中有500多贫困户实现就业脱贫。

2016年，他又投资100多万元建10座蔬菜大棚，让拐子杨村不能外出务工的建档立卡贫困户在家门口就业脱贫。他扶持村民吴金星投资20多万元创办了电子厂，扶持村民吴宏振投资10万元创办服装加工厂，帮助吴晓庆投资40多万元创办手提袋厂……张全收通过帮扶村里的致富带头人干事创业，安排贫困户就业百余人。

张全收说，只要拐子杨村村民出门有活干、家门口有钱挣，脱贫致富奔小康的好日子就会越来越近。

"村村通"工程、"户户通"工程不让群众掏腰包，建设"生态宜居乡村"处理垃圾、栽种花草等大事小事都是张全收负责张罗，出钱出力。多年来，在支持家乡发展上，张全收已先后捐款数百万。不少昔日的贫困户都在他的直接或间接帮助下盖了新房、买了新车、娶了媳妇。

在他的老家，拐子杨村在全县率先设立了孝善扶贫公益基金，全村70岁以上的老人，每月都能领到保本的孝善金，有力地助推了精准扶贫。

通过转移就业、家门口扶贫基地就业或安排公益岗位，今天的拐子杨村已实现整村脱贫，482户群众，有280多户住上了楼房，240多户有了小轿车。今天的拐子杨村村民有活干有钱挣，每个老百姓的脸上都挂着幸福的笑容！

"学校、教育、扶贫、养老，一件件扎扎实实地做下来，其中克服了多少困难，多少心酸，有太多的不容易。但每次回到村里或见到帮扶过的农民工，他们一边拉着我的手不放，一边抹着眼泪表达感谢，我心里就会一阵发酸，眼泪刷刷地掉下来。"张全收告诉老友杨国群："我暗暗下定决心，这辈子就当好农民工的带头人，当好拐子杨村的党支部书记。"

他还通过希望工程、金秋助学、春蕾行动等项目，积极捐资助学，设立"全收教育基金"，每年对口帮扶市、县100多名贫困大学生，每人每年资助5000元，帮助他们完成学业。

2017年，张全收组织扶贫车队深入卢氏县大山深处扶贫，当他们走了3个多小时山路，来到该县木桐乡河口村乔景国家时惊呆了，家徒四壁的三间土坯房被大山环绕，父亲患病刚刚去世，母亲常年服药，乔景国27岁，哥哥31岁，兄弟俩都没成家。

乔景国患有胃病和胆囊炎，张全收立刻拿出3000元钱让他赶快治病，当即安排志愿扶贫人员给他们选择合适的岗位就业转移，安排志愿扶贫队员驻守大山深处。

张全收在卢氏县成立的河南万顺劳务输出有限公司也因此被人力资源和社会保障部、国务院扶贫办命名为全国就业扶贫基地。

张全收依托万顺人力资源开发公司平台，与驻马店职业技术学院、福州飞毛腿集团合作办学，实施贫困学生4年资助计划，累计投入1000多万元，衣、食、住、学费等费用全免，让861名贫困学生学到技术，顺利就业。

用员工们的话来说，他对自己很抠门儿。数十年来张全收一直保持着跟员工们一起吃住的习惯，公司的办公场地多为租用，他连个像样的会客厅都没有。但是，对农民工、对有困难的陌生人，他总是慷慨解囊。据不完全统计，10多年来他先后捐出了2000多万元善款用于扶贫济困。

第三十九章　真伪谁知，最信任的人出了问题

赠君一法决狐疑，不用钻龟与祝蓍。

试玉要烧三日满，辨材须待七年期。

周公恐惧流言日，王莽谦恭未篡时。

向使当初身便死，一生真伪复谁知？

这是唐代大诗人白居易的一首诗。诗中意思，正中张全收经历的一件事情。

2017 年，张全收出差回来，不见了周冷。

"周冷呢？"

"好多天没见了。"

张全收感觉不对劲儿。晚上，他才听一个朋友说："周冷被关进缅甸水牢了。"

"什么？"

"最后是他舅舅拿了 8 万元钱他才被放出来。"朋友说。

更让张全收意想不到的是，平素里在他面前一向不出差错的周冷，背地里干了那么多他想象不到的坏事。周冷一出事，

亲朋好友都来了。相互一问，周冷都找他们借过钱。粗算一下，有 50 万。

周冷被他舅舅领到张全收面前。

他本来就黑瘦，经过缅甸一事，眼神还有些飘忽——活像刚犯了重罪下了大狱的人。

常言道："人不劝不善，钟不打不鸣。"

张全收心软了。他想到不少同龄人，年轻时也犯了错。如果有个机会能够改错，他们现在应该也都混得不错。他想做那个给周冷机会，让周冷改错、重新做人的那个人。

"你去郑州干吧，我给你找工作。"

与人不和，劝人养鹅。与人不睦，劝人架屋。张全收的想法是："但行好事，莫问前程。"

当天，在众人询问下，周冷说了在缅甸的始末。

有一天，有个朋友找到周冷，说可以让他免费到缅甸游玩、赌博，全程免费包吃包住包行。天底下还有这样的好事儿？周冷想都没想就同意了。

到了缅甸，他们直接带着周冷去赌场。周冷平时背着张全收是爱赌博的，他抵押了身份证，拿了好几十万的筹码。

谁知道，这一切都是骗局。

周冷在缅甸的赌场输得精光。

带周冷来的人，叫小何，高高胖胖，约莫二百来斤。他的脸说变就变，恶狠狠地说："赶紧通知亲朋好友，拿钱赎人。"

周冷毕竟在社会上混了很多年。他不吱声，想蒙混过关。

他被赌场的人扣起来，关在水牢里。

水牢是一种牢房，建筑在地底下，周围都是坚厚的石墙，分为两层，上层是个蓄水池，下层是牢房，一开机关就可以将牢房淹没。被关进水牢的人，虽然不会短时间内窒息而死，但人在水牢里无法坐下休息，更无法睡觉，不出几天，身体支撑不住，就会倒入水中被溺毙。

和周冷在一起的人，有的被关进屋子里，衣服被扒光，还被戴手铐。每天赌场的人用手指粗的皮鞭不停地抽打他们，抽昏过去了，就用冷水泼，醒了再打……

他们用烟头烫周冷的手背，问他疼不疼。

最后，周冷扛不住了，打了电话。舅舅凑了钱，去救了他。

回到郑州不久，就有人向张全收报告："周冷又把公司的车卖了。"

张全收叹了一口气。

"虽然他以前在您面前表现得很好。但是，我一直感觉他不行。"公司元老崔无涯说。

"你怎么知道。"

"也就一个小细节。"崔无涯说："私下里，有人看到，他跑到会议室，拿一罐加多宝，喝一口就扔了。就凭这点，就感觉这个人不行。"

"就凭这点？"

"就凭这点。"崔无涯坚定地说。

周冷被张全收安排到了郑州工作。但是，好心种下的花却没有成活，一番好意并没有得到预料的结果。

不久，张全收听说，周冷因为诈骗的事情，被抓起来了。

对待周冷的一片真诚，换来的是残酷的现实教训。张全收有点迷茫了。他感慨道："相论逞英雄，家计渐渐退。"

那些后来躺在黑名单上的人，最开始也都是踩着七彩云朵而来照亮过整个世界。站在院子里，他想道："自己当年打工时，多么希望有个人能对自己好，能提携自己一下。现在他对周冷好，恰恰是为了完成自己当年的心愿啊。为何却事与愿违？"

或许，他仔细想想，也能想得通。

时移事易，世道人心，很多事情已经悄然变化，只是他还没有意识到。

一个新的时代又来临了。人们不看报纸了，盯着手机屏幕了。人们不看电视了，玩短视频软件了。来深圳打工的人，也越来越不像十年前、二十年前的农民工了。这些人中，有不少年轻人，他们染着时髦的长发，崇尚活在当下。你要是给他们讲挣1万元钱其中8000元钱要寄给父母，他们会嘲笑你："老古董。"

他们的心态，他们的生活，他们的视野，已经和农民工一代截然不同。

新的农民工二代正在崛起。过去的，曾经存在过的，现在还在勉强维持的农民工一代面临消亡。这种消亡，不是肉体的消亡，而是旧的价值观的消亡。

农民工一代以养家糊口为核心，家是他们的幸福所在，他们可以为了家人，离开他们最看重的家，去几千里外辛苦挣钱，只为了在过年或者某个特定时点看到家人的物质需求被短暂满足后露出的笑容。

农民工二代呢？家，可能是幸福的港湾，也可能是无奈的羁绊。他们有的感恩父母，有的则抱怨父母的层次太低，基础太差。他们宁愿花一个月工资买最时尚的手机，也不愿意拿出少量的钱，让老家的父母去医院做一次体检。他们更多地是在索取。向年迈父母以及老家贫瘠的土地索取，向社会索取，向身边的亲友索取。他们也会付出，也会真心帮助别人，但也有一部分对现实漠不关心，活在"拟态环境"的网络。

简言之，农民工一代可以有集体记忆，可以有标准画像。但是农民工二代没有。实际上，更多时候，你很难从衣着或者言谈举止上判断：他们是否是农民工。

每当思想的触角，触及这些阴暗的海藻，张全收的心里都会泛起一阵来自海底深渊的绝望。过去的苦难，当下的艰辛，未来的不确定性，都萦绕在他心间。他没有退路，只能奋力前行。因为，既然选择了成为农民工，他就打算把这件事情做成经典。

第四十章　网络冲击，传统用工模式何去何从?

　　2017 年 3 月，郎永离婚了。他们有一个女儿，法院判给了女方。

　　郎永净身出户，房子自然是女方的。郎永的母亲说："这都是命。"

　　临行，郎永在微信朋友圈分享一首小诗。

　　《一朵纯洁的玉兰》

　　一朵纯洁的玉兰，
　　被初春的冷风吹成碎片，
　　片片白花永委尘泥。

　　可怜铺满天空的白色玉兰，
　　经得起阳光的照耀，
　　却承不起雨露的重量。

一瞬间的坚强，

一瞬间的彷徨；

那一刻的花开灿烂，

此一时的花落凄凉。

是什么让它们顿落时洒下了泪水？

三月阳光的煦暖和温良。

郎永的前妻，小名叫玉兰。

所有人都不理解：为何看似这么幸福的一家人，说散就散了。郎永沉默，对谁也没有解释。但实际上，他已经给张嘉豪解释过了。或许，这就是宿命，他当时已经隐约预料了他们努力维系的爱情已经转化成坟墓。

但是，这件事情的可悲之处在于——所有人都努力了，所有人又无能为力。

张全收把郎永叫到深圳，跟着他干。郎永干得不错。

连续不断出现的用工荒，像针一样刺痛郎永的神经。

他找到张全收。

"现在很多地方反映有用工荒。"

张全收不答话，双手抱胸看着他。

"为啥河南也有用工荒？为啥产业转移到内地了，发现招工难？"郎永又问。

"为什么呢？"张全收很感兴趣。

"人性。"郎永说："有人在珠三角干，有人在长三角干。

他们对环境熟悉了，轻易不想换地方。"

张全收点点头。

"怎样快速招到工人？"郎永问。

张全收不语。

"新生代农民工，或者叫农民工二代。他们有个特点：喜爱玩手机，依赖互联网。"郎永说："以前的务工模式是：找万顺，跟着万顺干。但是，这种务工模式也有问题。市场上良莠不齐，有不少黑劳务派遣公司。农民工外出务工遇到黑劳务派遣公司，就像老百姓买房遇到无良开发商一样，持续不断地发生着，从未断绝过。有黑中介克扣农民工工资，农民工干了 2 个月，只给 1000 元到 2000 元。"

张全收皱了一下眉。

"这就需要透明化。"郎永说："我的想法是，把传统劳务派遣和互联网相结合，把劳务派遣的速度提上来。通过互联网技术，快速解决用工的问题。"

张全收摇摇头。

"你的想法太单纯了。"张全收毫不客气地说："你可以做互联网，别人也可以做。别人比你有技术，资金也比你多。你凭什么能够成功？还有，我从外出打工至今，和农民工群体打交道超过 36 年，没有人比我更了解他们，没有人比我更了解他们所思所想和喜怒哀乐。传统的模式是会遇到新的问题，但是这并不意味着传统的模式就不行了。相反，我认为，在当代社会，传统的模式更加务实、有效。互联网看着花哨，实际上言过其实了。"

"我这两年一直在做调查，2017年初开始实施行动。"郎永说："到底谁对谁错，时间会做出最后宣判。"

张全收突然变得很生气，像一头咆哮如雷的狮子，"你做的事情根本不行！不可行！不可行！"

郎永见到张全收发过很多次火。但这次，是最厉害的一次。他感觉，自己的自尊心被伤害了，他再也不愿同张全收聊下去了。

他站起来，头也不回地走了。

张全收愣住了，他没有想到，自己已经年过五十，竟然还会如此激动。他感觉，一定是郎永说的某句话，或者某个点刺痛他了。

那一夜，张全收一夜无眠。

"互联网，农民工，劳务派遣，农民工二代，农民工一代……"

这些词语就像标枪一样，在他思想的操场上飞来飞去，刺向他脆弱、敏感的神经。

在白天，在功成名就的光环下，在众人的吹捧声中，张全收可以强势，可以坚持主见，可以批判持不同意见者。但是到了晚上，黑夜降临，光环暂时隐去，吹捧声消失不见，张全收就会不自觉地卸下面具，他会面对自己真实的内心。他可能会犹豫，可能会彷徨。

张全收想："总有人热衷于给90后、00后贴标签。实际上，概括一代人的特质谈何容易？每一代人到了而立之年都能表现出其应有的成熟与担当。或许，不是这届年轻人不行，而是每一代年轻人都有一个共同点，都存在一个不成熟的阶段，只是其中某些个体领悟得很快，某些个体却似乎一直无法长大……"

"优秀的人，不存在代际问题。不是90后、00后不行，而是他们还没有达到应有成熟和担当。优秀的人基本人格特质都一样，不管是哪一代。"

……

思想的荒原上，怪石嶙峋，荆棘密布，唯有无畏的双脚，才能征服这片土地，踏出一条清晰的路径。张全收重视实干，但是他更重视想法。这就像站在桅杆上的瞭望者，能发现别人不能发现的冰山——当然，也可能是发现新大陆。

这就注定，他要承受比坐在甲板上等待船舶靠岸的同行者更多的压力和更繁重的考验。

"大不了，从头再来。"他喃喃地说，慢慢进入梦乡。

那夜，他梦见了一只猴子。

过了几天，崔无涯找到张全收。

"听说，郎永跟你商量了一个事儿，就是做一个APP，让农民工在网上找工作。你批评他了，你说的话很重，把他批评得痛哭流涕。这是因为啥？"崔无涯不解地问。

"我告诉他，一个人做事，要看形势。"张全收说："新时代的年轻人比较懒，他想在网络上去招工。这里面有个问题，网络上招的人你又不了解，送到人家工厂你又不管，这个是不切合实际的。"

崔无涯点点头，张全收的话里确实有道理。

"如果是招人，先培训，培训过关了，把这些人送到工厂。在这个基础上，我们还要跟踪管理。"张全收说："他现在也在做这样的实践。他们现在招100个人，呼呼啦啦走30个，再往后甚至走 50 个、70 个。你说这样行吗？我招 100 个人，最多走 10 个、8 个。"

"你的意思是，从网上招来的人不可靠？"

张全收点点头，"从网上招人，直接送厂里，这样肯定不行，干两三天就走人了。"

崔无涯是看着郎永长大的，他有些着急。"听说，郎永已经投进去几百万了，专门想做这个事情。那现在已经投入的几百万咋办？"

"咋办？交学费呗。"张全收说："我失败了几十年了，输得起，这才会有成功。郎永这个孩子，已经在社会上闯荡很多年了，将来肯定要弄好多大事。遭遇失败了，他自己需要交学费。"

"有人说，你把万顺的资源嫁接给他的网络招工公司，会不会是个好办法？"

"不可能。"张全收坚定地说："我把资源嫁接给他，他可能做不好，还把咱们现在的事业做死。第一个问题就是，农民工为啥要跟着你干？因为你关心他，给他找活儿，找到活儿保障有工资，出了大事儿你给他兜底。现在你一个互联网公司，怎么可能给农民工这些保障？这不是一句话的事儿。"

张全收说着说着，脸红脖子粗。他挥挥手，匆匆结束了这次谈话。

按照传统的模式，张全收依旧感觉顺风顺水。

的确，不少贫困家庭的年轻劳动力对外面社会戒备心比较强，想外出打工挣钱但是又担心被骗。所以对于这些贫困家庭来说，能够寻求到一个可靠的就业平台尤为重要。

初春的天气变幻莫测，昨天还阳光明媚、春意盎然，今天却寒风凛冽、温度骤然下降超 10℃，感觉又回到了冬天。然而再寒冷的气候也阻挡不了群众们年后寻求工作的热情。

2017 年"河南工会就业创业援助月"启动仪式暨三门峡春季用工洽谈会，于 2 月 17 日举办。深圳市万顺人力资源有限公司应邀参加此次活动。

万顺公司驻三门峡的负责人早早就来到了活动现场并布置好了展位，虽然天气寒冷，但工作人员依然满怀热情地解答问题。

"跟着万顺干，踏踏实实把钱赚。

跟着全收走，房子车子都会有。"

正是因为张全收的兜底模式，深圳市万顺人力资源有限公司受到当地求职者的追捧。因为，跟着张全收，加入这样的公司让农民工心里踏实。

过了不久，郎永有些低沉，他很痛苦，感觉张全收并不在乎他的想法和感受。

崔无涯淡淡地跟郎永说："全世界都在催着你长大，尽早成功，唯独永远把你当成孩子，守护你、对你负责任的，那就是张全收。"

郎永点点头，若有所思。

第四十一章　致命弱点，未建立现代企业制度

农民工群体，是特殊历史时期的产物。一方面，他们崇尚"但存方寸土，留与子孙耕"的传统理念；另一方面，他们也希望建立现代企业制度，但是实施起来又难上加难。

改革开放已经 40 年了。从 20 世纪 80 年代初的"盲流"，到 90 年代的"民工潮"，再到今天的"城市居民"，农民工已经逐渐成长为 1.5 亿人口规模的产业大军。

他们所面临的迫切问题，是得不到公平公正的国民待遇和最低限度的权益保障。具体来说，主要体现在七个方面：一是工资偏低；二是安全事故；三是技术培训；四是子女就学；五是养老保险；六是土地流转；七是维权成本太高，维权渠道不畅。

作为一支规模庞大的产业大军，农民工虽然为社会发展做出了突出贡献，但他们仍然是需要特别关怀的群体，他们出现问题时不知道怎么为自己维权，最终只能不了了之。

于建嵘教授曾经花费半年时间，先后五次来到万顺公司考察，他一共访问了 200 多个农民工，写下了 70 多万字的访谈记录，并由此得出一个结论——农民工对张全收是普遍认同的。

于建嵘曾说：张全收做这么多事情，起码讲，他得到了农民工的普遍认同。在我看来这是最重要的标准。别人说张好与不好没有意义，关键在农民工怎么说。张全收最早的冲动肯定是赚钱，但他赚钱不是靠克扣工人，他赚钱主要体现在工资谈判能力上，他以组织的形式与工厂谈判往往能争取主动。而对社会也是有利的，虽然有人批评他说，你手头上有这么多人，你们要是闹事怎么办？事实上他比谁都清楚这个问题，他根本不敢闹事！

于建嵘有一个观点：万顺公司之所以成功，重要前提是张全收心地善良，有责任心、讲义气。

但在不少人看来，这又是"万顺模式"的致命弱点。

张全收非常想见乔松尊重的田教授。田教授来深圳讲课，张全收专门去机场接。

"生不用封万户侯，但愿一识田教授。"张全收说。

田教授满头白发，身高一米九，很瘦，有种仙风道骨的感觉。

田教授开门见山："万顺公司的核心竞争力就是你自己的人格魅力和道义责任，没有了张全收也就没有了万顺公司。"

面对这个说法，张全收淡淡一笑。"道吾好者是吾贼，道吾恶者是吾师"，张全收非常欢迎听到批评的声音。

"只要有坚强的心就可以做好。"张全收说："第一，农民工过来了，必须跟他们打成一片，他们认同你才会跟着你。第二，农民工跟着你了，怎么样让他们吃饱肚子，怎么样挣到钱、找到工作，这要靠你个人的能力。"

"具体怎么做呢？"田教授一问到底。

"首先，先管好自己，要自律。"张全收说："另外，还要有能力跟那些用工企业的老板谈判，比如说我跟对方的企业打交道，首先要让对方有利润、有好处、有方便，他才会跟你合作。我们做的是双赢甚至多赢的事情，正是因为我帮助农民工找到了工作岗位，帮助企业找到了优质廉价的劳动力，在为自己创造利润的同时，也为社会创造了财富。"

"万顺公司的致命弱点，还不是一个人的问题，而是一个制度的问题。简言之，万顺公司未建立现代企业制度。"田教授一针见血。

田教授直言："纵览国内万科、阿里巴巴，国外的三星、苹果，即便有创始人的超强能力与人格魅力，但更有一整套完善的现代企业制度。创始人的超强能力和人格魅力固然重要，但是随着时间推移，这些能力和魅力也可能会成为公司发展的羁绊。更不用说，一旦创始人发生重大变化，就是对企业的毁灭性打击了。个人的能力再强，终是有限。唯有一套现代企业制度，可以让企业稳步前进。在社会变化的浪潮中，在经济发展的荆棘中，找到最合适自己的发力点，完成'发展——创新——平稳——发展'这样一个完美的闭环。"

无独有偶，田教授挚友乔松也持相似观点。

"为什么万顺没有像韩国三星、美国苹果一样，认真考虑过现代企业制度问题？为什么你们没有确立接班人？"闲暇时，乔松到张全收家里做客，问及此事。

"万顺，是一种家族式的管理。"张全收说，"我本来是个农民工，后来当了工头，带着大家干活儿。这样下来，人越来越多。按照这种模式，实际上这个公司做不大。"

"为啥？"

"做大了之后，也会有人慢慢离开公司。"

"什么意思？"

"有的中层成功了，他自己可以弄个公司。"张全收说："你只有亲力亲为，不能全部放权。你全部放手了，别人会很快替代你。但是呢，我也不是怕他们替代我。我自己有多大能力，我很清楚。我能靠着这个能力把公司做多大，我自己也清楚。"

乔松喝了口水，等待张全收说下去。

"至于下一代，我可能不会让他们干我这一行了。"张全收淡淡地说，语气中略带感伤，"因为我们的公司，不是上市公司，也不是大的科技企业。我们是跟人力资源打交道的。你说它是实的，它就是实的。你说它是虚的，它就是虚的。我的本钱，就是小喇叭。换句话说，就是我的勤劳，我的能说会道，这就是我的资本。他们能跟我一样，做到这些吗？他们会像我这个年代的人一样，吃那么多的苦？像我那样勤快？像我那样，穷得不得了，一分钱也没有，舍了命去拼搏吗？不可能。这就是农民工一代和农民工二代的不同。"

"是啊，嘉豪现在也不想走你的路。"乔松说。

"他不想走这个路，他喜欢做服装设计。偶尔，他还会给他的母亲裁剪几件衣服。你还别说，那衣服很合身。"张全收说："我们的下一代会大起大落。对他来说，挣了大钱，他会把大钱投资出去。这样子的话，他也会亏大钱。所以这种人都是会有潮起潮落的。"

"哦，对了，你娘的身体咋样？"

"好得很。"乔松笑着说："我娘是体弱多病，但是命很硬，刚过 92 岁大寿。就是儿子不太让我满意，事业有点起色了，但是还是没有组建家庭。"

"你呢？"张全收指了指乔松的心。

"时好时坏。"乔松苦笑。

张全收叹了口气，"年轻人有年轻人的想法，跟我们那个时候已经不一样了。"

"是啊，你现在怎么可能写信让孩子回家成亲呢？绝对不可能了！"

他们相视一笑。

湖南万家丽和张全收的故事，可以从中一窥他的商业逻辑。

一个很偶然的机会，张全收认识了万家丽老板。当时他们只是寒暄，并未想到过今后会有什么交集。

后来，他们就通了一个电话，对方让张全收去长沙，他去了。

张全收问："你做啥的？"

他说："做建材的。"

此后，双方就一直在交往。其间，张全收又去了很多次。

从商多年来，张全收很珍视没有商业合作的朋友。他认为，这样的朋友很纯粹。

后来，对方给张全收打电话："你那里有没有人？我建了一栋大楼，需要保洁。"

于是双方就有了合作。

"为啥他会想到找咱？"张全收说："因为他知道我这边

人力很多，他信任我会做好。结果我们这边人力是 3000 多一个月，他们的工资才 2000 多。但是，我既然做了，就得帮他做好，后来我们就用了本地人，这个大楼保洁这一块做得很好。"

凡事亲力亲为，不放权。这是张全收有别于现代企业家的一个重要特点。

第四十二章 小村一夜，村民命运发生改变

"是非只为多开口，烦恼皆因强出头。"

2017 年，张全收老部下崔无涯回了一次老家——河南商丘崔庄村。

此时已是秋残初冬时分，日短夜长。

日渐衔山之时，汽车颠簸着往前行驶，透过车窗玻璃，崔无涯看到，成片的麦田地毯一般从车轮下浩浩荡荡地一直铺到村边。

约莫十分钟车程后，汽车稳稳地停在了崔无涯大哥家的供销社门口。

老大崔建国鬓发斑白，紧紧握住崔无涯的手上布满了老茧。

"来了——"老大迟迟地说了一句。

"来了！"崔无涯愉快地回应道。

小小的村口供销社店铺里，站满了看热闹的人。他们面无表情，脖子却像伸缩的弹簧那样，竭力地往前伸长。

"这些年在外混得还不赖？"

老大试探性地问了一句，顺便给媳妇使了个眼色。媳妇会意，

忙拣了一个稍干净些的凳子递给了崔无涯。

"我是为小强上学的事，特地赶回来的。"崔无涯开门见山。

老大和媳妇对视了一下，却又不约而同地垂下了头，都没有搭话。

"小强成绩不好，"老大媳妇直快地说，"预备上完高中就不再让他上了。上学？花钱！"

老大猛地转身瞪了媳妇一眼，媳妇很不情愿地停了口，靠在墙上眼睛看着别处。

"这钱你拿着。"

崔无涯从随身皮包里拿出一厚沓红色的钞票，看得在场所有人的眼立即就直了，"这五千块钱，作为小强的学费。"

人群中立即发出一整片啧啧的称赞。

"小四在外头混得真中！"

"去深圳当老板的人就是不一样——"

唯独崔建国"吧嗒吧嗒"地抽着旱烟袋子，沉默着没有吭声。

"这钱，我不能要！"话音落地，他起身便走。

年纪相仿的秃子阿三一把拖住了他的胳膊，"你是中邪了还是被雷劈了？白送上来的钱你都不要！"秃子阿三瞟了一眼崔无涯，压低了声音凑在他的耳边说道，"你还欠隔壁王麻子家三千块钱的债，这下——"

"甭说了！"崔建国猛地甩开了秃子阿三的手，"谁再说我跟谁急！"

然后，他掀开帘子，气呼呼地往里屋走去了。

崔无涯站了起来，没有再多说什么。他拿起被搁到桌上的那沓钱，亲手放到了嫂子的手心里。老大媳妇攥着钱的手来回动了几下，象征似的推辞了一番，最后面带喜色地收下了。

和同村的人一番寒暄过后，崔无涯拉开了车门，低着头钻了进去。突然，车窗后头传来啪啪啪的一阵乱响，崔无涯摇下车窗，竟然是田村长。

田村长用那种老迈年高的人特有的语气对崔无涯喊道：

"这么着急走干啥，不停一夜再走？"

"村长，"崔无涯赔着笑说道，"我真的是——"

"啥也甭说了。"田村长用一贯的做决定的语气说道，"今天晚上我请喝酒，就在我家院子里！"

人群中哄地一声热闹了起来。

"今儿个我高兴，"田村长满面红光地说，"我请全村三百多号人都去我家吃酒。你崔无涯要是不去，可甭怪全村老少爷们背后戳你的脊梁骨哟！"

人群中炸开了锅似的一阵兴奋，大声吵闹着崔无涯今天非去不可。

村长家门口，两尊石刻狮子依然威武。

崔无涯站在石狮子前，不觉感慨万千。记得十年前，崔无涯朝思暮想能绕过那两个大得骇人的石狮子进入村长家的院子里。可是……

今天，院子里堆满了欢天喜地迎接他的笑脸。

崔无涯被众人簇拥到院子中央，和村里一些有脸面的人物共处一席。

"崔校长——"

崔无涯看到曾是自己小学校长的崔智景后，下意识地从座位上站了起来。

崔智景是一位严厉、懂得管教学生的老教师。他给每一个从崔庄村小学走出去的学生，都留下了极深刻的印象。

"坐，坐！"

崔校长笑容满面，柔和的话语间丝毫不见早年间的威严。

酒过三巡后，整体一片的热闹被打破了。以桌子为单位，大家各自拉起了家常，话题从农忙到国家大事不等。

"小四——"崔校长站起，亲自向他敬了杯酒，"从你考上大学起，我就常对人说，你崔无涯前途无量哪！"

崔无涯忙接过酒杯，规规矩矩地一饮而尽。

"村长，"崔校长喷着酒气冲村长说道，"你女儿的婚事……咳！看你不得后悔半生！"

村长正在哈哈大笑，突然，笑声戛然而止。他的脸色变得严肃起来，让在场的人感到心里一阵紧张。但随即，村长的脸色就变得缓和起来。

"怪我！"村长举起酒杯自罚了一杯，"怪我当初没看对人哪！"

村长的女婿崔大壮就在席间陪坐，当年身为全县首家万元户的他，此刻穿着粗布蓝衫，已经看不出富家子弟的气派了。他干赔着笑脸，紧抿着嘴一个字也不吭。

"田筱惠呢？"崔校长故意大声喊道。

"在里屋，"村长抢先回答，"我这就叫她出来。"

几十个灯泡把院子照得通明，村长的媳妇掀开帘子，伴随着众人"咦——"的一声，一个女人从里屋走了出来，从丰满的轮廓看，这个人应该就是田筱惠。

她穿了一件粉色布衫，大姑娘一样扎着两条辫子，正挺着胸脯，面带笑容地向崔无涯走来。

崔无涯内心里吃了一惊。他从未料到，仅数年之别，身在农村的田筱惠竟如同老了十岁！在这个女人身上，除去那件她以往极喜爱穿的粉色衣衫外，他绝看不出半分高中时代他深爱的那娇小可爱的田筱惠的身影。

"崔无涯。"田筱惠走到他的跟前，举起杯子，眼睛垂到了地面上。

他接过喝了，脸上没有任何表情。

院子里突然变得很安静，只有村长和崔校长拼命地拍着手掌。

崔无涯察觉到，田筱惠张开的嘴唇欲言又止。稍稍犹豫后，她终于说了出来：

"学校的教学楼，现在还是危房——"

她只说了一半，牙齿便紧紧地咬住嘴唇。任凭村长和崔校长怎样使眼色，她都低着头不加理会。

"这事我来说吧！"崔校长自告奋勇，"她想说的是，咱村小学的教学楼年久失修，上面的钱迟迟拨不下来。她想问一下，你能不能——"

"噢——"村长附和道，一副恍然大悟的样子，"这是好事啊！崔无涯，你说是不是？"

崔无涯抬头看了田筱惠一眼。她紧咬着嘴唇，正在狠狠盯着崔校长和自己的父亲。他突然记起，当初她的父亲逼迫两人断绝交往时，她也是这样的表情。

"只用捐一点钱。"

村长一杯热酒下肚后，轻快地冲崔无涯说了出来。

崔无涯立在那里，越发感觉不知所措了。

"不会要太多的，"村长压低了声音凑到他的耳朵上说，"全村的人都会记住你的贡献的。"

田筱惠突然抓住了崔无涯的手，当着所有人的面，不由分说地把他拉了出去。

太阳早已落山了，院子外一片漆黑。

田筱惠放开了他的手。

"你，还有你的汽车，快点离开这里！"

崔无涯立在村长门口的石狮子旁，没有一点儿动静。

"愣什么？还不快走！他们是不会放过你的！"

田筱惠焦急地催促道。

"为什么？"崔无涯突然问了一句，"你为什么和这件事情有关联？"

"我是小学的老师。"

院子里闹哄哄的，手电筒的光像箭一样乱七八糟地射向四周，人们的脚步声更近了。

"快走，"田筱惠推了一下他的胳膊，"再不走就晚了！"

借着微弱的、一掠而过的手电筒的光，崔无涯发现，田筱惠生气的样子非常地耐看。

夜色中的田村变得不再平静，两道车灯像两道匕首那样劈开了黑夜，向远处颠簸着驶去了。

村长一把抓住自己的女儿，气急败坏地冲她吼道：

"他对你说了些什么？"

他的女儿抬起头，用半带轻蔑半带不屑的眼神望着他：

"他说，小学危房的事是真的吗？"

"那你又是怎么回答的？"

"我怎么回答的一点儿意义都没有！"田筱惠奋力甩开父亲的手，冷笑了一声，"我只知道，从今往后，我和你们变得在他心中的地位一样了！我们失去了他的感情。"

车停在了供销社的门口。

崔庄村夜色中，除去田村长院子里灯火透明的亮光外，就只剩下崔建国家这一点微弱的光亮了。

"你爸呢？"

崔无涯叫住自己的侄子小强，放平了语气问道。

"他喝醉了，正躺在里屋。"

崔无涯沿着小强的手指往里屋走，却听到了女人哭泣的声音。

年少的小强拉住了他，说："父亲现在最好不见你。"

崔无涯望着他，为他说出这样的话而感到惊奇。

"父亲拿着那五千元和王麻子赌博，说要翻本，结果全输光了。"小强说，脸上是让崔无涯震惊的冷漠。

三天后，田筱惠意外地收到了从省城寄来的汇单，十五万元。寄款人，正是崔无涯。

汇款单背面，写着一行她最熟悉的粗犷的钢笔字：

　　"信任你，把钱用在校舍上；希望你，能够成为一名好老师。"

　　村上，再没有人见到过小强。

　　有人说，他去了南方，发誓以后绝不回来；还有人说，他就在省城，在一所不很有名的大学里读书。

　　然而，小强的父母，全村人是知道的：他们变卖了一部分家产，不仅还清了所有的赌债，而且还给自己留下了去城市打工的路费。

　　小村一夜，对崔庄村的改变，是绝大多数人事先没有预料到的。

第四十三章　孝心满园，94 岁岳母深圳养老

　　张全收岳母已经 94 岁高龄，跟随张全收在深圳养老。

　　老人起居有矩，寝食有规。每日卯时随日出而起，缓带宽服漫步于庭。夏日则信步林荫，冬月则踏雪户外。伸臂摇颈，活动筋骨，催动血脉，缓步百米而返。晚餐之后，或头戴明月或肩掮北斗，缓步漫行半个时辰。每日如此，自感身轻目明，戌亥之时宽衣入榻。日复一日，年复一年，至今已有半个世纪。

　　张全收的岳母对吃饭讲究少而杂。早上喜欢吃稀粥和黄花鱼；午餐喜吃肉食，高兴时能吃两块红烧肉；晚上喜欢喝汤，吃青菜，每逢白菜汤、菠菜汤、番茄汤都如获至宝。

　　她进食还讲究适可而止，再好的东西也不会多吃。

　　孔子曾说："色难。有事，弟子服其劳；有酒食，先生馔，曾是以为孝乎？"

　　"色难"，就是态度很难看的意思。

　　"色难"难在何处？难在没有一颗恭敬的心，难在没有一个谦和的态度。于是"色悦"成了衡量一个人孝心的道德标尺。就是说，经常对父母微笑，经常敬重地对待他们，关心他们的

精神生活。每天真诚地看着父母的眼睛，跟他们交谈几分钟……不嫌弃，不抱怨，想对父母发脾气时克制一下，始终和颜悦色对待他们，他们就会生活得开开心心的。

人最大的教养，是善待父母。

张全收每次出差回来，总会去岳母处看一看。

岳母年纪大了，晚上有时候会大喊大叫。专职保姆已经不能伺候，需要家人陪。张全收爱人中风后有后遗症，不能照顾老人。张全收就挨个打电话给老人儿女，请他们到深圳照顾。在河南，大舅哥在家庭地位很高。张全收爱人家兄弟姐妹6人，她排老小。但是因为张全收一直照顾老人，在家里有事情，反而是张全收说话分量最重。

这并不奇怪，在当代中国，家庭关系中"老大为尊"，需要老大具备诸如财力、能力等的前提。换言之，在兄弟姐妹中"长子为父"的观念，已经显得不合时宜。兄弟姐妹中，谁有能力，谁对大家付出多，大家都会尊他一声"老大"。

对于这些家庭琐事，张全收从不计较。

一天早上，老太太特别清醒，把张全收叫到跟前，叮嘱他一句话："莫把真心空计较，儿孙自有儿孙福。"

张全收点点头。

"记下了？"老太太问。

"记下了。"

"记到这里。"老太太指了指自己的心："这是我长寿的秘诀。"

老人语重心长地说："《黄帝内经》云：得神者昌，失神者亡。

恬淡虚无，真气从之，精神内守，病安从来。这就是教导我们要有一个欲平常心，忘我心没有执着就没有烦恼，没有烦恼气血就不会逆乱和耗生，疾病就不会侵犯人体。所以说病由气生，病由心生。

养其心气，首先要保持一颗平常心、谦悲心、宽容心，还要时常反照自己是否做的不对或不足，同时，还要允许他人的不敬和过失因为他们并非圣贤。"

……

2018 年 10 月，恰逢脱贫攻坚如火如荼在中原大地开展，河南省首次评出"脱贫攻坚奖"。

张全收看到获奖名单中，有一个名字打了方框，他的心里咯噔了一下。

再看看那个人的简历，他不禁深受感动。

"荣获贡献奖的扶贫干部王林昶，生前任驻马店市扶贫开发服务中心主任，主持全市督导考评和督查巡察组日常管理工作，2018 年 8 月 29 日 18 时 30 分因病医治无效去世，享年 43 岁。2016 年以来，他先后起草各类汇报文件、背景材料、调研材料等近 100 篇 60 余万字。组织 10 个督查巡察组累计开展各项督查巡察 120 余次，查找梳理问题 8740 个，有力促进了脱贫攻坚各项工作落实，助推全市累计完成 503 个贫困村退出、37.89 万贫困人口稳定脱贫。为了不影响工作，他坚持不服用影响大脑思维的特效药，驻马店贫困群众一天天过上好日子，他却永远离开了大家……"

随后，张全收出席了省里的大会，并作了发言。在发言中，他回顾了自己的过往，展望了未来。他相信：他的未来不是梦，他的明天会更好。发言如下。

尊敬的各位领导，同志们，朋友们：

　　大家好！

　　我叫张全收，是驻马店市上蔡县朱里镇拐子杨村党支部书记、村委会主任，因为长期从事农民工转移就业工作，先后带领200多万农民外出打工、脱贫致富，大家也送我个绰号"农民工司令"。

　　今年是改革开放40周年。今年，也是我作为农民工带头人，带领农民工兄弟姐妹务工脱贫的第20个年头，借此机会，我以《雄师百万出乡关 战罢脱贫再攻坚》为题向大家作汇报。同时，向长期关心支持农民工创业发展的各位领导、各界朋友表示衷心的感谢，向为祖国改革开放、脱贫攻坚大业做出突出贡献的亿万农民工表示崇高的敬意。

　　我们驻马店市上蔡县是国家级贫困县，我的老家拐子杨村位于周口、漯河、驻马店三市交界处。之所以叫拐子杨，就是一个七拐八拐、不好找的地方，也是一个交通不便、信息闭塞、贫穷落后的地方。

　　过去，在我们拐子杨村，老年人因为没有钱，得了病就是一个字"熬"，有的甚至到死也没去过医院；许多孩子因为交不起学费而辍学；"有男不进寡汉村、有女不嫁拐子杨"，这就是我们村当时的真实写照；许多父母外出务工，有的为了省下往返的车费，几年都不回家过年；每年春节过后，父母外出打工离开时，孩子在后边追着跑着，那种撕心裂肺、生死离别的场景，至今让我心里酸痛。

人常说，屋漏偏逢连夜雨。1987 年，瘫痪 10 多年的奶奶因无钱救治永远离开了我们；1995 年，我跑客运一个月出三次车祸，妻子生产时高血压、脑出血昏迷七天七夜，家里穷得叮当响，讨债的在门外天天排着队；那年，我抱着刚出生的孩子从医院回家，亲人们抱头痛哭的场面，至今还在我的眼前。

为了生计，我三次到深圳打拼。1997 年，我再次到深圳打拼时，看到深圳街头到处是找不到工作的农民工，有的被骗、被抢、被拉到收容所。那时我就想：我们农民工也有追求幸福生活的权利，国家现在政策好，工厂用工量大，我要想办法把农民工组织起来，帮助他们有活干、吃饱饭、能挣钱。

几经周折，我成立了全国第一家深圳万顺劳务派遣有限公司，专门接收河南农民子弟，帮助他们进厂打工。开始的时候，每年有 1 万多名河南农民工"驻扎"在深圳，后来就多了，每年有几万人、十几万人。我向大家保证，所有跟着我的农民工，包吃包住不要钱，没活干也照发工资，重大疾病、意外伤害实行全包。

这就是我首创的被专家称为的"万顺模式"，帮助了很多贫困农民工就了业、脱了贫，解决了他们的收入来源，也保证了他们生活的稳定。后来，不单单是河南农民工，还有来自安徽、山西、云南等全国各地的农民工，都愿意跟着我找活干。

那时，看到深圳的快速发展，给农民工带来了就业的机会，我就浑身有使不完的劲。我的电话一天 24 小时对农民工开通，随叫随到为农民工解决困难。他们面临各种各样的困难和问题，有的家里有病人需要攒钱治病，有的急需挣钱盖房子娶媳妇，有的家里有学生需要筹集学费，等等。我每天5点钟就起床，骑着摩托车到各个工厂去看农民工，告诉他们好好干、多挣钱。

由于那时我们河南农民工，人穷很少出过门，在外面容易受歧视，很多工厂不招河南农民工，还有的不要男工，我就一家一家工厂跑，跟人家协商谈判，不厌其烦地说好听话，给他们讲我们河南人忠厚仁义的故事，直到帮那些贫困农民工找到活、挣到钱、脱了贫为止。

我通过搭建全国农民工劳务输出平台，帮助贫困家庭劳动力实现转移就业脱贫致富。这些年，我先后帮200多万农民工转移就业，累计为贫困劳动力实现创收100多亿元。有很多贫困农民工不但脱了贫，还成了小老板，在深圳买了房、有了车，把孩子接过去上学，老人们到城里享清闲。还有的返乡创业很有成就，成了当地的农场主、企业家，当上了村支书、基层的各级组织代表委员和致富带头人，生活也越来越有奔头。

我深知，个人的发展离不开国家的政策，做出了成绩，就应该有责任有义务回报社会。不仅要带领农民工过上好日子，还要为社会做出贡献。

2004年，家乡的小学年久失修，学生在危房里上课，当时我事业刚起步，得知建校需要80万元，咋办？我把公司仅有的8万元现金全部交给老支书吴振华，跟他说你建慢点、不要急，还有72万元缺口，我一边借、一边挣，陆续寄回家乡建教学楼。

学校落成的那一刻，我哭了，教师们哭了，孩子们哭了，村里的很多人都哭了。我就是因为交不起两块七毛钱学费辍学的，学校建好后，为不让贫困孩子失学，我又捐 10 万元设立了助学金，至今我们村没有一个孩子因贫困辍学。

2008 年，我被推选为拐子杨村村支部书记、村委主任。上任后，我自掏腰包为朱里镇建敬老院、为村里建桥修路、建村室、建文化大院、安路灯和健身器材，并为全村人购买了医保。还出资 10 万元选 50 名村民代表到深圳、上海参观考察，让村民开阔视野为乡村振兴助力，其中有 10 多户贫困户。2016 年，我又投资 100 多万元建 10 座蔬菜大棚，让村里不能外出务工的建档立卡贫困户在家门口就业脱贫。

今年 9 月，拐子杨村在全县率先设立了孝善扶贫公益基金，全村 70 岁以上的老人，每月都能领到保本的孝善金，有力地助推了精准扶贫。我还通过希望工程、金秋助学、春蕾行动等项目，积极捐资助学，设立"全收教育基金"，每年对口帮扶市、县100 多名贫困大学生，每人每年资助 5000 元，帮助他们完成学业。

2014 年，我把公司总部从深圳迁到郑州，组建了 200 多人的扶贫志愿团队，在河南各地设立 16 个就业扶贫基地，把就业机会送到贫困户家门口，打通农村劳动力转移就业"最后一公里"。深入到三门峡市卢氏县和驻马店的上蔡、确山、正阳、沁阳、汝南、平舆等贫困地区，先后帮扶 5 万多名农民工转移就业，其中有 500 多贫困户实现就业脱贫。

2017 年，我组织扶贫车队深入卢氏县大山深处扶贫，当我们走了 3 个多小时山路，来到该县木桐乡河口村乔景国家时惊呆了，家徒四壁的三间土坯房被大山环绕，父亲患病刚刚去世，母亲需常年服药，乔景国27岁，哥哥31岁，兄弟俩都没成家。乔景国患有胃病和胆囊炎，我立刻拿出3000元钱让他赶快治病，当即安排志愿扶贫人员给他们选择合适的岗位就业转移。安排志愿扶贫队员驻守大山深处，挖掘贫困户，宣传党的政策帮助他们脱贫。我在卢氏县成立的河南万顺劳务输出有限公司也因此被人力资源和社会保障部、国务院扶贫办命名为全国就业扶贫基地。

我依托万顺人力资源开发公司平台，与驻马店职业技术学院、福州飞毛腿集团合作办学，实施贫困学生4年资助计划，累计投入1000多万元，衣、食、住、学费等费用全免，让861名贫困学生学到技术，顺利就业。

通过转移就业、家门口扶贫基地就业或安排公益岗位，今天的拐子杨村已实现整村脱贫，482户群众，有280多户住上了楼房，240多户有了小轿车。今天的拐子杨村村民有活干有钱挣，每个老百姓的脸上都挂着幸福的笑容！

学校、教育、扶贫、养老，一件件扎扎实实地做下来，其中克服了多少困难，多少心酸，有太多的不容易。但每次回到村里或见到帮扶过的农民工，他们一边拉着我的手不放，一边抹着眼泪表达感谢，我心里就会一阵发酸，眼泪刷刷地掉下来，更加下定决心，这辈子就当好"农民工司令"，当好农民工的带头人，当好拐子杨村的党支部书记。

这些年，随着我带领农民工转移就业、走遍大江南北，也带领着拐子杨村发生可喜的变化，各级党委、政府也很认可我的工作，给了我无上的肯定和荣誉，连续被推选为十一届、十二届、十三届全国人大代表，全国劳动模范、全国道德模范。

新时代、新使命、新征程。各位领导，同志们，朋友们，伟大的祖国，美丽的河南，我出生在农村、祖祖辈辈都是农民，现在赶上了这个伟大的时代，党和政府给予我的荣誉，激励着我，鞭策着我。作为一名共产党员、全国人大代表，我将不忘初心、牢记使命，砥砺奋进、开拓创新，用自己有限的力量，书写新的传奇，在脱贫攻坚、乡村振兴的道路上，做出自己应有的更大的贡献！

谢谢大家！

第四十四章　老友重聚，良善之人终得厚福

张全收在深圳的家，像一个永不停歇的盛宴。不分假日还是工作日，只要张全收在，来自五湖四海的朋友就欢聚一堂，宾客络绎不绝。

2018年12月31日，张嘉豪又担当起家庭宴会总导演的角色，一家人上上下下忙得不可开交。张嘉豪交往了很多女朋友，主要是偏文艺范儿的女生，但是没有一次超过三个月的。他突然想起小时候的玩伴段浩明，给他打了电话，让他来深圳过年。正在驻马店老家当小卖部老板的段浩明接到电话很兴奋，连说"哥们富贵了也没忘记咱穷弟兄"，并且满口答应来深圳。但是，最终段浩明还是没有来深圳和他相见。

一抬眼，张嘉豪看到父母眼角的皱纹，心里一紧。这些年，岁月神偷频频光顾张家。不知不觉，自己已经长大，父母已经变老。他心中感慨：时间都去哪儿啦？

张全收则显得比较轻松。

当着所有家人、朋友的面，他说的第一句话就是："我们家和别人家没什么不同。之所以有今天的不同，我想是因为我

们家人心齐。"

所有人都情不自禁地点头。

他家的客厅上，有一盘橙子，网球大小，圆润饱满。

"哥几个，尝尝新鲜的橙子。"张全收说："这是张铮带过来的。来，张铮，跟大家认识认识。"

张铮身材魁梧，脸晒得黢黑黢黑的，咧着嘴笑。张铮身边，海莹比此前胖了一些，怀里抱着一个小孩。小孩2岁1个月了，是个女孩儿，眼睛特别像她爷爷。

张铮憨厚地站起来给大家点点头，又忙着给大家剥橙子。

"张铮你们估计不熟悉，这是我焦作一个老伙计的儿子，他和媳妇非常能干承包了村后面的荒山种橙子，还给橙子注册了商标——张橙。"

宾客们剥开橙子。有人不断称赞，说："这橙子确实味道很正。"也有人不以为然："这跟超市里做特价的橙子没啥区别啊？"

不论听到夸奖还是贬低的声音，张铮都保持着他那质朴的憨厚笑容。

乔松打开了手机，清了清嗓子："大家注意，这是我在网上看到的一段视频，我下载下来啦，说的是全收。"

大家立即安静下来。

乔松点了播放按钮，播音员字正腔圆，和文字有关的影像也同步播放。

"张全收，男，汉族，河南省驻马店市上蔡县朱里镇拐子杨村党支部书记、村委会主任。近20年来，张全收用自己的善心，捐资助学、敬老孝老、扶贫济困、建桥修路，累计捐出善款 2000 多万元，帮助农民工就业 200 多万人次，为农民工带来 100 多亿元劳务收入。张全收是全国人大代表、荣获全国劳动模范、第五届全国道德模范提名奖等称号，荣登'中国好人榜'。张全收说：'有困难，找全收，不是一句空话，是我用大爱和生命的担当。助人为乐要雪中送炭，不要锦上添花。扶危济困要抓铁有痕，不要水过地皮干。'每一个做好人好事的人，都是值得尊敬的。因为他们不只是做了一件好事，也许还是挽救了一条生命、救助了一个家庭，张全收用实际行动告诉我们，致富不忘根，是每一个善良的人都应该做到的。"

视频播放完了，乔松带头给张全收鼓掌，客厅的气氛一下子热闹起来了。

寒暄一阵后，切入正题。

"全收叔，你的公司想上市吗？"牛奋已经不干记者了，改行做了天使投资人，穿着考究的西装，皮鞋擦得锃亮。他的微信朋友圈背景，就是他和林绮茹在香港家中的合影——两个人都忙事业，没有要孩子。

"上市有啥好处？"

"别的你不需要懂太多，有专业人士会帮你。你只需要知道三点。第一，上市后，你干啥新的项目就有钱了。第二，公司不需要宣传了，会有大量媒体追着你的公司宣传。第三，你的公司会越做越大。"牛奋说。

"可是，我怎么看到不少上市公司越做越差？"

"这个嘛，大的形势不好。不过你放心，股市肯定见底了。"

"我听说,见底后,还有地下室,地下室下面,还有坑。"

"别说笑了全收,这都是段子。"

"××上市公司裸眼 3D 屏幕的事儿,你知道吗?"

"嗯。"

"大股东一厢情愿到处投资,高比例股权质押。现在,情况怎么样?"

"不乐观。"牛奋解释:"这一段时间资本市场行情不好,以后会好起来的。"

张全收另一个朋友危鸣插话:"历史在不断重复着:一个有情怀有理想的董事长,一个动听的故事,不断的增持回购、战略合作公告,巨大的固定资产投入,充满争议的财务报表,还有曾经无比坚挺的走势……"

"你想说啥?"张全收问。

"我想说的是,今年由于去杠杆和宏观背景的因素,股市里坚持自下而上那一套是要吃大亏的。"危鸣说,"都说人生就是一场康波,但自下而上是把握不了康波的,要从更高的格局和维度去研究市场。但站在高维度往往又会陷入大国阴谋论,又会面临各种问题难以量化的困境,更无法落在具体操作上。"

"千言万语汇成一句话,散户赚钱只是暂时的,亏钱或许才是永远的归宿。"另一位朋友麦子希对这个话题很感兴趣,专门凑近插话。麦子希是做广告的,他的微信朋友圈里有句至理名言受到很多好友点赞:"做生意的唯一目的,就在服务人群;而广告的唯一目的,就在对人们解释这项服务。"

"其实每一次的科技变革都会带来一个新的经济周期,高速增长期在五六十年，这也是著名的康波周期。"乔松跳过张全收，直接跟危鸣聊天："在这六十年中，前二十年可以说是科技和产业的高速发展期，然后是繁荣、衰退、萧条期，这中间每十年左右又是一个小周期。"

危鸣点点头，"周金涛是中信建投首席经济学家，2007 年成功预测次贷危机，2013 年提出房地产周期拐点，2015 年成功预测了全球资产价格动荡，并在 2015 年 11 月预言中国经济将于 2016 年一季度触底。"危鸣说，他通过研究提出了"康波理论"，从康波周期的研究角度看，房地产周期长度为 25—30 年。他认为房地产的第 1 次机会在 1999 年，第 2 次机会在 2008 年，第 3 次机会在 2019 年，第 4 次机会在 2030 年，能够抓住 1 次就能成为中产。

话题从股市，转到楼市，又从楼市转到股市。

恍惚间，张全收仿佛回到了 20 世纪 70 年代—90 年代的香港。那里的商人，通过在股市和楼市间腾挪转换，攫取了大量的财富。

在屋里待的时间长了，有点闷。张全收出了门，随便走走。他见到一个筑路工，约莫五十来岁，脸被晒成了小麦色，看着有点眼熟。走近一看，不禁"咦——"了一声。

"你，是老曹？"

那人愣了一下转过身，双手布满老茧。

"你是？"

"我是全收啊。"张全收笑着说。那人，正是当年在车站曾经挤对过张全收的老曹。

"你也跑深圳打工了？"老曹声音依旧洪亮，像是要盖过轰鸣的筑路机器。

张全收笑笑，点点头。

"你的车站生意后来怎么样了？"

"别提了。后来我得罪了人，对方是个不要命的主。他把我拉到废弃工厂，拿出砍刀把我的双脚砍断了，就剩下一点点的肉连着。"老曹掀开裤腿，两个脚脖子处，有碗口大的伤疤，看着很瘆人。"后来，警察来了，把我送到医院。现在，我的腿里面，还有钢钉。"

老曹长叹了一口气："我的脚一废，跟着我的手下就散了。车站的生意干不下去了，老婆也跟人家跑了。现在孩子大了，也不管我了，我自己还得出来打工。"

张全收听了这话，心里很不是滋味。毕竟，在当年，老曹可是在车站里叱咤风云的人物。

工头过来了，长得又高又胖，满脸横肉，"老曹，你又偷懒！"工头气得只差用皮鞭子抽他："再偷懒，不给你工钱！"

曾经很横、很牛气的老曹，这时候就像一个刚出去打工的小孩子一样，被工头一顿训斥后，吓得一句话也不敢吭。他也不顾张全收了，小跑到马路边搬砖去了。

张全收心里一酸，轻叹了一口气。

正准备回家，崔无涯电话来了。

"老板，"崔无涯谨慎地说："我借公司十五万，能不能缓缓再给？本想这月底还清，但是家里老人病了。"

"那十五万，你打借条了吗？"张全收问。

"没打。你说过，不让我打。"

"没有借条，那还还啥？这钱又不是胡吃海喝了，而是捐资助学，花到正地方了。"

"谢谢老板！"

"就这吧，别忘了过会儿来家里吃晚饭啊。"

"好嘞。"

电话挂断了。回到家，儿子跑过来了。

张全收喊道："嘉豪，你来。我给你讲一个故事。"

全家人都聚在一起，不知道张全收要讲什么故事。

"从前，有一个年轻人，很穷。他看到有个房子，富丽堂皇，里面有很多奴仆，只有一个主人，五六十岁，穿金戴银，但是满面愁容。主人把乞丐叫到屋子里，给他一碗肉粥。问他，你高兴吗？乞丐说，很开心。乞丐又反问他，你高兴吗。主人摇摇头。乞丐奇怪地问，你这么多钱，为啥不高兴？主人没有回答，说，我收你当义子吧。你有享不尽的荣华富贵，但是，屋子里有个门，你不能打开。乞丐很高兴。过了十年，老主人去世了，乞丐就当了新主人。"

张全收讲到这里，顿了一下。大家都没有吭声，聚精会神等着他继续讲下去。

"又过了五年，新主人一直过着衣食无忧的日子。但是，他心里一直想着那个门，那个不能打开的门。终于，他忍不住了，打开了门。一个大鸟从外面抓住他，飞到天上，把他扔到一个岛上。岛上的国王来了，把公主许配给他，后来也把王位传给了他。但是老国王只有一句话，不要打开王宫最深处那扇门。这个人点点头，答应了。后来，老国王去世了，这个人当了新国王，又有了王子，每天都过得很开心。又过了十年，他每天心里想的，还是那扇门。终于，他打开了门。"

张全收喝了口水。

"后来，怎么了？"儿子问。

"来了一只大鸟，把他抓起来，抓到天空，最后扔到他以前住的那个家了。"

"噢——"全家人恍然大悟。

"最后，这个人，尽管穿金戴银，但是他不停地想念以前辉煌的日子。现在喝肉粥，也感觉不到滋味了。他从最开心的人，变成了最不开心的人。"张全收说。

"你怎么想起来讲这个故事？"妻子吴相宜问。

"没什么，我就是今天见到一个老朋友。"

"谁？"

"老曹。"

"他怎么了？"

"他打开了那个门。"张全收说。

郎永也来了，张全收招呼他在身旁的沙发上坐下。

"你最近那个互联网招工的 APP 做得怎么样？"

"投入不少，有点效果了。"

张全收点点头，不再深入问。郎永知趣，没有主动再说。仿佛两人事先商量好那样，心照不宣。

"郎永，我让你多读一些书，你最近读了什么书？"

"《教父》。"

张全收沉默了一下。

"里面有很多经典的语句，我印象很深。"郎永说："比如，'一个会抽时间陪家人的男人才是真男人'，'我一直尽我所能照顾我的家人'，'我花了一辈子去学会小心'，'不要让别人知道你在想什么'。"

"那你学到了什么？"张全收问他。

"教父最成功的原因不仅是因为他有着常人无法企及的能力，更是因为他有着强烈的责任感。尤其是对他的家族和每一位真正的朋友。我们的确可以透过这段历史看到一个永远不会被击败的形象。然而，麦克晚年的孤独悔恨也给我们留下了深刻的印象。麦克一生中最大的理想就是好好地跟家人在一起，然而，他的亲人却一个个因他离去，这段历史警醒我们，没有正确的目标，就算道路走得再顺畅也不可能达到心中的目标。并且，你走得越顺利离目的地也就越远。所以，生之本意在于找到正确的目标，并尽力达到。这样，你的人生才会拥有真正的幸福。"郎永说。

张全收点点头，"这值得你用一生去读懂。"

聚会时的话题很宽泛，无拘无束，不知不觉聊到教育。

张全收对驻马店老乡施一公很佩服。他当着大家的面说："何谓一公？一心为公。与其说西湖大学类似普林斯顿，倒不如说西南联大更确切。同样需要去克服种种艰难困苦，特别是要去突破旧制度和旧观念的束缚，需要具有与西南联大先辈们为国捐躯的爱国热情和坚忍不拔的意志。唯有秉持一心为公之精神，方能像逆境中诞生无数大师的西南联大一样，'八音合奏，终和且平'。"

在当日的聚会上，杨小华专门来到张全收家，共叙当年情谊。杨小华头发略微花白，精神矍铄，穿着黑色休闲鞋、卡其色休闲裤、白色条纹T恤，标准的城市老头打扮。杨小华脸色红润，说话低沉有力。他平静地和老朋友说："家有两个儿子，已经在深圳安家，还买了别墅。"

那天下午，张全收收到一条短信，署名是牛草坡。这封信没有其他内容，只有一篇《鬼谷子致苏秦张仪书》。

二君足下，功名赫赫，但春华到秋，不得久茂。日数将冬，时讫将老。子独不见河边之树乎？仆御折其枝，波浪激其根；此木非与天下人有仇怨，盖所居者然。子见嵩岱之松柏，华霍之树檀？上叶干青云，下根通三泉，上有猿狄，下有赤豹麒麟，千秋万岁，不逢斧斤之伐：此木非与天下之人有骨肉，亦所居者然。今二子好朝露之荣，忽长久之功，轻乔松之求延，贵一旦之浮爵，夫"女爱不极席，男欢不毕轮"，痛夫痛夫，二君二君！

张全收看了良久。

晚宴马上要开始了，乔松站在小院栏杆旁凭栏远眺。恍惚间，他仿佛看到舒湘正坐在对面，弹奏着那架白色钢琴。

"父亲，该去宴会厅了。"乔松回过头，看到儿子的身旁，还跟着一个女伴，长得像极了舒湘年轻时的模样，还有一双白皙的钢琴家的双手。

乔松点点头，泪眼婆娑，且哭且笑。他不由得吟起一首《雁丘词》。

摸鱼儿·雁丘词

元好问

问世间，情为何物，直教生死相许？天南地北双飞客，老翅几回寒暑。欢乐趣，离别苦，就中更有痴儿女。君应有语：渺万里层云，千山暮雪，只影向谁去？

横汾路，寂寞当年箫鼓，荒烟依旧平楚。招魂楚些何嗟及，山鬼暗啼风雨。天也妒，未信与，莺儿燕子俱黄土。千秋万古，为留待骚人，狂歌痛饮，来访雁丘处。

张全收也走到院子里了。他想起了很多人：奶奶、庄萌萌、牛奋、老谢、李明镇，还有他赡养过的老杨……

他且悲且喜，缓缓前行。

突然，他听到有人喊他的名字：

"全收——"

这声音很熟悉，但是又很陌生。

他扭过头，看到殷芸正站在他的身后。

他一愣，手机啪地一声摔到了地上。

后记

情满乡里，致富不忘家乡

从驻马店，到渑池，后到河南各地辗转，又到上海、深圳，最终折返郑州，回归老家驻马店。张全收如同一只不知疲倦的候鸟，在知天命的年纪，振翅归乡，守护自己的初心。

顺着京港澳高速一路往南，自郑州始，至驻马店西平县下高速，再经过七拐八折的乡村小道，就是驻马店拐子杨村了。

时间已经是 2019 年的 8 月份，受台风影响，内陆省份河南下起暴雨。一路上，有暴雨，也有晴天。一路上，我想了很多。

农民工，在过去几十年里，在中国，扮演着何种角色？

城市中的一部分人或许认为：农民工是城市的劳动者，但同时也是不稳定因素。郑州农业路立交桥下找工作的农民工冬天冻死的新闻犹如发生在昨日。换言之，这个城市一部分人，并未善待农民工。

而事实上，我们走的高速公路，住的摩天大厦，穿的品牌衣服，甚至吃的珍馐美味，无一不来源于农民工付出的辛勤汗水。

农民工中的一部分人，已经鲤鱼跃龙门，与所处城市和解，并融为一体，以市民身份欣然享受城市的便利，享受曾经的农民工兄弟姐妹们的辛勤劳作。当然，还有一部分农民工，告别城市，回到家乡。这就是农民工的特殊性所在：在农村，可以操起农具，开起拖拉机干农活；在工地（或工厂），可以用辛勤汗水换得急需的钱财。有幸运者，在此期间实现艰难困苦的蝶变，成为城市人，在城市中扎实地生存下去，生息繁衍。

在城镇化率不断提升的背景下，这个过程，更多是单向的。这意味着：从农民工转化为市民，转化为农民工口中的"老板"是一个向上的，虽然艰难但却华丽的转型。然而，这个过程要付出巨大的代价。比如，生活方式的改变，从习惯的田园生活，来到摩肩接踵的城市中生活，真正有几个农民能够适应？这种难以适应的概率，在50岁以上农民工中显得尤为突出。

"往上数三代，大家都是农民"。这是央视春晚中一位演员的话。在我有限的人生阅历中，这句话是被证实的。这也意味着，你我无法忽视这个群体，无法忽视他们的所思所想，喜怒哀乐。

一条水泥铺就的主干道横穿村落，两旁是整齐的观赏花木和端端正正的石质花坛。再往里走，就是村委会了。村委会是一个两层建筑物，和河南农村普遍存在的村委会别无二致，甚至可以作为村委会建筑的一个典型。张全收坐在一楼办公室中，正在接受一位村民的来访。

村民五十来岁了，儿子跑运输出了车祸，被轧断了腿，亟须用钱，张全收耐心倾听，村民断断续续讲了一个多小时。最终，村里决定，再捐一点钱，村民才离去。

"全收已经给这一家断断续续3万多了。"村委会一位委员李荣珍说，别的村遇到这种情况，只能申请政府救济。

在村里转了一圈，很多村民把老房子拆了，盖起了三层小楼。张全收家倒成了例外，还是一排瓦房。进去一看，院子是水泥地，收拾得很干净。

"全收不是上蔡县最有钱的，但是大家都认可他，尊重他。因为他致富不忘乡亲。"村里的小学校长段贺松说。

粗略算了一笔账，这些年来，从捐赠村里小学开始，张全收已经给村里贴补了1000万以上。

"整个驻马店，都没有这样的人。"村民杨洋说。

与张全收慷慨解囊相对应，村里人气颇高，小学也有百十名学生，村委会大门敞开，办事儿的、唠嗑儿的人络绎不绝。

张全收的艰辛，村民很难体会。张全收的努力，村民也无法感同身受。但是张全收想要做到的事情，村民都选择了相信。

在中国，农民工群体何止亿万！像张全收这样，屡败屡战，终于在商业上取得成功；创立了实际的方法，努力解决农民工的保障问题，替政府和社会分忧；致富不忘乡里，以一己之力从外貌、精神上深刻地改变哺育了自己的村落；牵挂农民工群体，不断救助、救助、救助……在数以亿万的农民工群体中，张全收的确堪称一位典范。

这也就是我选择他作为本书主角原型的初心。

我常想：倘若有更多从农村出去的农民工，有一份回馈家乡的情结，有一颗赤诚之心，中国千千万万的村落，或许都能像拐子杨村一样，呈现一幅生机勃勃的画面。诚然，我们是要提升城镇化率。可以史为鉴，西方城镇化率高的国家，又出现逆城镇化现象。

如果，有更多像张全收这样的人愿意回归乡土，则中国农村幸甚、中国农民幸甚！或许百年之后，我们只能在博物馆中、在历史课本中、在城市书店中找到农民工这个群体的信息。由衷希望，本书能够让后人了解农民工这个群体多一点，再多一点。

跋

　　作为本书作者的一名好友，受托做跋，可谓是倍感惶恐和惭愧。

　　跋和序不同，但也有相似之处。序在书前，是脸面，是概括，是提要，有时也扮演导游和解说员的角色。跋在书后，类似于脚底板。他人可能会在乎你穿的鞋是皮鞋还是布鞋，从而判断你是穷人还是富人，但没有多少人盯着别人的脚底板看。也就是抱着这样的侥幸，我才恢复了些许自信，给我友三石君写下几句话。

　　我要先从雨果的《悲惨世界》谈起。这本将近百万字的巨著和世界名著，写的是广义的社会百科的"世界"，而不是狭义的曲折离奇的"悲惨"。行文中间，雨果会花大段的篇幅剖析巴黎城的一种现象、一个细节，譬如历时几百年才成熟起来的下水道系统，比如俚语的形成、流浪儿现象，等等。诚然，《悲惨世界》是一部文学名著，但它却超越了文学。

　　无独有偶，我国四大名著之一的《红楼梦》，也是如此。红学经久不衰，历久弥新，便在于《红楼梦》的边界之宽、内容之广，而不仅仅是"为赋新词强说愁"的古典文学小说了。

　　三石君的这部作品，便是如此的。当然，如鲁迅所说，捧杀和棒杀，同样可恶。我这样说，并不是抬高和美化这部作品，而是找一个恰当的类与合适的解读。

我一直称其为"作品"，而不是"小说"，也是因出于此。抱着看热闹、看故事、看情节的朋友们，也许你们会稍显失望，但抱着学习、了解、研究之心来看这部作品的朋友，读后的收获会大大多于你们的期望。

关照农民工问题，解剖农民工现象，如果单纯从小说的角度去做，虽然可以曲径通幽，但恐怕也仅能触及冰山一角。只有把它放到经济学、社会学、心理学等领域，把它放到改革开放的大背景下，甚至放到更大的坐标轴里面，才能一窥其全貌，其来因和去向。而三石君在行文过程中，也做了很多这样的尝试，让我频频拍案感叹，其视角之广、学识之丰，博古通今，贯通中外，让我不止一次想起了《悲惨世界》，也不由地想到，他写的不是文学的农民工，他写的是更广意义上的农民工。

刘禹锡有一句诗，想必大家应该都熟悉——"千淘万漉虽辛苦，吹尽狂沙始到金"。改革开放的浪潮下，有很多人功成名就，但也有更多的人湮灭无闻，铩羽而归。有句古话叫"燕雀安知鸿鹄之志"，张全收无疑就是那只鸿鹄，坚毅如刚，不屈不挠，终于实现了自己的志向。他是农民工司令，也是农民工代表，如果他是鸿鹄，那么千千万万的农民工，便是燕雀。这里的"燕雀"，是不含贬义的，他们的生存状态，或者取得的成就，更类似于燕雀了。他们是历史造就的，他们也造就了历史。历史推动也改变了他们的生活，他们的生活也影响和改变着历史。

　　我也是从农村走出来的，我的父亲就是标准的农民工一代。很多年后，当他再度来到郑州这个平原大都市，感慨着世界的变化之大，也努力回忆着他和这座城市的交集。他参与建设的楼房在哪里，他的目光便会深情地看着，久久不愿移开。

　　农民工是城市的缔造者、建设者，却不是城市的主导者、参与者。从地位，到权益，到住房，再到下一代的教育，诸多的不公平还需要全社会的共同关注与破解。而欣喜的是，政府部门近些年来也一直在探索和推动着消除城乡二元结构问题，让农民真正成为市民。

　　和农民工一代不同的是，农民工二代处于一个更复杂、更迅捷的时代。当今中国社会的主要矛盾，已经转变为人民日益增长的美好生活需要和不平衡不充分的发展之间的矛盾。这里所说的人民，当然包含"农民工"，亦包含农民工二代甚至三代。这些农民的儿子，耳濡目染也习惯了城市人的生活方式。他们梳时下流行的发型，穿笔挺的西装，关注社会热点，追逐时尚潮流，他们不屈服于命运的安排，却无法决定和改变自己的命运。

　　和农民工一代不同的是，他们中的很多人开始了有意识地打拼。然而，囿于条件限制，他们的创业之路更类似于以前的小农经济，可以自给自足甚至丰衣足食，但是又不能真正地出人头地、大富大贵。他们作为社会神经末梢的末梢，没有背景，没有学历，没有资金，甚至没有投资伙伴，靠的更多的是年轻的冲劲和改变生活的朴素的观念，他们能走多远，又能走向何方，谁又能说清楚呢？

　　《老人与海》，赐福着一切有理想有追求如张全收一般的成功人士。不向命运屈服，敢于逆流而上，他们活成了时代的楷模，众人的偶像。但新生代农民工的楷模和偶像，又将激起多大的波浪，又将影响和带领多少人实现各自的理想？我们拭目以待。

刘瑞朝

2019 年 12 月于郑州